隠逸詩人陶淵明

熊　征❖著
Xiong Zheng

北海道大学出版会

楡文叢書刊行にあたって

北海道大学文学研究科は、「楡《エルム》の学園」と呼ばれる美しいキャンパスで学び、文学研究科の専門研究員として一冊の書物にまとめあげた、その研鑽の成果を、永遠《とこしえ》に伝えるべく、楡文《ゆぶん》叢書を刊行する。

平成二十七年十一月

目次

凡例

一、本書で引用する古文献について、韻文の場合は、一部を除き、原文と訓読とを対照する形で示す。散文の場合は本文または注に訓読のみ示す。

二、本書で引用する近現代の中国語の研究論文や研究書については、標題は符号を含め原文のままにし、引用内容は、本文に日本語訳を示す。

三、全体にわたって新字体を用いた。異体字・俗字や仮借字は可能な限りそのままとして改めず、その下に本字を（）に入れて示した。

四、本文中に挙げる書名および作品名に関しては、原則として日本語訳を施さない。

五、文中の括弧については、一部の引用を除き、原則的に書名には『』、論文名には「」を使用する。引用文については、「」に統一した。

六、引用した中国語の文献に施される句読点については、基本的に，：は、に統一し、：は。に統一した。

七、注については、各章の末に附し、算用数字の順番で示すこととした。

八、陶淵明の詩文の引用について、原文は袁行霈撰『陶淵明箋注（修訂本）』（中国古典文学基本叢書、中華書局、二〇一一年）を底本とし、書き下し文は主に釜谷武志著『陶淵明』（新釈漢文大系・詩人編一、明治書院、二〇二一年)などを参考にした。

九、江淹の作品の引用について、原文は梁・江淹著、丁福林・楊勝朋校注『江文通集校注』(中国古典文学叢書、上海古籍出版社、二〇一七年)を底本にした。また、適宜兪紹初・張亜新校注『江淹集校注』(中州名家集、中州古籍出版社、一九九四年)を参照している。

一〇、湛方生の作品の引用について、原文は逯欽立輯『先秦漢魏晋南北朝詩』(中華書局、一九八三年)、『全晋文』(清・厳可均輯『全上古三代秦漢三国六朝文』、宏業書局、一九七六年所収)を底本にした。書き下し文の一部は長谷川滋成『東晋詩訳注』を参考にした。

一一、『文選』所収の作品について、原文は南朝梁・蕭統編、唐・李善注『文選』(中国古典文学叢書、全六冊、上海古籍出版社、一九八六年)を底本にした。書き下し文は、昭明太子蕭統輯、内田泉之助、網祐次、中島千秋著『文選』(詩篇)上、(詩篇)下、(賦篇)上、(賦篇)中、(賦篇)下、(文章篇)上、(文章篇)中、(文章篇)下(新釈漢文大系第十四、十五、七十九～八十三、九十三巻、明治書院、一九六三年～二〇〇一年)を参考にした。

一二、『文心雕龍』所収の作品について、原文は南朝梁・劉勰著、范文瀾注『文心雕龍注』(人民出版社、一九五八年)を底本にした。書き下し文は戸田浩暁『文心雕龍』(新釈漢文大系第六十四巻、明治書院、一九八三年)を参考にした。

一三、鍾嶸『詩品』について、原文は陳延傑『詩品注』(人民文学出版社、一九八〇年版、初版は開明書局、一九二七年)を底本にした。また、適宜周振甫『詩品訳注』(中華書局、一九九八年)などを参照した。書き下し文は、高松亨明著『詩品詳解』(中国文学会、一九五九年)、高木正一訳注『鍾嶸詩品』(東海大学出版会、一九七八年)、荒井健・興膳宏著『文学論集』の「詩品」(興膳宏訳注)の一部(中国文明選第十三巻、朝日新聞社、一九七二年、一～二二五九頁）を参考にした。

一四、『十三経注疏』所収の文献は特別な説明がない限り、原則的に嘉慶本『十三経注疏（附校勘記）』を使用した。

一五、史書の底本は以下の通りである。

漢・司馬遷撰、南朝宋・裴駰集解、唐・司馬貞索隠、唐・張守節正義『史記』（点校本二十四史修訂本）、中華書局、二〇一九年。

漢・班固撰、唐・顔師古注『漢書』、中華書局、一九九七年。

晋・陳寿撰、南朝宋・裴松之注、陳乃乾校点『三国志』、中華書局、二〇二〇年。

唐・房玄齢『晋書』、中華書局、一九九七年。

南朝梁・沈約撰『宋書』（点校本二十四史修訂本）、中華書局、二〇一九年。

南朝梁・蕭子顕撰『南斉書』（点校本二十四史修訂本）、中華書局、二〇一九年。

唐・姚思廉撰『梁書』（点校本二十四史修訂本）、中華書局、二〇一九年。

唐・李延寿撰『南史』（点校本二十四史修訂本）、中華書局、二〇一九年。

唐・魏徴・令狐徳棻撰『隋書』、中華書局、一九七三年。

序論　研究の背景と目的

中国の隠逸《いんいつ》思想の源流そして各時代の特徴については、すでに先行研究において明らかにされている。隠逸思想の背景として、神楽岡昌俊『中国における隠逸思想の研究』(1)によれば、一般に知識階級が政治の担当者となっているため、その学問や思想は常に政治に結びつき、「中国の思想の中心をなすものは、一般に政治思想である」(一三頁)と言われている。しかし、知識階級の政治に対する関心は一様ではない。(2)その中には、政治の体制外に積極的に身を置く「隠者」がいる。彼らの呼び方もさまざまで、『論語』を出典とする「隠者」(3)「逸民《いつみん》」(4)のほかには、処子・幽人・処人・高士・高人・隠君子・隠逸・隠士・逸士・遺民などがある。彼らの生き方の特徴といえば、「清貧、拙なる生き方、自由、孤独など」を求めている。(5)このような生き方についての考えはいわゆる隠逸思想である。隠逸への賛美は、主には道家思想の文献に見えるが、『論語』をはじめとする儒家の文献にも「時」という条件付きの隠逸が見える。『後漢書』「逸民列伝」を嚆矢として、正史においても隠逸する行為は尊ばれている。

後漢が滅亡し、魏・呉・蜀の三国が分立した三世紀初から、隋が全土を統一した六世紀末に至る約四百年間は魏晋南北朝時代と言い、建康(現在の江蘇省南京市)に都を置いた三国の呉、東晋、南朝の宋・斉・梁・陳という六つの王朝を合わせて六朝《りくちょう》ともいう。この時期では、老荘思想が流行することに加え、道教の神仙思想も世俗を超越した隠逸思想と結びつけられる。さらに、仏教思想の影響が大きくなり、隠逸が一般化し、隠逸行為のあり方も多様であった。

まず、隠逸行為の動機については、道家思想や仏教思想を敬慕することで、俗世の価値を認めず無欲で清静なる環境で生きることを自己の志とする者がある一方で、「天下、道無ければ則ち隠る」という儒家思想にしたがって、世乱にあって、禍いを避けたり、自己の政治理念と一致しない政権の協力者になりたくない者もいた。また、仕官したくても望んでいた職につくことができず、または何らかの事由で左遷されたりするといった仕官生活における不遇があり、やむをえずに隠逸生活に入った人もいた。そして、隠逸行為が社会的に高尚なものと思われるため、隠逸の風潮の流れの中で、隠者の名を得るために隠逸する人もいた。

次に隠逸生活のスタイルについて言うと、書物や音楽（琴など）を楽しむといった共通する振る舞いもあるが、場所による生活様相がさまざまである。例えば、山林で自然美を楽しむ者、田園で耕すことに従事する者、賑やかな街で暮らす者、場所が決まらずあちこち旅をする者等々がいた。また、朝廷に仕えながら、隠逸的な心境を持っているといういわゆる「朝隠」をする者もいる。経済状況に関しては、仕官後に引退した者や貴族階層などで経済の心配がなく隠逸を楽しむ者もいれば、寒門の出身や、辺鄙な地方に左遷されたことなどによって貧しい生活を送っていた者もいた。

六朝時代で隠逸が盛んになり、多様化した理由として、王朝の交代が激しかった社会情勢、儒家思想および隠逸に理論的な根拠を与えた道教や仏教思想の発展が挙げられる。さらに、王朝による積極的に隠者を招聘するという伝統があることも挙げられる。『論語』堯曰《ぎょうえつ》篇に「逸民を挙ぐれば、天下の民は心を帰す」とあり、隠者を挙用することの大きな効果が述べられていた。隠者らは知識人として、わざと仕官をせず、名利に拘らず、高潔な節操を持っている一方、戦乱や政治のあり方に対して暗黙に批判している人たちでもあった。彼らの批判は消極的で、為政者にとっては平和的な手段が取られているものである。そのため、為政者、とりわけ新しく政権を握った為政者は積極的に隠者を招聘することが多かったのである。また、隠者がそれに応えて、隠逸から出仕に変えると、その政権を認め、協力する姿勢を示すことになる。前漢の王莽《おうもう》が政権を奪った時期に朝廷を去った多くの者を、漢王朝を再興した光武帝が即位すると力を注いで招いたことがその一例である。六朝時代では、隠者に親しませるために、自ら隠逸への敬慕を詩文で示す為政者も多くいた。

六朝期は、漢という統一王朝が崩壊した分裂と混乱の時代である一方で、文学、思想、芸術などにおいては著しい発展を迎えた時代でもある。文学上、曹操・曹丕《そうひ》・曹植の「三曹」をはじめとする「建安の七子」、「竹林の七賢」、陶淵明、謝霊運などの詩人が現れ、詩文集の編纂や文人・文学の批評が王朝主導で盛んに行われ、五言詩を中心とする詩の音韻・形式などの面で、唐詩の黄金期にへとつながる基礎を定めた。思想上では、儒家倫理の崩壊に伴い、玄学と仏教思想が興った。芸術面では、王羲之父子を代表とする書家、顧愷之を代表とする画家などが現れた。

全体から見れば、貴族階級が文化全般を握っていたため、文学においては、修辞法に凝った「文」(きらびやか)な詩風が好まれていた。一方で、哲学的な玄言詩《げんげんし》(『老子』・『荘子』・『易』の「三玄」を論じる思想である玄学を語る詩)や仕官せずに超俗的な隠逸生活をうたう詩もたくさん書かれている。

ただ、この時代の文人の名を思い出そうとする際に、やはり「隠逸詩人」「田園詩人」とよばれる東晋の陶淵明が真っ先に脳裏に浮かんでくるだろう。その代表作品である「桃花源記」に描かれた理想的な社会や、「飲酒」二十首・其五に読まれた「菊を採る東籬《とうり》の下、悠然として南山を見る(採菊東籬下、悠然見南山)」という隠逸詩人の趣は、従来中国や日本の多くの文人に慕われている。

とくに日本では、「帰りなんいざ」で有名な「帰去来兮辞」はよく知られ、与謝蕪村の名句「菜の花や月は東に日は西に」は「白日　西阿《せいあ》に淪《しず》み、素月　東嶺に出づ(白日淪西阿、素月出東嶺)」(「雑詩」其二)を踏まえるとされ、そもそも蕪村という名も「田園　将に蕪《あ》れなんとす、胡ぞ帰らざる(田園将蕪胡不帰)」(「帰去来兮辞」)に由来する。

夏目漱石は『草枕』であの「菊を採る東籬の下、悠然として南山を見る」（「飲酒」其五）を引用し、「桃源に遡る」ような陶淵明の境界を羨慕しているし、「時に及んで当に勉励すべし、歳月は人を待たず（及時当勉励、歳月不待人）」（「雑詩」其一）は、少年に学を勧める言葉としてよく引用されるなど、今も昔も、愛好される名句・名言が次々と思い浮かぶ。

　陶淵明は、唐代以前の最も知られている詩人として、その人と作品についてすでに多大な研究の蓄積があることは言うまでもない。とはいえ、彼に関わることがすべて明らかになっているわけでもない。例えば、その生卒年について、没年は元嘉四年（四二七年）と一致を見ているが、生年に関しては三六五年生まれの六十二歳、ほかに三五二年生まれの享年七十六歳と、三七二年生まれの享年五十六歳、また三七六年生まれの享年五十二歳などの諸説がある(6)。また、その名・字についても、名は潜《せん》、字は淵明と、名は淵明、字は元亮という二通りの説がある(7)。

　このような不明点があることは、その「隠逸詩人」としての人物像に相応しいところでもある。その自叙伝とも目されている「五柳先生《ごりゅうせんせい》伝」において、「五柳先生」という架空の人物に、彼が思う隠者のイメージを託したが、冒頭に「先生は何許《いづこ》の人なるかを知らざるなり、亦た其の姓字を詳《つまび》らかにせず」と述べている。五柳先生と比べて、陶淵明はやはり生前から「潯陽三隠《じんようさんいん》」(8)の一人とされていたため、その出自の情報は断片的ではあるが、ある程度は残されている。潯陽とは、当時の潯陽郡のことで、現在の江西省九江市一帯である。そこに古来から名山とされる廬山がある。先に挙げた「飲酒」二十首・其五で登場する「南山」はそれである。陶淵明の一生について、先行研究では主に三期に分ける。まず第一期は二十九歳以前で、農耕と勉学の時期である。第二期は二十九歳から四十一歳までで、何度か小官吏となり、大半は仕事の都合で、いつも家を離れていた時期である。そして、第三期は四十二歳から死ぬまでで、隠退して農耕生活に戻った時期である。最後の二十年あまりの隠逸期間において、「しだいに自分の生活を理想化し、また理論化し、ついに独特な個性を具えた思想的詩人を形成した」（李長之『陶淵明伝論』[9]と言われる。このうち、第一期と第三期において、陶淵明は基本的に南山の麓にある郷里で暮らしていた。

その祖先について、確かとされるのはまず曽祖父が陶侃《とうかん》と、母方の父が孟嘉であることである。『晋書《しんじょ》』陶淵明伝に「陶潜、字は元亮、大司馬《だいしば》侃の曽孫なり。祖の茂は、武昌の太守なり」とある。大司馬は武官の官職名である。陶淵明の「贈長沙公」という詩の序に、「長沙公、余に於いて族祖為《た》り。同に大司馬より出づ」とあるが、そのうちの「大司馬」は、その晋の名将軍で、長沙郡公の爵位を得られ、大司馬を追贈された陶侃を指すと思われる。『晋書』陶侃伝に次のようにある。

陶侃、字は士行、本鄱陽の人なり。呉平《たひ》らぎ、家を廬江の尋(潯)陽に徙《うつ》す。父丹《たん》は、呉の揚武将軍なり。侃、早孤にして貧しく、県吏と為る。

将軍の父陶丹が早く亡くなったため、南人貴族(江南の土着の貴族)出身の陶侃は一族の没落に直面していた。侃は、その軍事上の功績によって、東晋の貴族社会において、陶氏一族の地位を戻した。

外祖父の孟嘉は、晋の征西将軍桓温の長史(属官)となったが、功績を挙げた後は引退した。陶淵明にとって、祖父孟嘉のような出処進退こそ適切で、人生において目指すべき姿としていた。陶淵明の外祖父に対する憧れは、その「晋故征西大将軍長史孟府君伝並賛」からうかがわれる。李長之『陶淵明伝論』では、「一方では、一般の農民のような勤勉で、労働をいとわぬ、ねばり強い性格をもち、他方では、当時の貴族がもっていたような含蓄、高い教養、表面は「沖淡平和」[10]というような陶淵明の性格は、前者は陶侃から、後者は孟嘉からというように、二人の祖先からの影響が大きいと指摘している。

曽祖父陶侃と外祖父孟嘉のような地位も名声も高かった祖先がいたが、父が早く亡くなったことによって、陶淵明も、その曽祖父陶侃と同じように、末流貴族に没落した。彼は、このような状況を変えたく、「耒を投じて去つて仕を学ぶ」(「飲酒」其十九)というように、農耕をやめて、四海に志を馳せようとした。その「雑詩」其五に次のようにある。

憶我少壮時　　憶《おも》ふ　我少壮の時
無楽自欣豫　　楽しみ無きも自ら欣豫《きんよ》せり
猛志逸四海　　猛志　四海に逸し
騫翮思遠翥　　翮《つばさ》を騫《あ》げて遠く翥《と》ばんことを思《おも》ふ

このような大志を抱いた陶淵明であるが、仕官と隠逸とを経験し、最終的には田園における隠逸生活の中で人生を終えた。その詩文をみれば、隠逸をテーマとしたものが大半だが、後世には、よく慕われる悠々自適な一面はもちろん、経済や精神において悩んでいた面もうたわれている。その悩みについて、例えば、李長之『陶淵明伝論』は、仕官と隠逸との間で逡巡徘徊していた時期の、政治上の変動による陶淵明の悩みを考察している。また、斯波六郎『中国文学における孤独感』は、陶淵明の「社会と調和できないが為に湧いた孤独感」[11]について述べている。「五柳先生伝」に書かれている隠者の五柳先生は、次のような貧しい生活を送りながら、名利を軽んじ、読書、飲酒と作詩を好むイメージである。

閑靖にして言少なく、栄利を慕はず。書を読むことを好むも、甚だしくは解するを求めず。意に会すること有る毎に、便ち欣然として食を忘る。性、酒を嗜《この》むも、家貧にして常には得る能はず。(中略)環堵蕭然として、風日《ふうじつ》を蔽はず。短褐穿結し、簞瓢屢々《たんぺうしばしば》空しきも、晏如《あんじょ》たるなり。常に文章を著して自ら娯しみ、頗《すこぶ》る己が志を示す。懐《おも》ひ得失に忘る。此を以て自ら終はる。[12]

これを陶淵明自身の実録だとする人もいれば、陶淵明の理想像だとする人もいる。いずれにせよ、このイメージは、六朝時代からすでに現実の彼と照らし合わせてみられるようになってきた。

陶淵明は、南朝・梁の鍾嶸《しょうこう》（約四六八〜約五一八）が著わした中国最初の詩論の専著である『詩品』に「古今隠逸詩人の宗《そう》なり」と評されている。また、正史の『晋書』や『南史』においては「隠逸伝」に入れられ、隠逸に関する詩がその代表作品として引用される。

このような「隠逸詩人」としての人物像については、様々な角度からすでに厖大な研究成果が積まれている。近代まで、歴代の詩人がその詩文において、擬陶詩や和陶詩によって、陶淵明に対する直接的・間接的な評論を行なっていた。就中、六朝時代の鮑照《ほうしょう》の「学陶彭沢体」、江淹《こうえん》の「雑体詩三十首並序」（以下「雑体詩」と略す）・「陶徴君　田居　潜淵明」、唐の白居易の「效陶潜体詩十六首」、北宋の蘇軾の「和陶詩」（百二十四首）などがよく知られている。『詩品』を源流とし、宋代に多く作られた「詩話」（詩歌評論専著）による評論(13)や陶詩の箋注作品(14)においては、時代を超えた陶淵明に対する評価や議論が行なわれた。例えば、後述するように、鍾嶸が云う「古今隠逸詩人の宗なり」という肯定的評価のほかに、美人をうたった「閑情賦」に対する蕭統《しょうとう》の「白璧微瑕」という否定的評価などについて、六朝以降でも賛否両論がある。

隠者としての陶淵明の人物像について、中国では六朝時代から高く評価される一方で、これに疑いを持った岡村繁『陶淵明——世俗と超俗』(15)では、「五柳先生伝」「桃花源記」「帰去来兮辞」そして「飲酒」其五の「采菊東籬下」といった詩文によって限定された脱俗的な隠者像とは異なり、陶には「心理の不安定さや暗欝さ」（三三頁）、名・利、生・死に対する執着などの世俗的な一面があるという新しい視点を呈した。

陶淵明の思想については、儒・道・仏に対する態度をめぐり、宋代より近現代まで、さまざまな意見が出されている。例えば、南宋の朱熹は「淵明の説く所は荘・老」(16)と云うが、真徳秀は「淵明の学は正に経術より来る」(17)と云い、陸九淵は「李白・杜甫・陶淵明、皆吾が道に志有り」(18)と云い、その思想における儒家思想の重要性を強調する。

このような、道家と儒家どちらかに分類しようとする説もある一方で、陳寅恪《いんかく》の「外は儒にして内は道なり、釈迦を捨てて天師を宗とする者なり」[19]というような、内外を区別しながらも儒道両家の要素があるとする説もある。これらを受け、朱光潜は、陶淵明は儒家も道家も受け入れ、意識的に区別しないが、どちらかと言えば儒家であるという意見を持っている。[20]

陶淵明の仏教に対する態度については従来意見が分かれている。彼が隠居していた江州潯陽は、当時有名だった仏教宣伝者の慧遠が仏経を翻訳し弟子を招くなどの活動をした場所でもある。慧遠が主催した仏教組織白蓮社には、陶淵明の知り合いである劉柴桑や周続之らも参加し、彼を誘ったこともあるが、陶淵明はそれに応えなかったと伝えられている。[21]また、『仏祖統紀』「不入社諸賢伝」の陶潜伝に、「遠法師は諸賢と蓮社を結び、書を以て淵明を招く。淵明曰く、「若し飲むを許せば則ち往く」と。之を許す。遂に焉《これ》に造《いた》る。忽ち攢眉《さんび》して去る」[22]という記述がある。

後世において、陶淵明の宗教思想に関する意見としては、蘇軾の「人は靖節《しんせつ》、道（仏教思想）を知らずと言ふも、吾は信ぜざるなり」[23]、南宋の羅《ら》大経《だいけい》の「生死・禍福を以て其の心を動かさずして、泰然委順、養神の道なり。淵明、道を知るの士と謂ふべし」[24]などがあげられる。さらに、陶淵明を「第一達磨」とまで評する意見も見られる。[25]一方、陶淵明が「反仏論」を持っているという見解もある。例えば、逯欽立は「「形影神」詩与東晋之仏道思想」において、陶淵明が「形影神」という詩によって慧遠の「形尽神不滅」、「明報応論」などの主張に対して批判的な態度を示していると解釈する。[26]また、陳寅恪も「陶淵明之思想与清談之関係」において、陶淵明の家庭環境としては道教思想が中心であり、儒教についてもわきまえたが、仏教に対しては終始否定的であると述べている。[27]

以上のように、儒・道・仏の傾向に関する定説はないが、李長之『陶淵明伝論』には、儒家から道家へ転換し、隠逸する時間が増すにつれてその傾向が深まり、仏教や神仙家や、放誕の思想などとは無縁となったという指摘[28]があり、大矢根文次郎『陶淵明研究』に見える、「儒と道とは彼の思想的二大支柱であるに反し、用語上では多少仏教の影響をうけているようであるが、心底から彼の魂を揺さぶり動かす程の大きな影響を仏教からは受けていなかった」[29]という指摘はより中立的で、陶淵明の思想状況に近いものだと言えよう。

前記のように、陶淵明の隠逸詩やその背後の思想についての分析はすでに詳しくなされている。とはいえ、そこにはまだ課題が残されている。本書では、それを以下の三つの課題として論じる。

（一）　陶淵明の隠逸思想の特徴

先行研究によれば、伝統的な儒家教育を受け、儒家思想をその思想の基礎とする陶淵明は、孔子の「時」にしたがって出処進退することについて、もちろん深く影響を受け、実践上もこれを準則とする場合が多い。ただ、実践上においては多くの現実問題と直面しなければならない。例えば、隠逸する場合では、経済上の貧困、家族を養う責任、年を重ねても才能が発揮できない苦悩、社会に対する無力感などがある一方で、仕官する場合では、政権の争いや複雑な人間関係に巻き込まれる恐れ、自分の理想と反する政治状況への不満などがある。そのため、彼が隠逸と仕官の繰り返しをやめて、本格的に隠逸に入る際には、儒家思想だけでは足りず、道家思想がその根拠として必要となった。これは陶淵明に限らず、中国の隠逸に入る知識人の多くが直面する状況であろう。

ただ、陶淵明の隠逸思想は、六朝の隠逸風潮の中で、彼独自のものがあると李長之は指摘しており、陳寅恪もその思想を「新自然説」[30]だという。陶淵明のこのような独自性または独創性はどのように形成されたのであろうか。これまで、その隠逸思想の根拠を論じる際に、往々にして儒家であれば『論語』泰伯篇の「天下道有れば則ち見《あらは》れ、道無ければ則ち隠《かく》る」という考え方や、道家であれば、世俗の地位や名誉を否定する老荘的な考えを挙げることが多い。ただ、詩人自身が本当に儒か道かを区別し、または意識していたのか。例えば、陶淵明の詩文の中には「道」という語彙があり、その「道」が「喪《うしな》」われて千載もあると言っているが、この「道」は儒家の道なのかそれとも道家の道なのかについては、これまでの『陶淵明集』の箋注などにも議論があるものの、陶淵明本人はおそらくそれほど意識しておらず、各家の文献から得た知識を融合した、彼独自の「道」である可能性も十分にある。

そのため、儒・道・仏各思想学派の要素がほぼ明らかとなった現在、陶淵明の隠逸思想・隠逸文学の独自性をより一層明らかにするためには、それらの思想学派の要素にいかに共感して、その隠逸思想に関わる部分にいかなる親近感を持っていたか、その言葉や考え方を自分の状況と比べ合わせていかにして取捨選択したかという視点も必要になる。とりわけ、隠逸生活における生死・金銭などの問題に対する考え方について、より現実的な理論が必要になる。そこで、筆者は、陶淵明の作品にも登場し、道家思想の中でもこれらの問題を集中的に論じた『列子』楊《よう》朱《しゅ》篇に見られる楊朱の思想に注目したい。

楊朱、「楊」はまた「揚」や「陽」に作り、その出自や経歴については未詳なところが多い。道家に属する諸子の一人として、墨子とよく並称される。『孟子』滕文公下篇に、「聖王は作《おこ》らず、諸侯は放恣にして、処士は横《みだ》りに議す。楊朱・墨翟《ぼくてき》の言は天下に盈《み》ち、天下の言は楊に帰せざれば、即ち墨に帰す」とある。また、尽心《じんしん》下篇では、当時の各学説の状況について、「墨を逃《さ》れば必ず楊に帰し、楊を逃れば必ず儒に帰す」とあるように、楊・墨による儒家に対する脅威を強く意識していることが見られる。『荘子』駢拇篇に「弁《べん》に駢《べん》なる者は、……而ち楊墨ぞ是れのみ」とあり、唐の成玄英の疏では「楊は姓、名は朱、字は子居、宋の人なり」と述べる。また、『荘子』山木篇に「陽子宋に之く。逆旅《げきりよ》に宿る」とあり、成玄英の注では、「姓は陽、名は朱、字は子居、秦の人なり」と述べる。つまり、秦の人と宋の人の二説がある。これについて、小林勝人は、「楊朱が宋人だとすれば、同じく宋人と推定される老子に親炙した〔らしい〕ことも甚だ自然であり、また当然であろう[31]」と指摘している。

楊朱の生卒年代については未詳で、『列子』黄帝篇に彼が南方沛《はい》の地に遊んで、老子の教えを受けたことが記されているが、確かではない。その思想が戦国時代の孟子に大きく脅威を覚えさせたほど影響力が強かったが、完全な著作は残されず、『列子』第七篇「楊朱」においてのみ、よりはっきりとした形で楊朱（またはその一派）の思想や関連の話柄が収められている。また、『列子』力命篇にも楊朱の思想に関連する内容が見られる。

楊朱の思想は、「為我《いが》」（『孟子』（滕文公下篇・尽心上篇）あるいは「貴己《きき》」（『呂氏春秋』不二篇）などと称され、その個人主義的な一面が強調されている。また、『列子』楊朱篇にある酒や女色に溺れる話柄などに基づいて、官能的快楽的な思想ともされる。その思想は孟子に敵視されたが、荀子や韓非子になるとその名を挙げるも批判はみえず、『淮南子《えなんじ》』氾論訓では、「性《せい》を全うして真を保ち、物《もの》を以て形《かたち》を累《わずら》はさざるは、楊子の立つ所なり。而れども孟子之を非とす」と見えるように中立的な評価になった。また、後述するように、陶淵明を含め六朝期の詩人らはしばしばその名を挙げ、親近感を示した。

これまでの先行研究では、陶淵明の詩文には楊朱篇を踏まえた表現が多いとの指摘もすでにあるが、『列子』を偽書だとしてその楊朱篇の信憑性を疑うために、陶淵明における楊朱思想の影響について詳しい検討はまだ十分になされていない。ただ、『列子』または楊朱篇の信憑性に疑問点があるとしても『列子』が陶淵明の愛読書の一つであることはすでに先行研究において明らかにされており、陶淵明の思想には楊朱篇を含む『列子』の思想を受け入れているところも十分にある。本書（第一章、第二章）では、魏晋の知識人らの楊朱受容と合わせて、楊朱篇に見られる思想と陶淵明の思想との関連性に着目し、陶淵明の隠逸思想の独自性を解明するために、楊朱または楊朱一派の思想の影響を考察したい。

（二）　隠逸詩人としての気質における独自性

六朝時代において隠逸詩人は多数現れたが、陶淵明だけが「宗」という称号を与えられ、しかも長く認められていることからすると、彼が隠逸詩人として特別な存在であることがわかる。先行研究においては、六朝期における陶淵明の特殊性については主に当時流行していた美麗な詩風に合わないその素朴な詩風に注目するものが多い。逆に、すでに「宗」と位置付けされた陶淵明の隠逸詩人としての気質に注目するものは少なく、その特殊性については、まだ明らかにされていない。そこで、本書の第三章では、同じ六朝期の他の詩人との比較を通して、その特殊性の具体像を明らかにしたい。

具体的に言えば、まず陶淵明とほぼ同時代に活躍し、人生の経歴として、出仕、辞官、隠居という過程が見られるなど、共通点が非常に多い湛方生《たんほうせい》（生卒年不詳）に注目すべきだと考える。近年の先行研究としては、すでに渡邉登紀「湛方生と官の文学――東晋末の文学活動」[32]、銭志熙「湛方生――一位与陶淵明気類相近的詩人」[33]などの論文があり、湛方生と陶淵明の共通性が指摘されているが、両者の相違点およびその理由についてはまだ研究の余地が残されている。

次に、南朝梁の江淹《こうえん》（四四四～五〇五）は、その「雑体詩」において「田居」と題する陶淵明の擬詩を作り、鍾嶸に先立って陶淵明の隠逸詩人としての特徴を示した。そのみずから編纂した作品集をみれば、彼が実際に隠逸生活を送ったのは呉興郡（現在の浙江省湖州市一帯）に左遷された時期のみであるが、仕官していたか隠逸していたかを問わず、隠逸に対する憧れを積極的にうたい、隠逸思想を抱いていたことは明らかである。

江淹の思想に関する先行研究は、主に儒家（教）、道家（教）、仏教各思想の傾向に関するものに集中している[34]。各家の研究成果をまとめると、まず儒家思想について、江淹は、伝統的な儒家教育を受け、儒家の精神を実践し、儒家思想がその思想の中で主導的な地位を占めていると言われる。ここでは、主に仕官に関わる儒家思想に対する態度を中心に論じられており、隠逸思想との関わりはあまり言及されていない。一方で、道家（教）と仏教に関して、彼も積極的にその思想を取り入れ、詩文に織り込んでいると言われる。そこには、隠逸的な思想傾向を持つ内容も見られる。ただ、彼の隠逸思想の根源と具体的な表現の仕方、当時隠者としてよく知られていた陶淵明との関わりについての分析は、まだ十分にはなされていない。そのため、江淹と陶淵明との比較を通して、二人の隠逸詩(35)の特徴を浮き彫りにし、二人にとっての隠逸文学の意義を明らかにすることを一つの課題とした。

（三）　陶淵明の「隠逸詩人」としての評価

六朝期において、陶淵明はすでに「隠逸詩人」として認められていたが、当時の評価は主にその「隠逸」つまり人物像の面に集中しており、「詩人」としての面つまり文学上における評価は、全体として低調であると先行研究では言われている。その根拠として取りあげられるのは、主に以下の五点である。

①劉勰『文心雕龍』、沈約『宋書』の「謝霊運伝論(36)」、蕭子顕『南斉書』の「文学伝論(37)」などのような文学批評関連の著作において、当時の文才を列挙する際、陶淵明の名が挙げられていないこと。陶の知人である顔延之が書いた「陶徴士誄(38)」、沈約『宋書』陶潜伝などでは、主にその隠者としての人物像が賞賛され、詩人としてはあまり触れられていないこと。とりわけ、顔は陶淵明の文学についての評価として、「文は指《むね》の達するを取る（文取指達）」というたった一文しか述べていないこと。

②鍾嶸が漢から梁までの詩人のランク付けをする際に、陶淵明を「中品」に入れており、序文においても一流の詩人と並べて述べられていないこと。

③「往往にして奇絶異語《いご》有り」（「陶集序録」）と評価している北斉の陽休之も、「詞彩未だ優れず」と陶詩の文学上の不足を指摘していること(39)。

④陶淵明の詩文を模倣した詩人として、鮑照と江淹がいたが、その数が一首のみであること。

⑤貴族階層の代表である昭明太子蕭統と簡文帝蕭綱《しょうこう》（五〇三～五五一）の兄弟は、陶淵明を愛慕していたが、文学的に評価しているというよりも、主に隠者としての面に注目しており、政治的、風教的な働きを重視していたこ

と。

五点のうち、とりわけ②の『詩品』における「中品」というランク付けをもって六朝期における陶淵明評価を論じることが多い。しかし、詩論の専著としての『詩品』において、陶淵明を「中品」に入れることは本当に低い評価だと言えるのか。またはランク付けのみを鍾嶸の評価の全てだと考えてよいのであろうか。そして、①の顔延之が云う「文取指達」というのは確かに短い評価ではあるが、陶淵明を敬慕していた顔延之がこのような評価をした理由はなんであろうか。等々の課題はまだ残されている。

⑤については、蕭統の場合、『陶淵明集』を編纂し、「陶淵明伝」も著したが、『文選』には陶詩を七題八首しか収めていないこともよく指摘される。蕭綱の場合、陶淵明に対する愛好について、南朝末期の顔之推『顔氏家訓』文章篇に見える次の言葉がよく取りあげられる。

劉笑綽、当時既に重名有り、与《とも》に譲る所無し。唯《た》だ謝朓に服し、常に謝詩《しゃし》を以て几案の間に置き、動くも静《すわ》るも輒《すなは》ち諷味す。簡文の陶淵明の文を愛するも、亦《ま》た復《ま》た此の如し。(40)

この記述は、蕭綱の陶淵明愛好の証拠とされると同時に、このほかに蕭綱の陶淵明評価が明白に見られないことも注目すべきである。

そして、鍾嶸、江淹、蕭統・蕭綱兄弟などの評者は、いずれも貴族、官僚の階層に属しており、六朝期の文学集団と政治集団との密接な関係からみれば、彼らの評価には、それぞれの立場、自分が所属している文学集団の主張、当時の社会の一般風潮など外部の要素を反映した面はないのか等々の課題が残されている。

そのため、六朝期における陶淵明の文学に対する評価をめぐっては、当時の文壇の代表者となる顔延之、鍾嶸、江淹、蕭統・蕭綱兄弟などの評価およびその背後にある理由について、より具体的な考察が必要になってくる。本書の第四章では、江淹、鍾嶸、蕭統、蕭綱の四人の評価をその背景を踏まえたうえで分析する。

注

（1）神楽岡昌俊『中国における隠逸思想の研究』、ぺりかん社、一九九三年。

（2）神楽岡昌俊はまた次のように述べる。「体制内にあって積極的に体制に奉仕するものもあれば、同じ体制内にありながらも消極的なものもある。また、反体制のものもある。積極的なものとしては、政治そのものの超克を図るものもあれば、政治への心の強さのために、却って政治に背を向ける者もある。自己の信条によって政治からの逃避をはかる者もあれば、帝王・諸侯たることを辞する者もある。消極的には仕官を求めても得られずして政治を離れる者もある。」と（前掲『中国における隠逸思想の研究』、一四頁）。

（3）『論語』微子篇に、孔子、杖にあじかをさして荷なって歩く長者のことについて、「隠者なり」と言った記述がある。

（4）『論語』尭曰篇に「逸民を挙ぐれば、天下の民は心を帰す」とあり、また、微子篇「逸民には、伯夷と叔斉、虞仲と夷逸と朱張、柳下恵と少連あり」とある。

（5）前掲『中国における隠逸思想の研究』、一二頁。

（6）生卒年について、没年は一致を見ているが、生年に関しては、ほかに三五二年生まれの享年七十六歳説と三七二年生まれの享年五十六歳、また三七六年生まれの享年五十二歳などの諸説がある（許逸民『陶淵明年譜』（中華書局、一九八六年）に収録の年譜を参照）。

（7）名と字について、『宋書』巻九十三・隠逸伝には「陶潜、字は淵明。或いは云ふ、淵明、字は元亮」というように諸説がある。

（8）『宋書』巻九十三・周続之伝に「時に彭城の劉遺民は廬山に遁跡し、陶淵明も亦た徴命に応ぜず。之を尋陽三隠と謂ふ」とあり、蕭統の「陶淵明伝」ではほぼそのまま受け継ぎ、「時に周続之廬山に入り、釈慧遠に事ふ。彭城の劉遺民も亦た匡山に遁跡し、淵明も又た徴命に応ぜず、之を潯陽三隠と謂ふ」と述べている。

（9）天津人民出版社、二〇一五年、三六頁（初出は、棠棣社、一九五三年。該当書の訳は、李長之著、松枝茂夫・和田武司訳『陶淵明』、筑摩書房、一九六六年を参照した。以下同様）。

（10）前掲李長之『陶淵明伝論』、三〇頁。

（11）岩波書店、一九五八年、一三六〜一七九頁。

（12）陶淵明の詩文の引用について、原文は袁行霈撰『陶淵明箋注（修訂本）』（中国古典文学基本叢書、中華書局、二〇一一年）を底本にし、書き下し文は主に釜谷武志著『陶淵明』（新釈漢文大系・詩人編一、明治書院、二〇二一年）などを参考にした。

(13)　例えば北宋の陳師道『後山詩話』巻二十二・二十三、恵洪『冷斎詩話』(津逮秘書本(郭紹虞『宋詩話輯佚』巻下所収)、巻一)、胡仔『苕渓漁隠叢話三則』(海山仙館叢書本、後集巻三)、葉夢徳『石林詩話』(『歴代詩話』所収本、巻下)、黄徹『䂬渓詩話』知不足斎本、巻二、巻三、巻五、巻七、巻八、南宋の周必大『二老堂詩話』(津逮秘書本)、楊万里『誠斎詩話』巻百十四、厳羽『滄浪詩話』(津逮秘書本)等々がある。

(14)　蕭統の「陶淵明集序」、南宋・湯漢『陶靖節詩集注』、元・李公煥『箋注陶淵明集十巻』、民国以降の古直『陶靖節詩箋定本』、王瑶注『陶淵明集』(作家出版社、一九五六年)、逯欽立『陶淵明集』(中華書局、一九七九年)、前掲袁行霈『陶淵明集箋注』、王叔岷『陶淵明詩箋証稿』(中華書局、二〇〇七年)等々がある。

(15)　日本放送出版協会、一九七三年。この本は中国語に翻訳され、中国大陸や台湾などの学界からも大きな反響を得た。

(16)　南宋・黎靖徳編、王星賢点校『朱子語類』(理学叢書)巻百三十六、中華書局、一九九四年。

(17)　『真文忠公文集』巻三十六、台湾商務印書館、一九六八年。

(18)　『象山全集』巻三十四。

(19)　陳寅恪「陶淵明之思想与清談之関係」(『金明館叢稿』初編、陳寅恪文集其二、上海古籍出版社、一九八〇年、二〇五頁。単行本の初出は一九四五年)。

(20)　朱光潜は、「淵明の心の有様から考えれば、儒家に属する部分もあれば、道家の部分も見られる。必ずしも内と外の区別があるわけではない。淵明は、とりわけ儒家の徒になろう、または道家の徒になろうとしているわけではない。もし仮に彼がどちらの徒になろうとするかと言えば、儒家になろうとする可能性がより大きいと私は考える」(『朱光潜全集』第三巻、安徽教育出版社、一九八七年、二五四頁)と述べている。

(21)　元・李公煥が『箋注陶淵明集』十巻・巻四、「雑詩」其六における「奈何五十年」に対する注を参照(四部叢刊初編縮印本、台湾商務印書館、一九六七年)。

(22)　『仏祖統紀』五十四巻・巻二十六、「浄土立教志」第十二之一(大正新修大蔵経刊行会『大正新修大蔵経』第四十九冊、史伝部一、二〇三五、一九九〇年版、二六九―下、初版は一九二四～一九三四年)。

(23)　蘇軾「書淵明飲酒詩後」に「『飲酒』の詩に云ふ、「千金の軀を客養するも、化に臨んで其の実を消す」と。実は軀を過ぎず、軀は化すれば則ち実已む。人は靖節、道を知らずと言ふも、吾は信ぜざるなり」とある(前掲『蘇軾文集』、二一一二頁)。

(24)　羅大経『鶴林玉露』巻之五、甲編「神形影」、中華書局、一九九七年、九二頁。

(25)　南宋・葛立方『韻語陽秋』巻十二に、「不立文字、見性成仏の宗。達磨は西より来りて方に之有り、陶淵明の時未だ有らざるなり。其の自祭文を見れば、則ち「陶子　将に逆旅の館を辞し、永へに本宅に帰らんとす」と曰ひ、其の「擬挽詞」則ち、「生有れば必ず死有り、早く終ふるは命の促すに非ず」と曰ひ、其の「飲酒」の詩を作せば、則ち、「菊を采りて東籬の下、悠然として南山を見る。此の中に真意有り、弁ぜんと欲すれども已に言を忘る」と曰ひ、其の「形影神」三篇は、皆意を寓して高遠なり。蓋し第一達磨なり」(『百部叢書集成之二四　学海類編』十二に所収、芸文印書館、一九六七年)とある。

(26) 前掲『漢魏六朝文学論集』、二二八〜二四六頁。

(27) 前掲『金明館叢稿』初編、一九六頁。陳寅恪はこの文の中で、陶淵明の思想について、「陶淵明はおよそ生涯陶氏が代々伝える天師道の信仰を保っており、儒家の思想にも服膺するが、釈迦に帰依することはなかったであろう」と述べている。

(28) 前掲『陶淵明伝論』、一五〇頁。

(29) 大矢根文次郎『陶淵明研究』、早稲田大学出版部、一九六七年、一五五頁。

(30) 陳寅恪「陶淵明之思想与清談之関係」に、「淵明の思想は、魏晋時代における清談の演変の結果を受け継ぎ、その先祖から信仰されていた道教の自然説を基礎として、新自然説に改めたものである」と述べている(前掲『金明館叢稿初編』一八〇〜二〇五頁)。

(31) 小林勝人『列子の研究——老荘思想研究序説』「第五部　楊朱私考」、四七六頁、明治書院、一九八一年。

(32) 『歴史文化社会論講座紀要』(八)、二〇一一年二月、一〜一六頁。

(33) 『文史知識』、一九九九年第二期、六一〜六九頁。

(34) 例えば、儒教に関して、王大恒・王曉恒「論江淹作品的儒家傾向」(『長春師範学院学報(人文社会科学版)』(第二七巻第四期)、二〇〇八年七月、五六〜六一頁)、道教に関して、王大恒「江淹作品的道家傾向」(『寧波大学学報(人文科学版)』(第一八巻第三期)、二〇〇五年五月、三四〜三八頁)、梁明「求仙帰隠心霊寄托——論江淹的道教思想」(『蘭州教育学院学報』(第二八巻第七期)、二〇一二年十月、二〇〜二二頁、三二頁)、仏教に関して、郜林濤「江淹与仏教」(『晋東南師範専科学校学報』(一九)、二〇〇二年三月、三五〜三七頁)、張淼・何応敏「仏道思想与江淹的生命意識」(『青海社会科学』(二〇〇八年第二期)、二〇〇八年三月、一四〇〜一四三頁)、何剣平「南朝士大夫的仏教信仰与文学書写——以江淹為考察中心」(『四川大学学報(哲学社会科学版)』(第二〇〇期)、二〇一五年五月、九八〜一〇八頁)、饒峻妮・許雲和「「別賦」、人間愛別離苦的仏学観照」(『貴州社会科学』(第三二〇期)、二〇一六年八月、一九〜二六頁)等がある。

(35) 本書にいう「隠逸詩」とは、隠逸の志を述べ、隠逸行為、隠逸生活について語っている詩文のことを指す。「玄言詩」「田園詩」「遊仙詩」と呼ばれるものと重なる部分もある。

(36)『宋書』巻六十七。
(37)『南斉書』巻五十二。
(38)『文選』巻五十七。
(39)清・陶澍『靖節先生集』巻首「諸本序録」、文学古籍刊行社、一九五六年重印本。
(40)北斉・顔之推撰、王利器集解『顔氏家訓集解』(新編諸子集成第一輯)巻四、中華書局、一九九三年、二九八頁。

第一章　中国の隠逸思想

第一節　『詩』と『易』に見える隠逸思想

中国における隠逸思想は、独立した思想ではなく、古くから存在し、多くの思想学派に含まれていると言える。その根源を遡ってみれば、『詩』や『易』にすでに見える。

まず『詩』においては、「隠逸詩の宗」といわれる衛風・考槃(1)という詩があり、また陳風・衡門には隠者の清貧な住まいを象徴するとされる「衡門」(2)というイメージも見られる。『詩』の原義として隠逸や隠者をうたっているかどうかにかかわらず、「毛伝」のような権威のある解釈によって隠逸に結びつけられたことは事実である。このように、『詩』における隠逸を象徴するイメージは後世の隠逸文化にも受け継がれている。(3)

次に、『易』はもともと占いの書であるが、その中の「遯《とん》」「蠱《こ》」「乾《けん》」「坤《こん》」といった卦についての解釈では、出処進退についての思想が表現されているとするものが多く見られる。「遯」卦を例として挙げると、「遯」は「遁《とん》」と同じで、「隠れる」「逃れる」「避ける」「退く」という意味を表わしている。その卦辞である「遯、亨」について、孔穎達『周易正義』では次のように云う。

遯《とん》なる者は、隠退逃避の名。陰長《ちやう》ずるの卦《か》、小人方《まさ》に用ひられ、君子日に消ゆ。君子、此の時に当りて若し隠遯《いんとん》して世を避けざれば、即ち其の害を受けん。須らく遯《のが》れて而る後に通ずるを得《う》べし。故に「遯《のが》るれば、亨《とほ》る」と曰ふ。

また、「遯」の彖伝に「遯の時義《じぎ》、大なるかな」とあり、隠逸することの「時」を得ていることを讃えている。[4]「遯」卦の伝や解釈からわかるように、『易』に含まれている隠逸思想の特徴として、一つは、主体者を有徳者の「君子」「賢者」[5]とすること、いま一つは、「時」を重視し時勢によって判断すること、つまり「幾《き》を知る」（繋辞下伝）[6]ことである。

『易』に見える隠逸思想の特徴のうち、一つ目の特徴はとりわけ道家の隠逸思想に受け継がれている。つまり、隠れて「無為」「自然」な生き方を選ぶ人こそ、賢人、聖人であると道家では主張する。一方で、二つ目の特徴は、主に儒家の隠逸思想に受け継がれている。例えば、『論語』では、「危邦には入らず、乱邦には居らず。天下道有れば則ち見《あらは》れ、道無ければ則ち隠《かく》る」（泰伯篇）、「邦に道有れば、則ち仕ふ。邦に道無ければ、則ち巻きて之を懐《ふところ》にすべし」（衛霊公篇）、「邦に道有れば、穀《こく》す。邦に道無きに穀するは、恥なり」（憲問篇）などのように、『易』における「時義」が、世間における「道」の有無へと転換されている。儒家においても、道家的な隠者も含め、隠逸する人間のことを賢人として尊敬するが、儒家で理想的な隠者としてはやはり「時」という前提が常に意識されている。『孟子』における「窮すれば則ち独り我が身を善くし、達すれば則ち兼ねて天下を善くす」[7]（尽心上篇）、『荀子』における「時詘《ときくつ》（屈）すべきときは則ち詘（屈）し、時伸ぶべきときは則ち伸ぶ」（仲尼篇）というのは、いずれも『易』や『論語』に重視される「時」の考えを受け継いでいる。

『易』における隠逸に関わる文言は、中国の隠逸伝においてよく隠逸の根拠とされている。例えば、先に取りあげた「遯の時義、大なるかな」や、「蠱」卦の「上九」の爻辞にある「王侯に事《つか》へず、其の事を高尚にす」という文が『後漢書』逸民列伝の序などに引用されているのがそれである。

第二節　孔子が語る隠逸

『論語』では、隠逸する「時」を明確に示しているだけではなく、微子篇では集中的に、孔子が当時の隠者と出会い、会話し、あるいは隠者の名を列挙して評論したことが記述されている。その中の三つの例を以下のように挙げる。

①楚の狂接輿、歌ひて孔子を過《よ》ぎて曰く、「鳳や鳳や、何《なん》ぞ徳の衰へたる。往く者は諫むべからず、来る者は猶ほ追ふべし。已《や》みなん已みなん。今の政《まつりごと》に従ふ者は殆《あや》ふし」と。孔子下りて、之と言はんと欲すれば、趨《はし》りて之を辟《さ》け、之と言ふことを得ず。

②長沮・桀溺、耦《ぐう》して耕す。孔子之を過ぎ、子路をして津《しん》を問《と》はしむ。（中略）子路行きて以て告ぐ。夫子憮然として曰く、「鳥・獣は与に羣《むれ》を同じくすべからず。吾、斯の人の徒《と》と与にするに非ずして、誰と与にかせん。天下道有らば、丘与に易《か》へざるなり」と。

③逸民は伯夷・叔斉・虞仲・夷逸・朱張・柳下恵・少連。子曰く、其の志《こころざし》を降《くだ》さず、其の身を辱しめざるは、伯夷・叔斉か。柳下恵・少連を謂ふ。志を降して身を辱しむるも、言は倫《りん》に中《あた》り、行は慮《りょ》に中る。其れ斯くのごときのみ。虞仲・夷逸を謂ふ。隠居して放言し、身は清《せい》に中り、廃せられて権《けん》に中る。我は則ち是《これ》に異《こと》なり。可も無く不可も無し。

これらの例から見れば、孔子が隠者との接触を拒まず、彼らを尊重していた態度が見られる。それは、主に当時の社会が「無道」である事実についての共感によると考えられる。一方で、孔子も隠者の生き方とは異なった道を歩もうとする意思をはっきりと表明している。孔子は、例文③の「可も無く不可も無し」という考えによって、中庸的かつ「時」による可変的な隠逸の考えを持っていた。

そのため、孔子が隠者を列挙することや、隠者との接触に積極的な態度を持つことは、隠逸に憧れる気持ちを表明するというよりも、ただ当時の社会状況に対する批判的な姿勢を示すために過ぎない。孔子は当時の隠者らとこのような姿勢を共有できたとはいえ、隠者らのような消極的な態度を示すに止まらず、積極的に問題に直面して、それを改善しようとすることこそ孔子の本当の意図である。このような意図は『論語』全体に一貫しているものだとも言える。したがって、その隠逸志向を表明する言葉も、むしろ「無道」を批判する意思を表わす場合が多いと考えられる。以下、魏の何晏編『論語集解』や、北宋の邢昺の『論語注疏』など、歴代の解釈を踏まえながら、『論語』における孔子の隠逸志向を表わす例を取りあげて、その背後にある孔子の意図およびあえてその意図を隠す理由を考察したい。

一　隠逸志向と「道」

孔子の隠逸志向としてよく取りあげられるのは公冶長篇の次の一章である。

子曰く、「道行《おこ》なはれず、桴《いかだ》に乗りて海に浮かばん。我に従はん者は其れ由なるか」と。子路之を聞きて喜ぶ。子曰く、「由や、勇を好むこと我に過ぐ。材《ざい》を取る所無からん」と。

孔子が弟子の子路に対して、自分の主張が認められないことを嘆き、いっそ中原を離れて小舟で辺鄙なところに行こうと言った。子路が孔子とともに行くことを呼びかけられて喜んだので、孔子は、戯れに子路が勇気だけはあると揶揄した。孔子が敢えてその本音を隠す理由は、一つは自分の主張が認められていないことに対する不満を婉曲な表現に表わすためであり、いま一つは、勇を好む子路の回答を予測できたので、発言または行動する前に慎重に考えるように教育しようとしたためである。孔子と子路のこのようなやりとりは「隠」に限らず、「見」つまり出仕しようとする場面においても見られる。例えば、陽貨篇に次のようにある。

仏肸《ひつきつ》、召《まね》く。子往かんと欲す。
子路曰く、「昔者《むかし》、由や諸《これ》を夫子に聞けり、曰く、「親《みづか》ら其の身に於いて不善を為す者は、君子は入《い》らざるなり」と。仏肸は中牟《ちゆうぼう》を以て畔《そむ》く。子の往くや、之と如何」と。
子の曰く、「然り、是の言有るなり。堅しと曰はざらんや、磨《ま》すれども磷《うすろ》がず。白しと曰はざらんや、涅《でつ》すれども緇《くろ》まず。吾れ豈に匏瓜《はうくわ》ならんや。焉んぞ能く繋《かか》りて食らはざらん」と。

反乱を起こした仏肸に招かれた孔子がそれに応えて行こうとしたのについて、子路は「君子」の行動に相応しくないとして不満を表わした。それをうけ、孔子は「君子」の汚れに染まることがない面をもって説明した。さらに、「匏瓜」のように自分の才能を生かして仕事せずにはいられないと言っている。[8]

『論語』におけるこの二章について、晋の江熙[9]は次のように述べる。

江熙云ふ、夫子豈に実に公山仏肸に之くか。往かんと欲するの意は、以て係り無きを示し、以て門人の意を観る。「九夷に居らんと欲す」、「桴に乗りて海に浮かばん」の如きのみ。子路、形を見るも道に及ばず。故に桴に乗るを聞けば喜び、公山に之くを聞けば説《よろこ》ばず。堂に升《のぼ》るも未だ室《しつ》に入らず、安くんぞ聖人の趣を得んや。

孔子は、あえて子路に反乱をした仏肸に仕える意を示すことで、その「係」るところ、つまり自分を採用し、自分の「道」を行なってくれる人がいないことを表わしている。これは「浮海の嘆」と同じように、いずれも「道」が行われないことについての嘆きだと江熙は解釈している。「堂に升るも未だ室に入らず」と言われる子路であるが、孔子はその反応を予測していて、あえて本音を隠して、子路を「室に入る」ように導いている可能性もある。

また、泰伯篇において、孔子は「危邦には入らず、乱邦には居らず。天下道有れば則ち見れ、道無ければ則ち隠る」と言っているが、あえて「乱邦」に入ろうとする場合もある。例えば、陽貨篇に次のようにある。

公山不擾、費《ひ》を以て畔《そむ》く。召く。子往かんと欲す。子路説《よろこ》ばずして曰く、「之くこと末《な》きのみ。何ぞ必らずしも公山氏に之れ之かん」と。

子曰く、「夫れ我を召く者にして、豈に徒《ただ》ならんや。如し我を用ふる者有らば、吾れは其れ東周を為さんか」と。

邢昺は『論語注疏』において、「此の章は孔子の乱を避けずして周道を興さんと欲するを論ずるなり」というようにこの章の主旨をまとめているが、おそらく仏肸の例と同じように、孔子は本当に行こうとするわけではなく、子路を導くためにあえてした発言であろう。そして、「如し我を用ふる者有らば、吾れは其れ東周を為さん」という意志を表わし、賢明な君主にその抱負を発信したいのではないだろうか。

二　隠逸志向と「礼」

孔子が隠逸志向を表明した背後には、正しい道が行なわれていないことと自分の道を認めてくれる賢明な君主がいないことを婉曲に批判する意図がある一方で、中国を離れた辺鄙なところを隠逸する場所とし、その地で「礼」の思想を広めようとする考えも見られる。孔子にとって、政治の中央で用いられれば、もちろん最も早くその理想的な社会を築くことが可能になる。しかし、それがうまくいかない場合、孔子は、微子篇に登場した隠者たちのようにただ隠れて農耕をしたり、人とのつながりを断ったりするするのではなく、やはり引き続き積極的にその主張を周りに伝え、影響を与えようとするのである。例えば、子罕篇に次のようにある。

子、九夷に居らんと欲す。或るひと曰く、「陋《いや》しきこと之を如何せん」と。

子曰く、「君子之に居らば、何の陋しきことか之れ有らん」と。

「浮海の嘆き」と同様、ここも本気で未開の民族が住むと言われる「九夷」に行くというよりも、中国に明君のいないことに対する不満を表わしている。ただ、「浮海の嘆き」と異なる点として、仮に行った場合にも言及されていることが挙げられる。邢昺は『論語注疏』において次のように説明している。

「子曰く、「君子之に居らば、何の陋しきことか之れ有らん。」」とは、孔子、或人に荅《こた》へて、君子の居る所なれば則ち化せられ、礼義有らしむと言ふ。故に何の陋しきことか之れ有らんと云ふ。

中国から離れて「海に浮かぶ」「九夷に居る」ということは、孔子が考える「隠逸」の具体的な方式であるかもしれないが、それを表明する姿勢の中には、中国の政権に対する失望がありつつも、自分の主張に対して強い自信を持っており、それを諦めることはないのであろう。「仁」という「道」の具体的な実践とされる「礼」によって「九夷」を変えようとすることは、孔子のこのような姿勢が表れている典型的な一例だと言える。ただ、季氏篇に「隠居して以て其の志を求め、義を行ひて以て其の道を達すと。吾其の語を聞けり。未だ其の人を見ざるなり」とあるように、孔子は隠逸によって本当にその道が実現できるとは考えておらず、あくまでも現実に対する不満を婉曲に表わしているだけである。

『論語』において「隠逸志向」と「礼」とが結び付けられていると考えられる一例として、曽点の志に対して孔子が賛同したことが挙げられる。それは先進篇に見える以下のくだりである。

瑟《しつ》を鼓《ひ》くこと希《や》み、鏗爾《かうじ》として、瑟を舍《お》きて作《た》ち、対《こた》へて曰く、「三子者の撰《せん》に異なり」と。
子曰く、「何ぞ傷《いた》まんや。亦た各々其の志を言ふのみ」と。
曰く、「莫春《ぼしゅん》には、春服既に成り。冠者五六人、童子六七人を得て、沂《き》に浴し、舞雩《ぶう》に風《ふう》し、詠じて帰らん」と。
夫子喟然《きぜん》として歎じて曰く、「吾は点に与《くみ》せん」と。[10]

「雩」とは魯の国で行なわれていた雨乞いの祭礼である。後漢の王充は、曽点が礼を重視している面が孔子に評価されているという。その『論衡』明雩篇に次のようにある。

　孔子曰く、「吾は点に与せん」と。点の言を善し、雩祭《うさい》を以て陰陽を調和せんと欲す。故に之に与するなり。雩をして正しきを失はしめ、点之を為さんと欲せば、孔子宜しく非とすべく、当に与すべからざるなり。樊遅《はんち》従つて游び、雩に感じて問ふは、魯の徳を崇《たつと》くする能はずして、徒らに雩するを刺《そし》るなり。夫れ雩は古よりして之有り。故に『礼』に曰く、「雩祭は、水旱《すいかん》を祭るなり」と。故《いにしへ》に雩礼有り。故に孔子譏《そし》らずして、仲舒之を申《の》ぶ。

孔子が「喟然」として嘆いたのは、もともと魯の国の伝統的な祭礼の一つでありながら、長らく正しく行なわれていないことを惜しむ気持ち、そして曽点がまだこの祭礼をもって志を述べることに感心する気持ちがあるのだろう。

王充の解釈では礼の話に止まるが、魏に至ると、周生烈が「点の独り時を知るを善す」[11]と云い、孔子の時に従って出処進退を決めることと結びつけられるようになった。邢昺の注においても周生烈の解釈を受け継いで、次のように詳しく述べている。

　仲尼は尭・舜を祖述し、文・武を憲章するも、生まるるは乱時に値《あた》りて、君に用ひられず。三子、時を相ること能はず、志は政を為すに在り。唯だ曽皙のみ独り能く時を知りて、志は身を澡《あら》ひ徳に浴し、懐を詠じ道を楽しむに在る。故に夫子之に与するなり。

邢昺は「時を知る」ことを、「政を為す」を求めず「道を楽しむ」ことにまで敷衍している。その理由として、ほかの三人は「乱時」を見分けることができず、「政を為す」ことを志にしているからだと言う。

邢昺のこの解釈にも一理あるが、この章では孔子がほかの三子の志を否定したわけではない。孔子は子路のことだけを笑ったが、その理由として、曽点との会話を踏まえると、軍事など厳しい政策を取ろうとしており、礼儀の重要さに気づいていないこと、そして子路の言葉には謙虚さが足りないことが考えられる。冉有と公西華については、否定するのではなく、逆に冉有の小さな地方も「邦」として治めたいとする謙虚さや、公西華の諸侯の国家の行事に注目し、「小相」になりたいとする謙虚さを評価している。

そのため、孔子は「政を為す」ことを否定するようなことを言っているのではなく、むしろ「政を為す」もととして、礼を重視しなければならず、政に従事するもの自身もまた振る舞いや発言において礼に従い、謙虚にしなければならないことを言っている。邢昺がこの章を孔子の隠逸志向と結びつけているのは、およそ『論語』のほかの章に表わされている、孔子の「時」に従った出処進退という考えの影響を受けているからであろう。邢昺のこの解釈によって、後世において、孔子の隠逸思想に言及する際にこの章が取りあげられることは少なくない。

三　隠逸志向と「言行」

孔子が隠逸志向を表わすことによって、社会の無道や明君の不在を批判したのは、無道の時に身を守るためには発言を慎むべきだという考え方によるものである。『論語』憲問篇に、

子曰く、「邦に道有れば、言を危《はげ》しくし行を危しくす。邦に道無ければ、行を危しくして言は孫《したが》ふ。」と。

とあるのがそれである。無道な政治が行なわれるさなかにあっては、厳しく発言しても聞き入れられないだけでなく、自分の身の安全も保証できない場合があるため、言語を柔らかく、婉曲にすることが必要になる。孔子は、実際にこの考え方を実践できた人物を特に高く評価している。例えば、『論語』憲問篇に、次のようにある。

子、公叔文子を公明賈に問ひて曰く、「信なるか。夫子は言はず、笑はず、取らざるか。」と。公明賈対へて曰く、「以て告ぐる者過つなり。夫子、時にして然る後に言ふ。人は其の言ふを厭はず。楽しみて然る後に笑ふ。人は其の笑ふを厭はず。義にして然る後に取る。人は其の取ることを厭はず」と。子曰く、

「其れ然り、豈に其れ然らんや」と。

おそらく、孔子からみれば「言はず」が難しいことであるため、衛の国の大夫である公叔抜の評判について、「信なるか」と尋ねた。公明賈の答えではその「言」うかどうかの基準を「時」と解釈したため、孔子は驚いて称賛した。いま一つの例として、南容に対する高い評価も見られる。『論語』では南容に関する記述は二箇所ある。

①南容、「白圭」を三復す。孔子、其の兄の子を以て之に妻《めあ》はす。（先進篇）

②子、南容を謂はく、「邦に道有れば、廃《す》てられず。邦に道無ければ、刑戮を免れん」と。其の兄の子を以て之に妻はす。（公冶長篇）

①では南容が『詩』大雅・抑の「白圭」を繰り返し読むことから、その「言」に慎むところを表わす。また、兄の娘を娶せたことから、孔子が「言」に慎む面を重視したことがわかる。

②における孔子の南容を評する言葉からは、南容が「言」に慎むことによって無道の環境の中で身を守ったことがわかる。

南容の言行の方法は孔子の「時」を重視する考えと一致しており、実際に実践して、効果も出たため孔子に賞賛されているのであろう。このような「時」に従った言行の仕方は君子の「徳」とされる。衛霊公篇に次のようにある。

子曰く、「直なるかな史魚。邦に道有るにも矢の如く、邦に道無きにも矢の如し。君子なるかな、蘧伯玉。邦に道有れば則ち仕へ、邦に道無ければ則ち巻きて之を懐にすべし」と。

矢のごとくただ剛直に振る舞う史魚よりも、孔子は、蘧伯玉のことを正しく出処進退できるからこそ「君子」なのだと、より高く評価している。孔子にとって、適切な出処進退はまた「賢者」の評価基準とされる。憲問篇に次のようにある。

子曰く、「賢なる者は世を避け、其の次は地を避け、其の次は色を避け、其の次は言を避く」と。子曰く、「作《な》す者は、七人ならん」と。

この中の七人は『論語』に見える隠者たち（長沮、桀溺、丈人、石門のひと、荷蕢《かき》のひと、儀の封人ら）を指すと言われる。ここの「賢者」の定義や言・行の順番は、一見すると孔子のほかの章に見える発言と矛盾するのではないかという疑問が生じる。あるいは、優劣ではなく、それぞれ遭遇する状況の差異を指すという解釈もある[12]。ただ、孔子は、あえて順番を逆にして、当時の社会の「無道」の厳重さを婉曲に指摘し、為政者に賢者の流失を意識させようとしている願いを表している可能性も考えられる。

以上をまとめると、『論語』に見える、孔子がいう「道無ければ則ち隠る」という言葉は、「行」における「隠」というよりも「言」における「隠」であると言えよう。「海」や「九夷」という行動上の「隠」に関する発言も見られるが、これも「言」の「隠」によるものであり、婉曲に政治を批判することがその本当の主旨である。そして「隠」の目的は、主に身を守るということで、一種の生活の計略であって、隠逸はやむをえずに選んだ「退くを以て進むと為す」道であり、その根本には「入世」（社会に出る）という目標がある。官僚生活に失望して、「道行はれず、桴に乗りて海に浮かばん」（公冶長篇）という考えが浮かんだだけで、官僚生活を根本的に否定するとは考えられない。官僚生活に対するこの態度が原因であるかもしれないが、儒家思想では、「道無ければ則ち隠る」が提唱されているものの、隠逸の実践方法（場所、生き方など）については明確には示されていない。そのため、儒家を信奉する士人にとっては、隠逸を決心する段階までは儒家の教えに従ったとしても、実践段階において、道家思想から理論的な支えを探り得なければならなくなるのである。

第三節　老子・荘子における隠逸

隠逸思想が道家思想と結びつくことについては、小林昇が指摘しているように、「政治から逃避して自己の安全を求める思想が根本であった」[13]。道家思想の「無為」と「自然」の思想は、隠士の人間社会に見える、特に政治環境から離れ、自然環境に戻るという傾向に合致している。また、身を保ち、生を全うし、現実を超越した精神境地に至るという隠逸の目的も、老荘の「名」と「利」を軽視し、「命」と「身」を重視する思想に合致している。

例えば、『老子』[14]第十九章に次のようにある。

聖を絶ち智を棄つれば、民の利は百倍し、仁を絶ちて義を棄つれば、民、孝慈に復り、巧を絶ち利を棄つれば、盗賊有ること無し。此の三者は、以て文足らずと為す。故に属する所有らしむ。素を見《あら》はし樸《ぼく》を抱き、私を少なくして欲を寡なくす。

智慧、仁義、利益、欲望等々を社会争乱の原因と見て、人為的な政治社会を否定している。そして、「聖人は功成りて居らず」(第二章)、「聖人は私無し」(第七章)、「名と身と孰《いづ》れか親しき、身と貨孰れか多《まさ》れる」(第四十四章)と、功績、私欲、名誉をも否定し、素朴で自由な世界を求めている。『荘子』[15]においても『老子』と同様な考えが見られ、「至人は己無く、神人は功無く、聖人は名無し」(逍遥遊篇)と、世俗的なものを否定し、精神上の超越的な自己の存在を求める[16]。

また、老荘思想における「夫れ物は芸芸たるも、各々其の根に帰す。根に帰るを静と曰ひ、是れを命に復ると謂ふ」(『老子』第十六章)、「天下の式と為れば、常の徳は忒《たが》はず、無極に復帰す」(『老子』第二十八章)、「其の光を用ひて其の明に復帰すれば、身の殃《わざはひ》を遺《のこ》す無し。是れを常に襲《よ》ると謂ふ」(『老子』第五十二章)という「復帰」思想も、隠逸における世俗から自然への帰還と行動の方向性において一致している。さらに、老子と荘子はみずからもまた隠逸の実践者であり、隠士にとって模範にもなっている。このように、老荘思想を支えとして「隠遁者たちはおおいに勇気づけられるようになった」[17]のである。

ただ、老子と荘子の思想の中では、隠逸に関わる部分にも差が存在する。老子は、政治や社会に関心を持っており、その「無為」「無功」「無名」の「道」には功利的、処世的な傾向がある。[18]具体的に言うと、「無為を為し、無事を事とし、無味を味はふ」(第六十三章)という処世術を通して、「敗るること無し(無敗)」、「失ふこと無し(無失)」(第六十四章)という万全な処世の成果を得る。そして、「無為の為」によって得られる成果に対する態度について、「争はず」と主張するが、[19]「天の道は争はずして善く勝つ」(第七十三章)、「夫れ惟だ争はず、故に能く之と争ふ莫し」(第二十二章)というように、「善く勝つ」、「能く之と争ふ莫し」という目的はやはり存在している。ただ、老子思想における功利性は、儒家のそれとは異なり、積極的に刻意に求めることを否定し、「無為」によって自然に得られるものである。同じく「無為」を説く荘子は、老子が説く処世の方法とは異なり、「我」という主体に重点的に関心を注いでいる。老子は「有為」の政治を否定しているにもかかわらず、統治者とは乖離することなく、むしろ統治者に統治する良策を提供している。これに対して、荘子は、「上に君なく、下に臣なく、亦た四時の事無し。従然として天地を以て春秋と為す」(至楽篇)というような、統治者と完全に乖離する社会を憧憬し、徹底した自由な生き方を求めている。[20]荘子が説く「逍遥」の「隠」は、朝廷で仕官することと山林田園に帰還することとの間の選択ではなく、すべての世俗の縛りから超越した、精神的に自由な状態のことである。山林田園に帰還することは、この精神の解放によって自然に至った結果であるが、山林田園という現実的な場所自体は必ずしも固執するところではない。

第四節　楊朱思想における隠逸

道家の隠逸思想において、もう一つ重要な存在は楊朱思想の「為我」主義である。楊朱の思想は、戦国時代において、すでに「為我」（『孟子』（尽心上篇・滕文公下篇）あるいは「貴己」（『呂氏春秋』不二篇）などと称され、そして、『淮南子』氾論訓では、「性を全うして真を保ち、物を以て形を累はさざるは、楊子の立つ所なり。而れども孟子之を非とす」と見えるように、その個人主義的な一面が強調されている。一方で、東晋の張湛の施注によって公にされた『列子』には、唯一楊朱その人を主体とする作品である楊朱篇が収められているが、『列子』という書物は偽作である可能性が高いとされているため、楊朱篇は戦国時代の楊朱の思想を完全に反映しているとは限らない(21)。ただ、この一篇における名と実、生と死、個人と天下などについての論述からみれば、やはり『孟子』や『呂氏春秋』、『淮南子』などに記述される個人主義的な考えから離れていないことがわかる。

楊朱と隠逸との関係について、馮友蘭『中国哲学簡史』では、初期の道家のことを自分の隠逸のために理論を提出した隠者たちだとし、その中で最も早い時期の代表人物として楊朱の名が挙げられている(22)。ならば、楊朱思想の中には隠逸に関わる思想が含まれていても不思議ではない。第二章で述べるように、陶淵明の詩文に『列子』楊朱篇を踏まえたものが多いことは、すでに李長之、古直などの学者によって指摘されている。とくに李長之は思想上における両者の一致を、次のようにはっきりと指摘している。

総括して言えば、陶淵明の思想上の傾向は、その時代の一般の人々の思想上の傾向でもあり、その中で、一つの明らかな例として、晋の人によって作られた『列子』にある楊朱篇が挙げられる(23)。

李長之も楊朱篇を六朝時代の偽作だと見なし、六朝時代の環境によって生まれた陶淵明と楊朱篇の思想上の共通性をとらえているようである。楊朱篇は楊朱学派の後学による作かもしれないが、楊朱一派の思想の具体像を確認するうえで唯一かつ重要な文献であることは否定できない。陶淵明の隠逸思想を論じる前に、楊朱思想における隠逸思想をまず確認する必要がある。

一　「為我」

前述したように、戦国時代から楊朱思想はよく「為我」の二字で要約される。『列子』楊朱篇では、その「為我」の考えは主に「我」と「物」との関係をめぐって論じられている。まず、「我が為《ため》」となることには、官能的な快楽も含まれるが、それに限らず、生涯不満がないという精神状態も含まれる。また、「物」とは、天下、他人、名、死などといった、「我」という個体が左右できず、すべきでもないことを指す。

楊朱の隠逸についての考えも、やはり「為我」の二字から離れていないと考えられる。隠逸に関する内容は、現存する楊朱の思想に関連する文献に散見される。例えば、『韓非子』顕学篇に次のようにある。

今人此に有り。義として危城に入らず、軍旅に処らず、天下の大利を以てするも、其の脛《すね》の一毛にも易へざる、(中略)以て物を軽んじ生を重んずる士と為すなり。

ここでは、『淮南子』氾論訓の「性を全うして真を保ち、物を以て形を累《わづら》はさず」と同じく、「生」と「性」の保全を重んじる考えや、隠逸の傾向がうかがわれるが、判然としない。一方、『列子』楊朱篇の第十一章では、「為我」ははっきりと隠逸行為と関連づけられている。

楊朱曰く、「伯成子高は、一毫を以て物を利せず、国を舎てて隠れ耕す。大禹は一身を以て自ら利せず、一体偏枯す」と。

伯成子高と大禹との比較は、『荘子』天地篇にも見え、子高の隠逸は大禹の政治に対する不満によるものであり、「天下」のためのの隠逸だとしている。(24) これとは異なり、楊朱篇では、子高が隠逸して農耕生活に入り、国に仕えて生を損なうことを止め、個人にとって「利」のある生き方を選んだとしている。

『韓非子』顕学篇や楊朱篇からみれば、楊朱（または楊朱学派）にとって、仕官か隠逸かの選択は、天下（外物）のために個人の大切な「一毫」を損失する、ないしは「一体偏枯す」るかどうかに関わる問題だとする。ゆえに、楊朱からみれば、仕官と隠逸のどちらが正しいかという問題ではなく、「我が為」になるかどうかの問題となる。仕官する理由には、天下のためになる、他人の評価（名）が得られるといったさまざまなものがあるが、個人の利を損するのであれば、自分の生命と精神を守る帰隠の道を選ぶほうがよいとするのみである。

ただ、楊朱篇における「為我」は、単純に天下のために「我」を犠牲にせず、「我」を守ることだけにとどまらず、天下からなにも受け取らないことも重要な点である。先に挙げた第十一章には続いて云う。

> 古の人、一毫を損して天下を利するも、与へざるなり。天下を悉《ことごと》くして一身に奉ずるも、取らざるなり。人人一毫を損せず、人人天下を利せざれば、天下治まる。

ここでは、人々が天下のためにわずかなものも損なわず、天下のすべてを委ねられても受け取らないというような、隠逸における個人と天下の関係を説く。つまり、天下に対する態度として強調されるのは、主に「我」と「天下」の分離、すなわち「我」が「天下」より独立することである。一方で、人々が天下から独立すれば、「天下」の争いもなくなるというように、ついにはかえって「天下」を「治」することになる。これは、第十八章の「君臣皆安んじ、物我兼ね利す」ということや、第八章の公孫朝・公孫穆が酒や色に溺れた話柄における次の部分からもうかがわれることである。

> 夫れ善く外を治むる者は、物未だ必ずしも治まらずして、身交々《こもごも》苦しむ。善く内を治むる者は、物未だ必ずしも乱れずして、性交々逸す。若《なんぢ》の外を治むるを以てすれば、其の法暫《しばら》く一国に行はるべきも、未だ人心に合せず。我の内を治むるを以てすれば、之を天下に推して、君臣の道息《や》むべし。

老荘が「無欲」を説くのと異なり、[25]楊朱は常に本性に従い、欲を究めることを説くが、[26]根本的には、本性に従うことによって、天下(外物)に対する個人の独立を達成し、天下を害することも次第になくなると考えるのである。『孟子』では、楊朱の「為我」思想は、「是れ禽獣なり」、「邪説」[27]だと批判されている。これは、「楊子我が為にするを取る、一毛を抜いて天下を利するも、為さざるなり」(『孟子』尽心上篇)とあるように、楊朱思想の個人と天下に関する主張を部分的に取りあげて言っているからこそ成立する批判であろう。しかし、『荀子』『韓非子』『呂氏春秋』『淮南子』など楊朱にかかわる文献において、『孟子』のような批判は見られず、より中立的な評価や記述になったことから見れば、『孟子』における批判には、時代環境による偏った見方があることも否定できない。[28]

二　選択に慎重な態度

楊朱篇に見える、伯成子高と大禹が「我」か「天下」かのどちらを選択したかについて深刻に考える楊朱の姿勢は、その岐路においてたち止まり泣いた(または表情を変えて憂えた)という話柄に、より顕著に表われる。この話柄は、『荀子』王覇篇、『淮南子』説林訓、そして『列子』説符篇に見える。

楊朱は衢涂《くと》に哭して曰く、「此は夫の過《あやま》ちて挙ぐること蹞歩《きほ》にして千里の跌《たが》へるを覚《さと》る者か」と。哀しみて之を哭す。此れ亦た栄辱、安危、存亡の衢《わか》れのみ。此れ其の哀しむべきを為すこと、衢涂より甚し。嗚呼哀しいかな。人に君たる者、千歳にして覚らざるとは。(『荀子』王覇篇)

揚子、逵路《きろ》を見て之を哭す、其の以て南すべく、以て北すべきが為なり。墨子、練糸《れんし》を見て之に泣く、其の以て黄にすべく、以て黒くすべきが為なり。(『淮南子』説林訓)

楊子の隣人、羊を亡《うしな》ふ。既に其の党を率ゐ、又た楊子の豎を請ひて、之を追ふ。楊子曰く、「嘻、一羊を亡ふに、何ぞ追ふ者の衆《おほ》きや」と。

隣人曰く、「岐路多し」と。

既に反る、問ふに、「羊を獲たるか。」と。

曰く、「之を亡へり」と。

曰く、「奚ぞ之を亡へる」と。

曰く、「岐路の中に又た岐有り。吾之く所を知らず。反る所以なり」と
楊子戚然《せきぜん》として容《かたち》を変じ、言《ものい》はざる者時《こと》を移し、笑はざる者日《こと》を竟《わた》る。（『列子』説符篇第二十三章）

楊朱の泣いた(または憂えた)理由について、『荀子』王覇篇では、岐路のいずれかを選ぶことが、栄辱、安危、存亡に関わる問題であるからだとしている。『淮南子』説林訓では、一つの選択によって全く異なる結末をもたらす可能性があるためだとする。一方で、『列子』説符篇では、岐路が多いことによって選ぶことにきりがなくなることを悩むものとする。悩む理由はそれぞれ異なるけれども、その道の選択について楊朱が慎重な態度を持っていたことは共通する。

楊朱の道に対する慎重な態度も、その「為我」思想によるものである。どの道が本当に「我」のためになるのか、これから踏み出す一歩は、我が栄辱、安危、存亡にどのような影響をもたらすのかを憂えているのである。楊朱の「止」は、世間のためではなく、「我」に対する理性的な憂慮と分析によるものである。このような姿勢は、儒家の荀子でさえ感心している。それは、個人について言えるというだけではなく、国がどのような「道」を選ぶのかということもまた、その栄辱、安危、存亡に関わるからであろう。

楊朱篇では、隠逸の道に対しても慎重な態度を持っている。例えば第五章の原憲の清貧について、「原憲の窶《まづ》しきは生を損な」うため、「善く生を楽しむ者」ではないと批判している。『荘子』譲王篇において、原憲は、隠者として貧に安んじ、道を楽しむ一面が評価されているが(29)、楊朱の「為我」思想から見れば、原憲は、隠者としての節

操（外物）を守るために身（我）を損なっており、よい選択とはならないのである。

以上を整理するならば、楊朱の隠逸に対する態度は、隠逸そのものが正しいかどうかよりも、それを選択するかどうかの判断が、外物ではなく「為我」「貴己」を中心として考慮されることが重要だとし、隠逸にせよ、仕官にせよ、いずれも「我」の栄辱、安危、存亡に関わる重要な問題であるため慎重に考えなければならないとするものである。そのため、儒家思想における貧しい生活を送る隠者像や、老荘が推奨する無欲な隠者像とは異なり、楊朱篇では、本性に縦《したが》ったままで生きる「隠者」像が作りあげられる。ここの「隠」とは、身分とは関係なく、人間として自分の欲に縦い、その欲のために当生を大切にし、天下（外物）から独立することを意味する。このような独立は、天下（外物）のために自分を犠牲にせず、天下（外物）を私有せずということを通して、「我」も天下（外物）も「兼ね利す」ることだとする。そのため、楊朱篇に見られる「隠者」像には、伯成子高のような仕官から帰隠して耕す人物もいれば、後述する第十六章の田父のような、もとより農民であり、生活上も精神上も天下から独立できている人物もいる。また、第八章の公孫朝・公孫穆の話柄や第九章の端木叔の話柄のように、貴族階層でありながら、天下に手を出さない人物も含まれるのである。[30]

第五節　仏教思想の伝来による影響

仏教が中国に伝来したのはおよそ後漢末の明帝の永平年間（五八年～七五年）だと言われる。[31] 最初のいわゆる格義仏教の段階、すなわち老荘の「無」の思想を媒介として仏教の「空」の思想を理解し、仏教が道教の付随的な存在とみられていた段階を経て、後漢末年以降仏教経典の盛んな訳注事業によって知識人たちの思想と文学に大きな影響を与えた。このような状況の中、六朝時代の玄学と相俟って、道家的かつ仏教的な隠逸思想が現れ、中国本土の官僚社会に対する「隠」から俗世間に対する「隠」へと範囲を広げた。このような範囲の拡大によって、隠逸思想は、仕官か隠逸かといったより現実的な道の選択だけではなく、より哲学的な思考の問題に関わるようになる。とりわけ、仏教の輪廻説や三世報応説によって、六朝時代の乱世に生きる知識人たちは、隠逸の道にしろ仕官の道にしろ、常にその選択に直面しなければならなかったにもかかわらず、老荘では未解決のままとなっていた生死の問題を解決することができたのである(32)。そのため、いうまでもなく、仏教思想の伝来は六朝時代に隠逸風潮が流行した一要因であった。ただ、中国本土の儒と道にもとづく隠逸思想はすでにある程度整っており、外来の思想に対して積極的な態度が見られない隠士もいた。たとえば本書で後述する東晋の湛方生の作品や陶淵明の作品を見れば、隠逸に関わることは多く書かれているが、その思想根拠として、儒家や道家のものは見えるが、仏教(または明確に仏教)としていないことはその一例である。

本章のまとめ

中国の隠者は、根拠とする思想の比重によって、大きく「儒家的」な者と「道家的」なものに分けられるが、隠者自身の状況や社会背景などの変化によって、柔軟に変動することもある。例えば、儒家の代表的な思想家である孔子、孟子、そして荀子が隠逸を説く際には、「時」が重要な指標となり、隠逸はあくまでも社会の情勢による一時的な保身の手段とされたが、道家思想の影響によって、「時」を無視する例外も見られた。出土資料の馬王堆漢墓帛書『周易』の「二三子問」篇の第二章では、先に挙げた『易』の「乾」卦の爻辞「初九、潜竜、勿用」について、次のように云う。

『易』に曰く、「寝(潜)竜用ふる勿かれ」と。孔子曰く、「竜寝《ひそ》(潜)みて陽《あらは》れず、時至れども出でざるは、寝

（潜）むと胃（謂）ふべし。大人安失（佚）にして朝せず、訽《かりそめ》にして廷に在るを猒（厭）ふ、亦た猷（猶）ほ竜の寝（潜）むがごときなり。亓（其）の行ひ滅して用ふべからざるなり」と。故に曰く、「寝（潜）竜用ふる勿かれ」と。[33]『易』「文言伝」における「竜徳あつて隠くるる者なり。世に易へず、名を成さず」や「潜の言為《げんた》るや、隠れて未だ見《あら》はれず、行つて未だ成らず。是を以て君子は用ひざるなり」という解釈と比べると、同じく隠れて現れないことをもって「勿用」を解釈しているが、「文言伝」において「行つて未だ成らず」という積極的に「行」つまり出仕する行動が見られるのとは異なり、「二三子問」篇では、「時至れども出でざる」、「廷に在るを猒（厭）ふ」、「安失（佚）にして朝せず」というように、「現」「行」を否定し、ひたすら「潜」や「蔵」を強調している。これは、戦国末期において、儒家の隠逸思想は道家思想の影響を受け、「行」と「蔵」の間にある「時」という境界線が曖昧になった、または無くなった証だと言えよう。

また、儒家思想における隠逸に関する内容では、往々にして天下における道の有無という「公」のことを出発点として論じるが、例外的に「私」を出発点とする場合ある。例えば、『孟子』尽心上篇に、次のような会話がある。

桃応問ひて曰く、「舜、天子と為り、皐陶、士と為り、瞽瞍、人を殺さば、則ち之を如何せん」と。

孟子曰く、「之を執へんのみ」と。

「然らば則ち舜は禁ぜざるか」と。

曰く、「夫れ舜は悪んぞ得て之を禁ぜん。夫れ之を受くる所有るなり」と。

「然らば則ち舜は之を如何せん」と。

曰く、「舜は天下を棄つるを視ること、猶ほ敝蹝《へいし》を棄つるがごときなり。窃《ひそ》かに負うて逃れ、海浜に遵ひて処り、終身訢然《きんぜん》として、楽しんで天下を忘れん」と。

この中で、舜が天下を簡単に捨てられる点と、罪を犯した父を背負って人知れず海辺に身を隠し一生楽しんで天下を忘れてしまう点は興味深い。天下に対する「忠」よりも一家族内の「孝」を優先に考えることは、『論語』子路篇に見える、父の罪を告発する直よりも子が父のために父が子のために隠す方を孔子が「直其の中に在り」と肯定的に評した態度を受け継いでいると言える。ただ、『孟子』では、これを「聖人」とみなされる舜の身の上のことに置き換えた場合、たんに天下に対して「忠」であるかどうかという問題にとどまらず、天下を重視するかどうかの問題にもつながる。この例において、舜が隠逸することを天下と個人との間の矛盾を解消する手段としていることは『論語』と共通している。しかし、隠逸によって楽しみ、天下を忘れ、世に現れる可能性を断つことは、『論語』の「道」の有無に従って出処進退するという考えとは異なり、完全な「私」による徹底的な隠逸である。『孟子』に見えるこのような考え方は、おそらく戦国時代における楊朱や荘子のような個人主義的な思想から影響を受けているのであろう。このような、隠逸思想における各家の思想の融合は、戦国以降も一貫して存在し、各時代の環境に併せて発展していくのである。

前述したように、隠逸思想の根源となる各家の思想の中には、はっきりと隠逸傾向が見られる老荘思想もあれば、表面的、一時的な隠逸を尊ぶ儒家思想や、楊朱のように、「為我」を「隠」と「仕」とを選択する根拠とするというような考えもある。このように、中国の隠逸思想は、大きく「道家的」あるいは「儒家的」なものに分けられるが、時代や思想家の特徴によって、多様性を呈する。また、隠逸思想関連の文献の中では、『詩』や『易』のように、その本義でははっきりと隠逸を尊ぶことが表わされてはいないものの、後世の注釈書における解釈や、詩文における使い方の相違によって、各思想の隠逸に関わる記述においても解釈の多様性を呈している。

このような多様性は、隠逸をうたい、隠逸を実践する詩人においてとりわけ顕著にあらわれる。なかでも、六朝時代、南朝梁の鍾嶸に「古今隠逸詩人の宗なり」(『詩品』)と評され、唐以降の杜甫、白居易、蘇軾などの詩人の隠逸思想にも多大な影響を与えた陶淵明は、その隠逸生活のあり方、詩文における各思想文献からの影響の受けとり方などが従来注目され、議論されてきた。序論で述べたように、先行研究では陶淵明の隠逸思想は、儒家から道家へと転換し、隠逸に従って深まったという特徴が見られるとされ、とりわけ『列子』楊朱篇から多く影響を受けていることが李長之によって指摘されている。このような変化が生じる理由として、本章で考察したように、孔子が隠逸志向を表明した言葉には往々にして政治に対する婉曲な批判が含まれており、発言と行動における「隠」があるが、心における「隠」ではないため、本気で隠逸に専念しようとした陶淵明にとっては儒家思想だけでは理論根拠としては足りなくなり、道家の老子や荘子に根拠を求め、実践においては楊朱篇に見られる、より柔軟な考え方に目を向けるようになったと考えられる。

注

（1） 「考槃」について、「毛詩序」には、「荘公を刺るなり。先公の業を継ぐ能はずして、賢者をして退きて窮に処らしむ」とある。朱熹『詩集伝』には、「詩人は、賢者の澗谷の間に隠処し、而して碩大寛宏にして、戚戚の意無きを美《ほ》む。独り寐ねて寤めて言ふと雖も、猶ほ自ら其の此の楽しみを忘れざるを誓ふなり」とある（朱熹集注『詩集伝』、上海古籍出版社、一九五八年、三五頁）。『孔叢子』に「「考槃」に於いて士の遁世するも悶《もだ》えざるを見るなり」とあり、程俊英は「これは独り其の身を善くすというような生活を描いた詩である。後世に少なからず影響を与え、隠逸詩における宗だとも思われる」というように注を施している（程俊英『詩経訳注』、上海古籍出版社、一九八五年、一〇二頁）。

（2） 陳風・衡門の主題について、「毛詩序」に「僖公を誘ふなり。願ふも志を立つる無し。故に是の詩を作りて以て其の君を誘掖するなり」とあり、朱熹『詩集伝』に「此れ隠居して自ら楽しみ、而して求むる無き者の詞」（前掲『詩集伝』、八二頁）とあるように、隠逸詩とされるのが主流である。

（3） 例えば、後文でも取りあげる「衡門」の用例については、陶淵明には「衡門の下、琴有り書有り（衡門之下、有琴有書）」（「答龐参軍並序」）、「君衡門に清蹈す（君清蹈衡門）」（「晋故征西大将軍長史孟府君伝」）等があり、湛方生には「衡門を辞する至歓なるも（辞衡門兮至歓）」（「懐帰謡」）がある。

（4） 「時義」については、「時の義」と「時と義」の二通りの読み方があり、いずれも通る。

（5）例えば、「乾」卦の初九の爻辞に「潜竜なり。用ふるなかれ」とあり、「文言伝」に「竜、徳にして隠るる者なり。世に易へず、名に成さず」、「潜の言為るや、隠れて未だ見はれず、行ふも未だ成さずして、是を以て君子用いられざるなり」とあり、「坤」卦の「文言伝」に「天地閉がり、賢人隠る」とあり、隠逸と有徳者とは結びつけられている。

（6）繋辞下伝に、「器を身に蔵し、時を待ちて動く」とあり、さらに「子曰く、幾を知るは其れ神か。君子は上交諂はず、下交瀆れず、其れ幾知れるか。幾とは動の微、吉（凶）の先づ見るる者なり。君子は幾を見て作つ。日を終ふるを俟たず」とある。本田済は、「幾とは事の動きの隠微なもの、吉凶の前兆である」と解釈している（本田済『易』、朝日新聞社、一九九七年、五九二頁）。

（7）書き下し文は小林勝人著『孟子』（新訂中国古典選、朝日新聞社、一九六六年）などを参考にした。

（8）「吾豈匏瓜也哉、焉能繫而不食」について、「吾、豈、匏瓜ならんや、焉んぞ能く繫りて食らはれざらん」とも読める。

（9）『論語注疏』所引の江熙『集解論語』（十巻、散佚）。

（10）傍線は筆者による。以下同様。

（11）何晏撰『論語集解』巻第六「先進第十一」。

（12）例えば、『論語集注』巻七に「程子曰く、「四者は大小次第を以て之を言ふと雖も、然るに優劣有るに非ざるなり。ただ遇ふ所の同じからざるのみ」」とある。

（13）小林昇は、「隠逸思想はもともと道家の思想とは別のもので、許由説話は生を重んじ、政治から逃避して自己の安全を求める思想が根本であった。道家の思想においても一般人の生活から遠ざかろうとする傾きがあったので、そこに隠逸思想と結びつく契機があったのである。隠者の徒が老子をその宗と仰げば、隠逸思想に道家的潤色が濃くなることは当然であった」と述べている（『中国・日本における歴史観と隠逸思想』の「後篇　隠逸思想」、早稲田大学出版部、一九八三年、二六〇頁）。

（14）本書における『老子』の原文は朱謙之撰『老子校釈』（新編諸子集成第一輯、中華書局、一九八四年）を底本とした。書き下し文は金谷治訳注の『老子』（講談社学術文庫、一九九七年）などを参考にした。

（15）本書における『荘子』の原文は郭慶藩撰、王孝魚点校『荘子集釈』（新編諸子集成第一輯、中華書局、一九六一年）を底本とした。書き下し文は金谷治訳注の『荘子』（岩波書店、一九七一年）などを参考にした。

（16）老子と荘子の関係について、池田知久訳注『荘子（上）全訳注』の「老子→荘子という開祖と後学、先輩と後輩、老師と弟子のような、思想上繫がりがあるものとは把えておらず、荘子は自ずから荘子であり、老子とは別個の独立した思想家であると考えている」という説をとる。また、『老子』と『荘子』の成書年代について、池田氏によれば、『老子』は戦国末期〜前漢初期に編纂され、『荘子』の一部（例えば内篇の「斉物論篇第一章、第三章、第四章、第五章、逍遥遊篇第一章）はもっと早く戦国後期に書かれ始めているものである(池田知久訳注『荘子(上)全訳注』、講談社、二〇一四年、一九~三五頁を参照した)。

(17) 小尾郊一『中国の隠遁思想──陶淵明の心の軌跡』、中公新書、一九八八年、七頁。

(18) 福永光司は、老子と荘子の「己」「功」「名」に対する否定について、「ただ老子においては「己」や「功」や「名」の否定が処世保身の術として功利的に考えられ、生活の狡智として打算的に考えられている傾向の強いのに対して、荘子はその打算と功利を、さらに高い主体的な立場から自己の内に向かって超克するのである。老子においては、世に処することがより大きな関心であった。老子はこの世に処することにおいて我を考えているのである。しかし荘子においては、我が究極の関心であり、この「我」において「世」が考えられているのである」と述べている(福永光司『荘子』(新訂中国古典選第七巻)、朝日新聞社、一九六六年、一五頁)。

(19) 例えば「水は善く万物を利して争はず」(第八章)、「是を不争の徳と謂ふ」(第六十八章)、「聖人の道は、為し而して争はず」(第八十一章)等々が挙げられる。

(20) 廖羣は、「荘子の哲学における超脱する姿勢には、統治者に協力しない態度が含まれている。彼は完全に一個人の心の慰め、精神の自由を求めており、「有国者」のために政策を作るようなことはしていない。これも荘子がほかの諸子と一線を画す明らかな特徴の一つである。そのなかには現実に対する絶望感と、人生に関する大きな悲哀も含まれている」と述べている(廖羣『先秦両漢文学考古研究』、学習出版社、二〇〇七年、三四七頁)。

(21) 『列子』の真偽について、主に来歴の不明瞭な点によって、注を付けた張湛の手によるものだと疑う説や、仏教の書物との関連によって魏晋の人によるものだとする説がある。その中の楊朱篇については、早くも唐の柳宗元「弁列子」に、「其の「楊朱」「力命」は疑ふらくは其れ楊子の書ならん」(『柳宗元集』、中華書局、一九七九年、一〇八頁)とあり、『列子』の中では特異な一篇だとも指摘されており、楊朱(または楊朱学派)の著作の残篇が、『列子』の一篇として入れられたとも疑われる。楊朱篇の思想内容について、小林勝人は『列子の研究──老荘思想研究序説』(明治書院、一九八一年)において、力命篇と共に楊朱学派の文献だ(四四八頁)と指摘し、その思想系統について、「全生説」を説く子華子を祖とするとしている(五三〇~五四八頁)。

(22) 馮友蘭著、涂又光訳『中国哲学簡史』に「道家はこのような人である。彼らは退隠した人で、しかも思想体系を示してその退隠行為に意義を見出そうとした人らである。そのうち、最も早期的で有名な代表的な人物はおそらく楊朱である」とある(北京大学出版社、一九八五年、七五頁)。

(23) 李長之「我所了解的陶淵明(私が知っているところの陶淵明)」、前掲書『陶淵明伝論』「附録」所収、一五九頁。初出は『清華周刊』第三九巻五・六合刊、一九三三年四月。

(24)　『荘子』天地篇に子高が禹の即位ののち諸侯をやめて畑仕事をする話がある。子高は禹にその辞官の理由について、「昔、尭の天下を治むるや、賞せずして民勧《はげ》み、罰せずして民畏る。今、子《きみ》、賞罰して民且に仁ならんとす。徳此れより衰へ、刑此れより立ち、後世の乱、此より始まらん。夫子、闔《なん》ぞ行《さ》らざるや。吾が事を落《さまた》ぐることなかれ」と述べている。

(25)　小島祐馬『中国思想史』に「老子においては、天地自然の法則が、人間生活でなければならず、この自然の法則に従える生活をなすためには、まず人の欲望を排斥しなければならないと説くが、荘子においても人間の欲望を排斥することは老子と同様である」とある(創文社、一九六八年、一二二頁)。

(26)　例えば楊朱篇の第十章の「既に生れては、則ち廃して之に任せ、其の欲する所を究《きは》めて、以て死を俟つ」などが例として挙げられる。楊朱篇の「縦欲」について、柿村重松は「然して此の義を推せば、逸楽淫欲も亦た避くる所に非ざりて、老荘の無欲無己の道を去りて遠し(中略)此れ殆ど道家の異端なり」(『列子疏証』巻七、茗渓会、一九三〇年、一五九頁)と述べている。また、小林勝人は、「楊朱の個人主義(為我説)の精神的な要素は閑却されて、肉体的な要素のみが重視されているので、これを肉体的個人主義とでも名づけた方がよい変容ぶりをしめしている」(前掲『列子の研究——老荘思想研究序説』、四六七頁)と述べている。確かに、楊朱篇では、肉体的な欲を極めることによる「生之楽」(第十四章)についての話柄が多く見られる。ただ、これらの話柄では、いずれも本性を損なう「廃虐の主を去り、熙熙然として以て死を俟つ」(第七章)というような精神的な要素を目的としたものも見られる。朝・穆の話柄における「内を治む」る(心を満足させる)こともその一例だと言えよう。

(27)　いずれも『孟子』滕文公下篇に見える。孟子の批判について、小林勝人は、「すなわち孟子が排撃したのは道家の個人主義であり、たまたま当時における老子学の代表的人物が楊朱であったので、楊朱自身が排撃の標的《まと》となり、集中攻撃を受けたのではあるまいか」と指摘している(前掲『列子の研究——老荘思想研究序説』、五〇一頁。ルビは原著による)。

(28)　また、『荀子』になると批評が変わったことについて、小林勝人が『列子の研究——老荘思想研究序説』において、「邪説異端の代表として挙げられ、特筆大書攻撃されつづけてきたさしも盛なりし楊朱学派も、さすがに荀子の頃にはその猛威を失って、学派としてはさほど儒家に脅威を与えるような大きな存在と勢力とではなくなっていたことが、有力な原因なのではあるまいか」(明治書院、一九八一年、四八九頁、傍点は原著による)と指摘している。

(29)　『荘子』譲王篇に「原憲、魯に居る。環堵の室、茨《ふ》くに生草を以てす。蓬戸完《まった》からず、桑以て枢と為す。而して甕牖二室、褐以て塞と為す。上は漏り下は溼ひ、匡坐して弦す」とある。

(30)　第八章の話柄を要約すると、次のようになる。子産(名は公孫僑)は鄭の国の宰相として、よく政治を治めたが、兄の公孫朝が酒に、弟の公孫穆が女色に溺れていた。子産は礼制をもって勧告したところ、公孫朝と公孫穆に、人はむしろ礼制による拘束を離れて、生得の情性に任すべきで、一人一人が内面を整えることに専念し、そのやり方が天下に推し進められたら、君臣上下の秩序や制度などが必要なくなると言い返された。公孫朝と公孫穆が礼制による天下の人々を拘束することに反対するのと同じように、端木叔も、「世故を治めず」、金銭を「意の好む所」に使う。楊朱篇では、端木叔を達人だとし、「礼教を以て自ら持す」ものには「固より未だ以て此の人の心を得るに足らざるなり」と評価している。

(31) 湯用彤『両漢魏晋仏教史』第二章「永平法を求める伝説に関する考証(永平求法伝説之考証)」(中華書局、一九六二年、一六～三〇頁)を参照した。

(32) 森三樹三郎は『老荘と仏教』において、「輪廻説・三世報応説は、仏教の根本義であるどころか、その初学入門の域にある理論にすぎないことになろう。それにもかかわらず、六朝の士大夫がここに救いを求めたのはなぜか。それは誤解や理解の浅さによるとは言いきれないものがある。なぜならば、この輪廻転生の説が儒教や老荘によって未解決のままに残されていた課題、道徳と幸福との矛盾の問題を、一挙に解消するものであったからである。仏教にとっては初学入門の理論でしかないものが、ここでは最大の福音をもたらすものとなったのである」(講談社学術文庫、二〇〇三年、一〇七頁)と述べている。

(33) 池田知久・李承律著、馬王堆出土文献訳注叢書編集委員会編集『易 下 二三子問篇 繫辞篇 衷篇 要篇 繆和篇 昭力篇』(馬王堆出土文献訳注叢書、東方書店、二〇二二年、四二一～四三一頁)を参照した。

第二章　陶淵明の隠逸と楊朱思想

晋の帝室が没落し、軍閥政権が擡頭する時期に生きた陶淵明は、激しく変化する政治情勢を目のあたりにした(1)。彼自身も多くの民衆と同じく、戦乱の中で物質面の貧窮と精神面の不安を抱きながら(2)、一士人として、その才能を発揮し、また抱負を実現する場を失う悔しさや、政権や名利の争いに馴染まない剛直な性格による悩みも持っていた(3)。悩みのなかで仕官と隠逸を繰り返した後、四十一歳から死ぬまで帰隠した。彼の隠逸は、前述した儒家が言う「天下の無道」によるものである一方で、道家、とりわけ荘子の「個人主義的(4)」な一面も見られる(5)。その詩にしばしば、みずからの「性」「心」「身」などを理由に隠逸に入ったことを詠じているのが、それである(6)。このような「個人主義的」な面は、もちろん老荘思想の影響であろうが、第一章で議論したように、戦国時代の思想家である楊朱(または楊朱学派)の思想の影響も考えられる。

例えば陶淵明の詩集に対する箋注において、古直は楊朱篇から八カ所ほど引用しており、その内容は陶淵明と楊朱思想との関係を示唆するものである。そして、近年、帰青「陶淵明思想中的楊朱因素(7)」は、陶淵明の思想における「自私性」、「快楽主義傾向」と「非名傾向」という特徴と楊朱思想との関係を論じている。ただ、帰は主としてマクロの視点から両者の思想の特徴について考察しており、ミクロの視点から陶淵明がいかに楊朱思想、なかんずく楊朱篇を理解して、それを自分の詩文に織り込んでいるのかについては、まだ考察する余地が残されている。そこで、本章では、「死生観」と「隠逸思想」という二つの方面から、陶淵明における楊朱思想の受容およびその隠逸生活における楊朱の存在を明らかにしたい。

第一節　陶淵明の死生観と楊朱思想

陶淵明の詩文に『列子』を踏まえたモチーフが少なからずあることは、つとに指摘されている。陶淵明の思想における『列子』の影響については、大地武雄「陶淵明の死生観について」[8]が、陶淵明の死生観の思想的背景をめぐり、『列子』の周穆王篇、天瑞篇、仲尼篇を挙げて考察している。大地はまた、「一死一生」「死生一体」という『荘子』の死生観とは異なり[9]、『列子』では、天瑞篇を中心に「一往一反」の死生観が見られることを挙げ[10]、それが「陶淵明の臨終詩とも言える「輓歌」や「自祭文」に見られる死生観の形成に強い影響を与えている」と指摘している。

『列子』の死生観について、小林勝人は『列子の研究――老荘思想研究序説』「第四部　列子の思想」の第五章（四一七～四四七頁）において詳しく論述している。小林は、『列子』全体の死生観は、死を「最大の休息」、「本源に復る」ものだと見なし[11]、死生を「一往一反」するものだと捉え、転生説を説くものだとする。そして、「一往一反」について、「同一物」とされる生と死の「往復関係」とする[12]。一方、楊朱篇については、『列子』全体の死生観、そして「生と死とはいずれも宇宙の不断の展開中の変化の一プロセスに過ぎずとして、死生循環論を主張す[13]」る『荘子』の死生観とも異なるものとし、死は「ただ腐骨という物質的なものが残るだけ[14]」という「唯物論的」な死生観だとしている。

これらの先行研究から、『列子』全体や『荘子』と比べてみると、楊朱篇に見える死生観の大きな特徴として、生と死とを明確に区別する点と、生から死への変化を一方的なものだとする点が挙げられる。このような特徴を持つ楊朱篇が陶淵明に与えた影響については、陶淵明の詩文に対する古直の箋注では、次頁の表の一に示したように、楊朱篇を引用し、陶詩と楊朱思想との関連性を示唆している[15]。表の一から見ると、陶淵明の詩文において、楊朱篇と関連性があると考えられるのは、いずれも生・死に関わるものであることがわかる。李長之も陶淵明と『列子』、とりわけ楊朱篇との関係を指摘した。李は次のように述べている。

したがって、生と死についての見方において、陶淵明は基本的に老荘の立場、とくに新しく登場した偽「列子」の立場を採った、といって差支えないだろう。偽「列子」を見ると、ほとんど同じ意味のことが陶淵明の詩では詩的に表現されている場合が多いことに気がつくはずである。とくに楊朱篇にその例が多い[16]。

李は楊朱篇の語句と陶淵明の詩文を表の二のように並べて、次のように述べている。

だがこれは、実際には不思議でもなんでもない。偽「列子」の成った時代は陶淵明とそれほど距たっていたわけではなく、現実的基礎の多くが同じであったから、それが自然と表われてこのような一致を見たのである[17]。

李は陶淵明が『列子』の影響を深く受けたことを認めるが、『列子』を偽書とし、陶淵明の『列子』に対する受容については天瑞篇や黄帝篇などを取りあげているものの、楊朱篇については詳しくは検討されていない。

表の一

No.	陶淵明の詩文	古直箋注所引の楊朱篇の内容
①	「形影神三首並序」(以下「形影神」と略す)「形贈影」「謂人最霊智、独復不如茲。」	「人懐五常之性、有生之最霊者也。任智而不恃力。」(第十五章)
②	「形影神」「神釈」「老少同一死、賢愚無復数。」	「万物所異者生也、所同者死也。生則有賢愚貴賤、是所異也。死則有臭腐消滅、是所同也。」、「十年亦死、百年亦死。仁聖亦死、凶愚亦死。」(第三章)
③	「九日閑居並序」「世短意恒多、斯人楽久生。」	「理無久生、況久生之苦。」(第十章)
④	「和劉柴桑」「去去百年外、身名同翳如。」	「百年寿之大斉」(第二章)
⑤	「飲酒」其三「所以貴我身、豈不在一生。」	「貴生愛身、以蘄不死、可乎。」曰、「理無不死。」(第十章)、「智之所貴、存我為貴。」(第十五章)
⑥	「飲酒」其十一「雖留身後名、一生亦枯槁。死去何所知、称心固為好。」	「従性而游、身後之名、非所取也。」(第二章)
⑦	「飲酒」其十五「宇宙一何悠、人生少至百。」	「百年寿之大斉、得百年者、千無一焉。」(第二章)
⑧	「雑詩」其六「有子不留金、何用身後置。」	「端木叔、家累万金、放意所好。奉養之余、散之宗族、邑里、一国。行年六十、都散其庫蔵珍宝、一年尽焉、不為子孫留財。及其病也、無薬石之儲。死也、無瘞埋之資。一国之人受其施者、相与賦而蔵之、反其子孫焉。」(第九章)

表の二[18]

楊朱篇：
万物所異者生也、所同者死也。生則有賢愚貴賤、是所異也。死則有臭腐消滅、是所同也。
陶詩：
老少同一死、賢愚無復数　——「形影神」

楊朱篇：
且趣当生、奚遑死後。
陶詩：
且極今朝楽、明日何所求。　——「遊斜川」
今我不為楽、知有来歳否。　——「酬劉柴桑」
千載非所知、聊以永今朝。　——「己酉歳九月九日」

楊朱篇：
理無不死。理無久生。百年猶厭其多、況久生之苦也乎。
陶詩：
有生必有死、早終非命促。　——「挽歌詩」（「擬輓歌辞」）
我無騰化術、必爾不復疑。　——「形影神」
運生会帰尽、終古謂之然。世間有松喬、於今定何間。　——「連雨独飲」
人生実難、死如之何。　——「自祭文」

一　「我」と生・死

現代の研究では、楊朱その人と、『列子』楊朱篇に見える楊朱を区別して論じるのが主流である。例えば、小林は、楊朱篇の作者を「官能的快楽主義者」とし、「楊朱を中心とする当時の人たち」と区別すべきだとしている[19]。楊朱学派の思想史的展開を検討するに際してそのような視点は不可欠であるが、陶淵明が両者を明確に区分していたとは思われない。『孟子』の「為我」や、『呂氏春秋』の「貴己」、『淮南子』の「性を全うし真を保ち、物を以て形を累はさず」などと結び付けて『列子』楊朱篇を解するならば、そこに見える思想は単に「官能的快楽主義者」のものではなく、「物」(外物)に煩わされず、自己の「性」の充足を目指すものであることがわかる。例えば、第八章における公孫朝・公孫穆(以下「朝」・「穆」と略す)が酒や女色に溺れるという話柄は、官能的快楽を求める代表的な一例であるが、朝・穆の行為について、「若の外を治むるを以てすれば、其の法暫《しばら》く一国に行はるべきも、未だ人心に合せず。我の内を治むるを以てすれば、之を天下に推せば、君臣の道息むべし」というような、「我」(内)と「物」(外)の関係に基づく「為我」的な理論がうかがわれる。

楊朱篇では、外物は「我」が左右できない(すべきでもない)もので、議論も省略すべきものだとしている。死も外物の一つである。そのため、楊朱篇における「為我」とは生に限るものであり、その死生についての説き方も、『列子』全体や『荘子』のように、宇宙論や生成論に基づくのとは異なり、「死」を説くのは、主に死そのものの必然性、死後の世界の虚無性、そして、生の有難さを説くためである[20]。楊朱篇における死生観を要約すれば、それは、死による消滅を免れないことを前提とする、人間を中心に据えた、生における本性に従った楽しみを生き甲斐とする「人間論」であると言えよう。

それでは、このような「人間論」を説く楊朱篇の死生観について、陶淵明はどのように受け入れているのであろうか。まず、現存する陶淵明の詩文において、前掲の表で示した詩をも含め、死生に言及するものが多いことは、すでに先行研究において指摘されている[21]。これらの詩の中でも、陶淵明の死生観を議論する際は、「形影神」がよく取りあげられる[22]。逯欽立によると、この詩は、晋の義熙九年（四一三年）、陶淵明が隠逸生活に入って七年を経た頃に書かれたものであるという[23]。詩の主旨については、当時盧山一帯で流行していた仏教思想および長生を求める道教の神仙思想への反発、当時の名教への反対など、意見が分かれている[24]。

この詩に見られる陶淵明の思想について、安藤信広「陶淵明「形影神三首」の内包する問題――仏教と〈贈答詩〉」[25]は、陶淵明の死生観と仏教思想との関係を重点的に考察している。具体的に言えば、三首のうちの第一首「形贈影」に見られる「死＝消滅の恐怖と向きあい凝視しつづけている陶淵明の姿」、そして第二首「影答形」に見られる死という個体の消滅から出発し、死にともなって消えて行く「名」について、そこからうかがわれる「虚妄を知りぬきながら自らはげましてきた」陶淵明の姿、そして第三首「神釈」に見られる陶淵明の「個体の死に対する澄んだ態度」を指摘し、さらに「死への思索が生の啓示に逆転して行くところに、陶淵明の精神の特異な構造があったかもしれない」と指摘する。また、そのような死生観の形成にあたって、当時の仏教思想に対する取捨があるとも述べている。

陶淵明が、当時の仏教思想をどれほど意識したうえでこの詩を書いたのかについては、推測はできるものの、はっきりとした根拠はいまだ見出せない。ただ、安藤が指摘しているような、死を出発点として生の啓示に逆転していくという「特異」な死生観の思考構造は、確実に見られると言えよう。このような構造は、漢代の楽府・古詩からすでに存在するものである。例えば「西門行」や「古詩十九首」其十五に見られる、「生年　百に満たざるに、常に懐く　千歳の憂ひを（生年不満百、常懐千歳憂）」[26]というような、生の限界性または死の必然性から出発して、「楽しみを為すは当に時に及ぶべし」[27]と生きるべきだという考え方などは、その典型的な一例である。

陶淵明の思考構造が、漢代の楽府・古詩の影響を受けていることは言うまでもない。その「時に及んで当に勉励すべし、歳月は人を待たず（及時当勉励、歳月不待人）」（「雑詩」其一）、「彼の柏下の人に感じては、安くんぞ歓を為さざるを得んや（感彼柏下人、安得不為歓）」（「諸人共遊周家墓柏下」）、「運生《うんせい》　会《かなら》ず尽くるに帰す、終古　之を然りと謂ふ。（中略）天　豈に此を去らんや、真《しん》に任せて先んずる所無し（運生会帰尽、終古謂之然。（中略）天豈去此哉、任真無所先）」（「連雨独飲」）などには、いずれも死への強い意識を出発点とした死生観がうかがえる。ただ、これらの楽府・古詩の影響を受けた詩に見える死生観は、主に生の短さに対する危機感、死に対する恐怖感によって生を楽しむべきだという思考構造に由来する。つまり安藤の指摘した「形贈影」における陶淵明の姿である。それに対して、「神釈」の最後における、

縦浪大化中　　大化の中《うち》に縦浪し
不喜亦不懼　　喜ばず亦た懼れず
応尽便須尽　　応《まさ》に尽《つ》くべくんば便《すなは》ち須《すべか》らく尽くべし
無復独多慮　　復た独り多く慮ること無かれ

という危機感や恐怖感から解放された「澄んだ態度」が見えるが、このような態度の思想的背景について、仏教思想のほかに考えられるのは、まず『荘子』大宗師篇における「生を説《よろこ》ぶを知らず、死を悪《にく》むを知らず」という考えであろう。ただ、『荘子』大宗師篇では、小林が指摘した「死生循環論」の死生観のもと、人間と自然との「一体」、そして生と死との「一体」を説く思考構造となる。[28] これに対して、陶淵明の「神釈」では、

大鈞無私力　　大鈞《だいきん》　力を私する無く
万理自森著　　万理　自ら森《しん》として著《あらは》る
人為三才中　　人の三才の中と為るは
豈不以我故　　豈に我を以ての故ならずや

とあるように、造物主の平等さを肯定するが、人間の万物における特殊性、つまり「最も霊智」でありながらも、「天地」「山川」「草木」の長く存在できることと比べて、「適《まさ》に世の中《うち》に在るを見るも、奄《たちま》ち去りて帰期靡《な》し（適見在世中、奄去靡帰期）」（「形贈影」）とあるように、生から死に早く変ることを強調している。

　また、「形贈影」と「影答形」において、死による「身」と「名」の必然的な消滅は、人間の分身となる「形」と「影」それぞれの悩みであるが、これらの悩みを解消する方法として、「神釈」では「喜ばず亦た懼れず」という死生観を提示している。この死生観は、「老少　一たび死するを同じくし、賢愚　復び数ふること無し（老少同一死、賢愚無復数）」を前提としている。この二句は互文の修辞法が使われていると考えられ、必然的に訪れる死によって、誰もが同等に消滅するという事実を認める態度を示している。この態度を前提とした「形影神」全体の死生観には、人間の生と死を自然の大化の一部と捉えつつも、両者を「一体」と見るのではなく、明確に区別しているところがある。前述したように、このような特徴は楊朱篇においても見られるものである。

　この点については、表の一の②にあるように、「老少同一死、賢愚無復数」に対する古直の箋注においてすでに楊朱篇第三章の以下の部分との関連性が指摘されている。

　楊朱曰く、万物の異にする所の者は、生なり。同じくする所の者は、死なり。生きては則ち賢愚・貴賤有り、是れ異にする所なり。死すれば則ち臭腐・消滅有り、是れ同じくする所なり。然りと雖も、賢愚・貴賤、能くする所に非ざるなり。臭腐・消滅、亦た能くする所に非ざるなり。故に生は生ぜしむる所に非ず、死は死せしむる所に非ず、賢は賢ならしむる所に非ず、愚は愚ならしむる所に非ず、貴は貴からしむる所に非ず、賤は賤しからしむる所に非ず。（中略）生きては則ち尭・舜なるも、死すれば則ち腐骨なり。生きては則ち桀・紂なるも、死しては則ち腐骨なり。腐骨は一なり、孰か其の異なるを知らん。且に当生に趣《すみ》やかにせんとす、奚ぞ死後に遑《いとま》あらんや。

楊朱は、まず生については身分や才能の「異」、死については「臭腐・消滅」の「同」を説く。続いて、生きるか死ぬか、また生における「異」といったことは命によって定められたもので、「我」の左右できないところにある。そのため、「我」が唯一できるのは、「当生に趣やかにせんとす」、つまり生そのものを楽しみ尽くすことだけだとする。このような死生に対する認識のもとで、楊朱篇では、生を重んじながらも、生を人為的に延長することには反対し、死の必然性を認めつつも、死を懼れることがなく、「生を楽しみ」「死を俟つ」という冷静な態度が見られる。第十章で、孟孫陽から「速やかに亡びんは、久しく生くるに愈《まさ》る」と問われたのに対して、楊朱は次のように述べている。

　然らず。既に生まれては、則ち廃して之に任せ、其の欲する所を究めて、以て死を俟《ま》つ。将に死せんとすれば則ち廃して之に任せ、其の之く所を究め、以て尽くるに放《いた》る。廃せざる無く、任せざる無し。

生から死に至るまで徹底した「廃」「任」の態度を取るべきだとする。この冷静さは、(同じく死の必然性とその到来の早さを出発点として生を顧み、生を楽しむべきだとうたう)漢代の楽府・古詩に見られるような、死を恐れ、長生に憧れる態度とは異なるものである。陶淵明の「神釈」における「喜ばず亦た懼れず」という「澄んだ態度」には、楊朱篇と同じような冷静さが見られる。前述したように、「老」や「死」に対する懼れ、憂いは、陶淵明の多くの詩に率直にうたわれている。これは、漢代の楽府・古詩などの影響もあろうが、陶淵明が実際に抱えていた大きな葛藤の一つでもあろう。「形影神」からみれば、陶淵明が、生と死の差異を認識したうえで、死による消滅を出発点として、生を重んじながら自然の変化に従うという達観[29]に至った過程においては、楊朱篇が重要な思想的論拠を提供していると言えよう。

陶淵明に見られる、死を諦観してから生を考えるという思考構造は、仏教と通じるところがある。ただ、仏教の思考構造は、死後の世界ありきであり、そこにはまず死後の世界を認めるという前提がある。しかし、「死し去りて何の知る所ぞ」(「飲酒」其十二)と、死後の世界を考慮せず、常に懐疑的、または否定的な態度を持つ陶淵明は、仏教思想よりも、やはり漢代の詩文からその思考構造を得て、「当生に趣かにす」ることを第一と考える楊朱篇を思想的論拠とした可能性が高いと言えよう。

二　名実論と生・死

前述したように、「形影神」における死に対する懼れは、具体的に言うと「形」と「影」それぞれの「身」と「名」の消滅に対するものである。「形影神」の序にも、この詩を詠んだ背景について「貴賤賢愚、営営として以て生を惜しまざる莫し、斯れ甚だ惑《まど》へり」と述べているが、文中の「惜生」とは、「形」と「影」それぞれが「身」の長生と「名」の無窮を求めることを指す。本節では、陶淵明の名実論と死生観と楊朱思想との関係を考察する。

まず名実論についてである。

隠者として、陶淵明は、「栄利を慕はず」(「五柳先生伝」)という言葉に見られるような、名利に対して淡泊な態度を持つ人物としてよく知られ、慕われているが、「名」を気にする一面も指摘されている(30)。陶淵明が「名」を好む背景には、儒家思想とりわけ孔子の思想がある。伝統的な儒家教育を受けた陶淵明にとって、家庭、社会ないし後世において自己の価値が認められることつまり「名」を求めることは、その士人としての使命であった。そのことは、この使命を成し遂げた祖先や歴史上の人物への追慕と、それに及ばなかった自己への不満、そして子孫に対する教育などの面からうかがえる。以下、具体的に見てゆこう。

まず、祖先への追慕の情については、外祖父の孟嘉のために書いた「晋故征西大将軍長史孟府君伝」において、「君、清く衡門を蹈《ふ》んでは、則ち令聞孔《はなは》だ昭《あき》らかなり。纓《えい》を公朝に振つては、則ち徳音允に集まれり」と記しており、外祖父の、隠逸にしても仕官にしても、美名が伝わっていることを称えている。序論で述べたように、「沖黙にして遠量有り」、「温雅平曠」、「酣飲《かんいん》を好み、逾々《いよいよ》多くして乱れず。懐に任せ意を得るに至れば、融然として遠く寄せ、傍に人無きが若し」というような外祖父の人物像は、陶淵明の「五柳先生伝」における理想の自画像の原型だとも言える。陶淵明は、外祖父の人徳や才能に憧れていたのと同時に、外祖父のように名声を得ようともしていた。

次に、「命子」という詩において、尭帝まで遡って宗族の系譜をたどり、家系の輝かしい歴史を子供に伝えている。文中では、曽祖父の長沙公陶侃が「我が中晋に在りて、業は長沙に融《とほ》る（在我中晋、業融長沙）」と言われるように功績が高いことと、「桓桓たる長沙、伊《こ》れ勛《くん》あり　伊れ徳あり（桓桓長沙、伊勛伊徳）」というように徳を備えていたこと、そして「功遂げて辞し帰り、寵に臨みても忒《たが》はず（功遂辞帰、臨寵不忒）」というような、乱世にありながら仕官においても隠逸においても、そして生前と死後においても、名誉を保つことができたことを高く賛美し、誇っている。

陶侃のように功成り名を遂げてから帰隠することこそ、陶淵明の目指した人生の理想的な姿なのである。これは儒士として立身出世も達成できるのと同時に、老子の「功遂げて身を退くは天の道」という言葉にあるように道家の思想にもふさわしく、身も名も保全できる生き方である。続いて、「嗟《ああ》　余の寡陋なる、瞻望すれども及ばず。顧みて華鬢《かひん》に慚《は》ぢ、影を負ひて隻立《せきりつ》せり。三千の罪、後無きを急と為す。我誠に念《おも》ふかな、呱《こ》として爾が泣くを聞くを（嗟余寡陋、瞻望弗及。顧慚華鬢、負影隻立。三千之罪、無後為急。我誠念哉、呱聞爾泣）」と述べ、自身が政治上の功績を立てずに隠逸に入ったことや、すでに老いて陶家の歴史を受け継ぐことができなくなっていることをせつなく感じ、すべての希望を自分の子孫に託している。

陶淵明が、「心に知る「去りて帰らざるも、且つは後世の名有らん」と（心知去不帰、且有後世名）」（「詠荊軻」）と詠んだ荊軻や、「余跡　鄧林に寄る、功の竟《を》はるは身後に在り（余跡寄鄧林、功竟在身後）」（「読山海経」其九）と詠んだ夸父などは、いずれも名を後世に残した「英雄」である。これらの「英雄」に憧れることは、『論語』にいう「君子は、世を没して名の称せられざるを疾《いた》む」（『論語』衛霊公篇）という考えと一致している。陶淵明には、「徳を進め業を修め、将に以て時に及ばんとす。彼の稷《しょく》と契《けい》の如き、孰《たれ》か之を願はざらん（進徳修業、将以及時。如彼稷契、孰不願之）」（「読史述　九章」の「屈賈」）というような、仕官を通して名をはせんとする念願もあったが、後に「此れ名計に非ざるを恐れ、駕《が》を息《やす》めて閑居に帰れり（恐此非名計、息駕帰閑居）」（「飲酒」其十）と詠んでおり、当時の社会では名を求めるのは賢明な方策ではないと気づき、「真を衡茅《かうばう》の下に養ひ、庶《こひねが》はくは善を以て自ら名づけられん（養真衡茅下、庶以善自名）」（「辛丑歳七月赴仮還江陵夜行塗中詩」）という句に見えるように、隠遁生活の中で、本来の自己を取り戻し、隠逸によって「善」の「名」を求めることにした。

　仕官から隠逸に入った当初、陶淵明は確かに「名」を求める手段を仕官から隠遁へと変えたが、「名」を重視する姿勢自体は変わっていない。ただ、陶淵明は隠逸しているうちに、「身」と「名」の関係についての考えに変化が生じ、「名」よりも「身」の保全を重視するようになった。「飲酒」其三の前半に次のようにある。

道喪向千載　　道喪はれて千載に向《なんな》んとす
人人惜其情　　人人　其の情を惜《を》しむ
有酒不肯飲　　酒有るも肯《あ》へて飲まず
但顧世間名　　但《た》だ世間の名を顧《かへり》みる
所以貴我身　　我が身を貴《たつと》ぶ所以は
豈不在一生　　豈に一生に在らざらんや

世間の人々が酒を飲まず、真情を惜しみ（すなわち本音を隠し）、生まれつきの欲を抑えるのは「名」を惜しむがためである。この「名」の保全は、生きている間には「身」の保全にも関わるものである。このような「身」と

「名」に拘る生き方について、陶淵明は詩の後半において次のように批判する。

一生復能幾　一生　復た能く幾《いくばく》ぞ
倏如流電驚　倏《しゅく》なること流電の驚《はげ》しきが如し
鼎鼎百年内　鼎鼎《ていてい》たり　百年の内
持此欲何成　此を持して何をか成さんと欲する

「身」の保全の根本は一回きりの「生」のためであるが、陶淵明はこの「生」の貴さ、そして「名」の「生」にとっての意義を認めるのと同時に、「生」の過ぎ去る速さと百年という限界によって、「名」に固執する態度に反対する。これも、死を出発点として生を顧みる一例である。このような思考構造は、陶淵明の名実論にも影響している。つまり、世間の人々が「身」の保全を「実」だとすることに対して、陶淵明はその理由を理解してはいるが、死の必然性と生の短さを踏まえて、それには賛同しない。真情を惜しまず酒を飲むすなわち存分に生を楽しむことができる精神状態こそ本当の「実」だとしている。

「飲酒」其三の「所以貴我身、豈不在一生」について、李長之『陶淵明伝論』や袁行霈『陶淵明集箋注』はいずれも、楊朱篇第十章の次の部分を踏まえているとしている。

孟孫陽、楊子に問ひて曰く、「此に人有り、生を貴び身を愛し、以て死せざらんを蘄《もと》む。可ならんか」と。
曰く、「理として死せざるは無し」と。
「以て久しく生きんことを蘄む。可ならんか」と。
曰く、「理として久しく生くるもの無し。生は貴んで能く存する所に非ず、身は愛して能く厚くする所に非ず。且つ久しく生くること、奚ぞ為さん。（中略）百年も猶ほ其の多きを厭ふ。況や久しく生くるの苦しきをや」と。

「所以貴我身、豈不在一生」のみならず、「飲酒」其三における当時の人々が「名」を求めることに対する陶淵明の批判の理論根拠となるのは、せいぜい百年しかない寿命のなかで、「情」は惜しみ「名」にこだわることによって「身」の幸福を増やすことの不可能性、「生」の久しくすることの不可能性である。これらは、いずれも楊朱篇の前記の内容と一致しているのである。

「酒」は、「形影神」においては死の憂いを解消するものであったが、「飲酒」其三では、真情を解放するものとなる。この「酒」について、先に挙げた「神釈」においては、さらに一段と理性的に考えるようになっている。「日び酔へば或いは能《よ》く忘れんも、将《は》た齢《よわひ》を促すの具《ぐ》に非ずや(日酔或能忘、将非促齢具)」というように、「酒」によって「身」(生命)を損なう事実を述べる。そのうえで、根本的な解決方法として、「死」がもたらす「身」と「名」の消滅を意識しつつも、それに悩まず、盛衰の変化を慮ること無く「生」を楽しみ死を待つ態度をとるべきだとした。

陶淵明の名実論と生についての考えは、楊朱篇の内容と一致するところが多い。楊朱篇では、まず、第十五章において、「身」に固執する態度について、「生身を全うすと雖も、其の身を有すべからず」と言い、「我を存す」る知恵に背き、もともと天下の物である「身」を私有しようとすることだと見なす(31)。また、「名」と「実」については、第一章に「実は名無くして、名は実無し。名は、偽のみ」とあり、「非名」、「去名」の姿勢が示されている。一方で、最後の第十九章においては、「名」が意味する地位の「尊栄」と「卑辱」、および地位に相当する「逸楽」と「憂苦」の生活状況について、それらが「犯性」と「順性」によって「実」に「係」わるため、無関心ではいられず、結局のところ譲歩して「名を守りて実を累はす」(楊朱篇第十九章)ことになるのを「悪」むことに終始した。つまり、「既に有すれば得て之を去らず」という外物に対する考えに基づき、楊朱篇では「名」によって恵まれた境遇にいることを否定はしないものの、「名」を求めることは「実」を累わすものだとして批判している。

陶淵明の言う「人人」が「名」を追求する理由は、楊朱篇の「悠悠たる者、名に趨って已まず」の理由と同じく、「実」に係わるからである。「名」に関する陶淵明の批判も、「但だ世間の名を顧みる」というような「守名」に限定している。楊朱篇における「非名」は、人々の「名」によって恵まれた境遇を求めようとする欲望を認め、「名」に対する否定を、積極的に「名」を求めることの「実」への悪影響に限定するという折衷的なものであり、老荘のより徹底した「無名」(32)と比べるならば、儒学をその思想の基礎とする陶淵明にとっては、より受け入れやすかったのであろう。後漢末の隠士である田疇《でんちゅう》（一六九〜二一四）が節義あることによって生前死後の「名」を得たことをうたった「擬古」其二に次のようにある。

聞有田子春　　聞くならく田子春有り
節義為士雄　　節義　士の雄為《た》りと
斯人久已死　　斯の人　久しく已に死するも
郷里習其風　　郷里　其の風に習ふ
生有高世名　　生きては世に高き名有り
既没伝無窮　　既に没しては無窮に伝はる
不学狂馳子　　狂馳の子を学ばざらん
直在百年中　　直《た》だ百年の中《うち》に在るのみ

陶淵明は田疇と「名」を求めることに狂走する人々とを明確に区別する。田疇が「名」に恵まれたことによって「生」を累わすことがなく、「実」をも得るような生き方をしていたからである。およそ晋宋交替の時期、自分および一族の「身」と「名」を守るため、新政権に媚び、あくせくと官職を求める人が多くいた。陶淵明も例外ではなく、彼らと同じような現実的な問題に直面していた。節義を捨てて仕官することによって「身」と「名」の一時的な保全を得るよりも、隠逸して長期的で本質的な保全を求めるほうが「実」のある生き方だと陶淵明は考えたのであろう。陶淵明の、「名」を求めることに対する批判と「名」に恵まれた境遇にいることに対する肯定とは、相矛盾するものではなく、いずれも「我」の「実」を重視する考えによるのである。このような楊朱篇に近い折衷的な名実論は、不安定な社会情勢においては、老荘思想と比べると、より現実性、実用性があるのである。

名実論と生について、楊朱篇では、「名」よりも「実」を重視する考えに基づき、生の惜しみ方を説く。楊朱篇のいわゆる「生を養」うことは、寿命の長短や生前死後の「名」の問題ではなく、生き方における「実」の問題である。第十二章では、舜・禹・周・孔の「生きては一日の歓び無く、死して万世の名有り」、いわば「生無歓、死有名」という生き方は「実」を得なかったとするのに対して、桀・紂の「生きては縦欲の歓び有り、死して愚暴の名を被る」という生き方は「実」を得たとする。その「実」というのは、第七章に言う「戚戚然として以て久生に至る」という精神上苦しみながらの長生のなかではなく、死に至るまで「熙熙然」[33]とした精神状態のなかである。誰もが「死」を免れないが、死後に善名を得た方が生前の「実」を失い、死後に悪名しか残らなかった方が生前の「実」を達成できたというように、「名」と「実」の矛盾を指摘している。また、それゆえに「死」と「名」とは、いずれも「我」が左右できない外部の「物」に属するものなので、「実」のある生き方のみ「我」のためにすべきだという。

前述した朝・穆の話柄(第八章)において、朝が酒に溺れる時には、「世道の安危、人理の悔吝、室内の有亡、九族の親疎、存亡の哀楽を知らざるなり。水火兵刃、前に交はると雖も、知らざるなり」とあるように、世間のすべてを気にせず、「我」に集中することこそ、当今の「生」を楽しむことだとされている。朝・穆は、それぞれの酒と色の欲に従った理由について次のように述べる。

凡そ生は之れ遇ひ難くして、死は之れ及び易し。遇ひ難きの生を以て、及び易きの死を俟つは、孰念《じゆくねん》すべきかな。而るに礼義を尊んで以て人に夸《ほこ》り、情性を矯《た》めて以て名を招かんと欲す。吾、此を以て死するに若かずと為す。一生の歓を尽くし、当年の楽しみを窮めんと欲するが為に、唯だ腹溢《あふ》れて口の飲を恣にするを得ず、力憊《つか》れて情を色に肆にするを得ざらんことを患《うれ》へ、名声の醜き、性命の危きを憂ふるに遑あらざるなり。

単純に欲に溺れたのではなく、生と死の差異、そして「情性」と「名」の関係を認識したうえで選んだ生き方だという。陶の「飲酒」其三にある「一生　復た能く幾ぞ、倏なること流電の驚しきが如し」は、楊朱篇の「凡そ生の遇ひ難くして、死は之れ及び易し」と同じ趣向である。そして、「飲酒」其三における、人々が真情を惜しんで「酒有るも肯へて飲まず、但だ世間の名を顧み」ることは、楊朱篇の「情性を矯めて以て名を招かんと欲す」と同じ状況を述べている。また、「飲酒」其三における「酒を飲む」ことと、楊朱篇の朝の「酒を飲む」こととは、いずれも本性にしたがっているという姿勢を示すために、代表的な一例として挙げられたものだと言えよう。ただ、楊朱篇においては、「欲を究め」ることは、「我」の生まれながらの本性を外物の束縛から解放するところに重点が置かれており、「生」を損なってまですることではない。

　陶淵明の名実論と死生観について、「飲酒」其三では主に生前に重点が置かれるのに対して、「飲酒」其十一では死後の「名」と「実」に関する考えもみられる。貧しい一生を送ったが善名を残した顔淵や栄啓期のほか、「身」を一生懸命養う人々については次のように述べている。

雖留身後名　身後の名を留むと雖《いへど》も
一生亦枯槁　一生　亦た枯槁す
死去何所知　死し去りて何の知る所ぞ
称心固為好　心に称《かな》ふを固《もと》より好《よ》しと為す
客養千金軀　千金の軀を客養するも(34)

臨化消其宝　　化に臨みて其の宝を消す

顔淵と栄啓期のように、「名」(節操)を守るために貧しく生きた聖人賢者と「身」の長生を求める人々は、いずれも「実」を得なかったとする。このほか、「感士不遇賦並序」においても、伯夷、叔斉、顔淵など、儒家では賢人君子と見られる人物の生き方に対して、死後の「名」と生前の「実」との関係という視点から、懐疑的な態度を示している。これは、もちろん無道な社会を批判する目的もあるが、その死生観において、「名」と「実」の考え方に変化が生じたこともまた事実である。このような変化は、道家思想、とりわけ「生無歓、死有名」という生き方を疑う楊朱篇の影響によって、自分が守り抜こうとする「固窮節」や「節義」の現実的意義について疑問を有したためと考えられる。その「飲酒」其二には次のようにある。

積善云有報　　善を積めば報い有りと云ふに
夷叔在西山　　夷叔は西山に在り
善悪苟不応　　善悪　苟くも応ぜずんば
何事空立言　　何事ぞ空しく言を立つる
九十行帯索　　九十にして行くゆく索《なは》を帯《おび》にす
飢寒況当年　　飢寒　況《いは》んや当年をや
不頼固窮節　　固窮の節に頼らずんば
百世当誰伝　　百世　当《まさ》に誰をか伝ふべき

生きている時の善悪の行ないと報いが対応しないことや、死後の名を得るために、生きている時の「窮」を固守しなければならないことは、いずれも「名」と「実」が一致していない例である。陶淵明は、「固窮節」や「節義」といった「名」そのものを否定したというよりは、隠逸における「固窮節」を守るためには「実」を損なってしまい、楊朱篇に言う「名を守つて実を累はす」になるのを憂え、生き方や考え方を見直そうとしただけである。

ただ、陶淵明には楊朱篇を選択的に受容する面も見られる。例えば、賢人君子の生き方に対する懐疑的な態度を受け入れながらも、桀・紂などを一例示してその生き方を首肯する態度を示すようなことはしない。また、朝・穆の話柄のように飲酒や女色に溺れること自体を認めたりはせず、逆に「止酒」や「閑情賦」といった作品において、官能的な欲望に対してより理性的な姿勢を示している。もちろん、これは、彼が楊朱篇の誇張された表現の裏にある思想を理解したためである可能性も考えられる。総じて言えば、隠逸と仕官を繰り返した陶淵明にとって、「名」と「実」についての問題が彼の「生」においては常に直面する課題であり、社会変動が激しい晋宋交替の時期において、一介の知識人にはどうすることもできない外物（天下の運命や自分の前途など）としての現実があった。そこで、彼は視線を自我の内面に移し、「実」のある生き方を考え直そうとする際に、楊朱篇が説く生の楽しみ方を受け入れたのではなかろうか。

三「裸葬」

先に挙げた「飲酒」其十一の最後には、死後の葬り方について、

裸葬何必悪　裸葬　何ぞ必ずしも悪しからん
人当解其表　人当《まさ》に其の表《おもて》を解すべし(35)

とある。これは、『漢書』楊王孫伝における「裸葬」に関する記述を踏まえている。(36)楊王孫の「裸葬」に対する積極的な姿勢は、主に彼が「黄老の術」に傾倒していたことによる。楊王孫が祁侯の勧告を受けて「裸葬」を望んだ理由を述べた内容は、『列子』天瑞篇の『黄帝書』に関連する内容に類似している。(37)その点については、『列子』天瑞篇の影響を受けた可能性や、黄老思想関連の書物に「裸葬」に関する内容があった可能性がある。または、『荘

子』列禦寇篇における荘子の自然との一体を求める葬り方に関する記述を踏まえ、[38]黄老思想に基づいてその理由を述べた可能性もある。いずれにしても、楊王孫が「裸葬」を望んだ理由は、主に「真」の状態つまり天地自然に帰ろうとすることにあり、陶淵明が言う「其の表」つまり楊王孫の言外の意もこれを指していると考えられる。

このような、「真」に帰るために「裸葬」を望むという楊王孫の考えは、前述した『荘子』をはじめとする「万物一体」「死生一条」の思想と一致する。一方で、清末の陳三立のように、楊王孫の「裸葬」は楊朱思想による影響だとする意見もある。[39]

死のことを「帰」や「休」という語で表わす事例は、[40]陶淵明の詩文にも見られる。例えば、「遊斜川並序」の「開歳　倏《たちま》ち五十、吾が生　行くゆく帰休せん（開歳倏五十、吾生行帰休）」、「自祭文」の「陶子　将に逆旅の館を辞し、永《とこし》へに本宅に帰す（陶子将辞逆旅之館、永帰於本宅）」などが挙げられる。ただ、「真」「根」といった帰る対象は明確には示されていない。老荘や『列子』などの説く「帰」や「休」の考え方を受けているが、楊王孫のように「帰」するところの「真」を信仰的に考えることはしていない。そのため、その「飲酒」其十一における「裸葬」に関する内容は、楊王孫伝に基づいており、思想的根拠として、『荘子』列禦寇篇や『列子』天瑞篇を意識していたことが考えられる一方で、これらの思想の受け方は、必ずしも楊王孫と同じではない。葬り方についての陶淵明の態度は、楊朱篇の葬り方に関する内容を念頭に置いていた可能性がある。楊朱篇では葬り方について次のように述べる。

古語に之有り、生きては相ひ憐れみ、死しては相ひ捐《す》つ、と。（中略）相ひ捐つるの道は、相ひ哀れまざるに非ざるなり。珠玉を含ませず、文錦《ぶんきん》を服せしめず、犠牲を陳《つら》ねず、明器を設けざるなり。（第六章）

平仲曰く、「既に死せり、豈に我に在らんや。之を焚《や》くも亦た可なり、之を沈むるも亦た可なり、之を瘞《うづ》むるも亦た可なり、之を露《さら》すも亦た可なり、薪を衣せて諸を溝壑に棄つるも亦た可なり、衰衣繡裳にして、諸を

石槨に納るるも亦た可なり、唯だ遇ふ所のままなり」と。（第七章）

まず、第六章は、主に生者の死者に対する態度について論じたものであり、哀しみを抱くことを肯定しながらも、「厚葬」によって死者に余分なものを加えるようなことはしないと主張する。その理由は、腐骨としてしか存在しない死者にとっては無意味なためである。逆に、他者の死に対する「哀れみ」を顧みて、生者に対する「憐れみ」を尽くすようにと主張する。

このような態度は、『荘子』至楽篇の「箕踞し、盆を鼓して歌ふ」[41]、『列子』天瑞篇の「死を以て楽と為す」[42]という「死生一体」の思想に基づく他者の死の捉え方も含めて、それを「悦」ぶことと異なり、感情的には他人の死を重く見るものであり、生における人間関係のあり方につながる。陶淵明が自分の死をうたった「擬輓歌辞」三首や「自祭文」、他者の死を悼んだ「祭程氏妹文」や「祭従弟敬遠文」などから見れば、生者と死者の物理的な別離を意識しながら、精神上のつながりを表わす哀しみについては、捨てようとはしていない[43]。これらの点から判断するならば、陶淵明の死生観は、『荘子』よりも楊朱篇の方に近いと言えるだろう。

一方で、第七章では、死者自身の態度を説く。火葬（「焚之」）、水葬（沈之）、土葬（瘞之）、天葬（「露之」）等の「薄葬」や、「厚葬」（衮衣繡裳而納諸石槨）はいずれも「可」とする。「唯だ遇ふ所のままなり」と言い、「廃せざる無く、任せざる無し」という考えを生き方から死後の葬り方に至るまで徹底する態度を示している。その「遇ふ所」には楊王孫のような「裸葬」や荘子の言う自然を「葬具」とするものも含まれるかもしれないが、荘子や楊王孫のように、「厚葬」を拒否し、自然との一体や「真に帰す」に拘るような態度は見えない。その理由は、死によって「我」が消滅するため、死後のことは「我」とは関係がないからである。第六章と第七章は、一見態度が異なるように見えるが、それは生者と死者という立場の違いによるものでしかなく、いずれも「為我」という言葉に代表される楊朱思想にふさわしいものである。

陶淵明の「飲酒」其十一は、楊王孫の話を踏まえているとはいえ、『荘子』や『列子』天瑞篇のように人間と天地自然との関係に関する内容は見えず、主に個人の生前死後の「名」と「実」のこと、養生の意義に関することを述べたものである。「裸葬」に対する態度として、「何ぞ必ずしも悪しからん」と、肯定的な姿勢をとりつつも、楊王孫ほど拘る態度も示しておらず、楊朱の所謂「我」にとっての「死」の意義を出発点とする思考に近いと言える。

また、「自祭文」においては、再び楊王孫の「裸葬」について言及するが、今度は、「奢《しゃ》は宋臣に耻ぢ、倹《けん》は王孫を笑ふ（奢耻宋臣、倹笑王孫）」というように、「厚葬」や「裸葬」に拘る態度に対して、いずれも批判的な見解を示す。このような葬り方に拘らない態度は、楊朱篇の第七章に近い。この文における、『易』繋辞下伝を踏まえた「之を中野に葬る（葬之中野）」「封《ふう》せず樹《じゅ》せず（不封不樹）」という表現は、「裸葬」に近いように見えるが[44]、あくまでも必要以上に厚く葬らないというのがその主旨である。その理由については、「前誉《ぜんよ》を貴ぶに匪ず、孰《たれ》か後歌を重んぜん（匪貴前誉、孰重後歌）」と述べており、つまり葬り方に拘ること自体が、「前誉」（生前の栄誉）と同じように、「後歌」（死後の賛美）にも拘ることになるのだと指摘している。前述したように、「自祭文」の冒頭において、死を「本宅に帰す」と表現しているが、後文の「寒暑　逾《こ》え邁《ゆ》き、亡は既に存と異にす（寒暑逾邁、亡既異存）」という句は、荘子の言う「死生一体」とは異なり、生と死とを明確に区別している。そのため、陶が言う「本宅に帰す」は、『荘子』などに見られる死を休息の場とする考えを承けてはいるが、必ずしも楊王孫のように「真に帰す」といったことを意識しているわけではないのであろう。

陶淵明は「自祭文」において、その生き方については「天を楽しみ分《ぶん》に委ね、以て百年に至る（楽天委分、以至百年）」、「老より終を得るに、奚ぞ復た恋《こ》ふる所あらんや（従老得終、奚所復恋）」とあるように生における楽しみを述べる。また、その死については、「廓として已に滅し、慨として已に遐《はる》かなり（廓兮已滅、慨焉已遐）」とあるように「我」のすべても消滅することを述べる。このように生と死の差異を意識する以上、葬り方に関わる名声の問題や「真」の状態、自然との関係の問題といった死後のことは全て考慮しない。このような、死を根本的に「廃」し「任」すような考えが成立したのは、楊朱篇に見える「死」および葬り方がより深く受容されるようになったためと考えられる。

小　括

本節では、『列子』楊朱篇を手がかりに、陶淵明の死生観と楊朱思想の関係について考察した。

楊朱篇には、生と死を明確に区別し、誰もが免れ得ない死を出発点として生を顧みるという思考構造によって生命の価値を重視し、当生を楽しむという死生観が見える。この死生観を背景として、その名実論も、葬り方についての論述も、一貫して「我」の生の楽しみを「実」とし、これを第一にする考え方となっている。このような死生観は、根本的には「為我」「貴己」「全性保真」などと評される楊朱思想から離れていないと言える。

陶淵明の死生観における死を出発点として生を顧みる姿勢には、漢代の楽府・古詩の影響が認められる。その一方で、「形影神」に見られるように、死の恐怖感を超越し、死という同一性を前提に生き方を考え直し、死に対して冷静な態度をとっている点については、楊朱思想を受容している可能性が高いと考えられる。また、この思考構造に基づく彼の名実論にも、楊朱と同じ方向性を持った要素が多く含まれている。例えば、「身」の保全や長生よりも精神上の満足を「実」としており、生前死後の「名」よりも「実」を重視する点や、「名」に恵まれた境遇を求める欲望は認めつつも、「実」を累わせる「名」は離れるべきだとする点には、楊朱思想からの影響がうかがわれる。さらに、死によって「我」が消滅するという考えに基づき、「裸葬」を受け入れて拘らないところも、楊朱の態度に近い。

およそ、陶淵明の道教思想の受容において、大きな役割を果たしたのは老荘思想だと言える。ただ、魏晋における神仙思想や仏教思想の流行、名教の変容などを受け、玄学のような深遠な面が強調され、養生や輪廻など生の延長や死後の世界への憧れが当時の風潮になったことをどう考えるべきか、激しい政権の争いにおいて「身」と「名」と自分の本性との関係をいかに調和させるべきかといった問題は、彼の思想上の「課題」にはなったが、老荘思想のような、宇宙自然に至るまでの深遠かつ形而上的な論理は、実践上の方法論として活用するには難しいところがあった。これらの課題について明確に論じているのが、ほかならぬ『列子』楊朱篇であり、人間の処世術を中心に、現実的な問題について明確な方法論を提示している。陶淵明が楊朱思想に親近感を抱いた理由は、まさにこの点にあったと考えられる。

第二節　陶淵明の隠逸詩と楊朱

前述したように、陶淵明の詩文に『列子』楊朱篇を踏まえたものが多いことはすでに李長之、古直などの学者によって指摘されている。陶淵明の詩集に対する古直の箋注において、楊朱篇から八カ所ほど引用されていることは、陶淵明と楊朱思想との関係を示唆している。例として挙げると、「飲酒」其十九や「詠二疏」、「雑詩」其六が踏まえているのは疏広の「揮金事」だと言われているが、「揮金事」(45)と類似する話柄として、楊朱篇には端木叔の「散金事」(46)があり、古直は両方をあわせて意識していることを指摘する。ただ、陶淵明が隠逸詩においてどのように楊朱篇の内容を扱っているのかについてはまだ検討の余地がある。本節では、陶淵明の隠逸詩における、楊朱と楊朱篇の扱い方を考察する。

一　仕官と隠逸の間の徘徊

「飲酒」其十九において、陶淵明はみずからの仕官の動機から最後に田園に帰隠するまでの経緯について次のように述べている。

疇昔苦長飢　　疇昔　長飢に苦しみ
投耒去学仕　　耒《すき》を投じて去りて仕を学ぶ
将養不得節　　将養　節を得ず
凍餒固纏己　　凍餒　固《もと》より己に纏はる
是時向立年　　是の時　立年に向《なんな》んとし
志意多所恥　　志意　恥づる所多し
遂尽介然分　　遂に介然たる分を尽くし
終死帰田里　　終死　田里に帰る

仕官に行くのは生活が困窮したためであり、結局「凍餒」から抜け出すことができなかっただけではなく、本意に背くことも多かったことから、死ぬまで隠逸するという決断を下した。しかし長い年月の中、この決断を死ぬまで堅持できるかどうかについては、やはり不安を抱いている。それを前述した楊朱に関わる話柄を踏まえて婉曲に表わしている。

冉冉星気流　　冉冉《ぜんぜん》として星気流れ
亭亭復一紀　　亭亭として復た一紀なり
世路廓悠悠　　世路　廓として悠悠
楊朱所以止　　楊朱の止まる所以なり

雖無揮金事　金を揮ふ事無しと雖も
濁酒聊可恃　濁酒　聊か恃《たの》むべし

「世路　廓として悠悠」からは、陶淵明が世間にさまざまな道があることを意識していたことがわかる。詩の最後に前漢の疏広と比較し、「揮金事」ができない陶淵明は「濁酒」によって自分の迷いを解消するしかなかったことを述べている。これは、自分の隠逸の道を貫く意志を表明する一方で、疏広の「功遂げて身退く」というような理想的な隠逸に未練があることも表わしている。おそらく、この詩をうたった際には、彼は完全に仕官か隠逸かの選択から逃れられてはおらず、もう一度その選択に直面している、あるいはいつかまた直面しなければならないと予想しているのであろう。それを思うと、楊朱の岐路において立ち止まった話柄のように、いずれを選んだとしても深刻な結果につながることを強く危惧している。その結果の深刻さについて具体的にいうと、選択した道が自分にふりかかってくる困難をみずからが引き受けなければならないという重さ（仕官すれば自分の生き方を貫けないというデメリットと、隠遁すれば生活に困窮するというデメリット）と、それらを考えて選ぶことの難しさである。

「篇篇酒有り」（蕭統「陶淵明集序」）と言われているように、「酒」が陶淵明にとって不安を解消する手段であったことは、陶淵明の詩からしばしばうかがわれる。「止」という文字のさまざまな意味と用法を二十句に織り込んで戯れ半分で作られた「止酒」という詩を例として挙げる。

居止次城邑　居止　城邑に次《やど》る(47)
逍遥自閑止　逍遥として自ら閑止たり
坐止高蔭下　坐するは高蔭《かういん》の下に止まり
歩止篳門裏　歩むは篳門《ひつもん》の裏《うち》に止まる
好味止園葵　好き味は止《た》だ園葵のみ

大歓止稚子　大いなる歓びは止だ稚子のみ
平生不止酒　平生《へいぜい》　酒を止めず
止酒情無喜　酒を止むれば情に喜び無し
（中略）
徒知止不楽　徒《た》だ知る　止むることの楽しからざるを
未信止利己　未だ信ぜず　止むることの己に利あるを
始覚止為善　始めて止むることの善為《た》るを覚《さと》り
今朝真止矣　今朝　真に止めたり
従此一止去　此れより一たび止め去りては
将止扶桑涘　将《まさ》に扶桑の涘《ほとり》に止まらんとす
清顔止宿容　清顔　宿容を止めん
奚止千万祀　奚《なん》ぞ止だに千万祀のみならんや

この詩における「止」は、「居住」、「とどまる」、「ただ」、「やめる」などさまざまな意味で用いられているが、戯れの詩だとしても、あえて「止」という一字を選び、詩題のみならず、どの句にも使われているところには、彼の「止」に対するある種の執念も垣間見える。

おそらく、陶淵明は、「止酒」全詩を通して「止」を強調しているが、その背後には、仕官と隠逸の道の間で逡巡徘徊していた彼一生の葛藤も窺われる。例えば、「歩むは篳門の裏に止まる」における「篳門」は隠逸と仕官の境界線であり、「歩むは篳門の裏に止まる」は隠逸生活に安んじることの象徴である。「篳門」のような粗末な門を隠逸の象徴とすることは陶淵明より以前からすでに見える[48]が、陶淵明の詩文においてはとりわけ好んで使われている。「篳門」の他に「衡門」(49)、「柴門《さいもん》」(50)や「荊扉《けいひ》」(51)はいずれもそうである。

もっとも、『荘子』譲王篇に「身は江海《こうかい》の上に在り、心は魏闕《ぎけつ》の下に居る」とあるように、「衡門」にいる隠者とて、その身は政治の場から離れていても、心を完全に政治情勢の影響の外に置くことは容易ではない。陶淵明は、「衡門」における楽しさを謳った詩のほかに、その辛さや寂しさを表わした詩も作っている。例えば、「癸卯歳十二月中作与従弟敬遠」には次のようにある。

寝跡衡門下　跡を衡門の下に寝《や》め
邈与世相絶　邈《ばく》として世と相ひ絶つ
顧眄莫誰知　顧眄《こべん》するに誰をも知る莫く
荊扉昼常閉　荊扉　昼も常に閉づ
凄凄歳暮風　凄凄《せいせい》たり　歳暮の風
翳翳経日雪　翳翳《えいえい》たり　日を経たる雪
傾耳無希声　耳を傾くるも希声無く
在目皓已結　目に在りては皓《しろ》くして已に結ぶ(52)
勁気侵襟袖　勁気　襟袖《きんしう》を侵《をか》し
箪瓢謝屢設　箪瓢　屢《しばしば》々設くるを謝す
蕭索空宇中　蕭索《せうさく》たり　空宇の中《うち》
了無一可悦　了《つひ》に一として悦ぶべき無し
歴覧千載書　千載の書を歴覧し
時時見遺烈　時時　遺烈を見る

高操非所攀　　高操は攀《よ》づる所に非ず
謬得固窮節　　謬りて固窮の節を得たり
平津苟不由　　平津　苟しくも由らざれば
棲遅詎為拙　　棲遅《せいち》　詎《なん》ぞ拙と為さん
寄意一言外　　意を寄す　一言の外
茲契誰能別　　茲《こ》の契　誰か能く別たん

この詩においては、「衡門」「荊扉」「空宇」「箪瓢」などの語を通して粗末な生活状況を描写しているが、単に貧に安んじているのではなく、「固窮の節」(53)を「謬りて得」たものだとしている。そして、「平津　苟しくも由らず、棲遅　詎ぞ拙と為さん」と述べ、「衡門」に「棲遅す」ることは「拙」ではないと主張しているが、「意を寄す一言の外」という一句から見ると、その本音はまだ露わになっていないことがわかる。「一言」が何を指すかについては、「固窮の節」、「拙」、またはこの詩それ自体など様々な説があるが、いずれにしても、詩人が「衡門」における生活に対して複雑な心境を抱いていることは確実であろう。つまり、世間との交わりを絶ち、困窮により飢餓や厳寒に直面する中で、詩人は書物に精神的な慰めを求めるが、表面上は「固窮の節」を得たとしても、「遺烈」(功績を遂げた志士)らのように抱負を実現してから隠逸生活に入ったわけではないため、悔しく思っているのである。そのため、前掲「答龐参軍」のように、「衡門」が象徴する隠逸生活を楽しんでいるといった姿勢ではなく、門内にいる詩人の寂しさと門外の気候の寒さについての描写を通して、詩人自身の、物質的あるいは精神的な苦しみを表わしている。

「癸卯歳十二月中作与従弟敬遠」が作られたこの年(四〇三)の十二月、桓玄(三六九～四〇四)が政治の実権を握り、しかも禅譲の形を装って帝位を手に入れた。「衡門」にいる陶淵明も、「門外」の社会の変動に対して関心を抱いており、それによって心が揺り動かされている。「風」「雪」「勁気」などは、政治環境を暗に指しており、陶淵明もその残酷さをしみじみと痛感しているのである。

門外の寒さが部屋の中に侵入してくるという表現は、「雑詩」其二にも見いだせよう。

風来入房戸　　風来たりて房戸に入り
夜中枕席冷　　夜中　枕席冷ややかなり
気変悟時易　　気変じて時の易はるを悟り
不眠知夕永　　眠らずして夕べの永きを知る
欲言無予和　　言はんと欲するも予に和する無く
揮杯勧孤影　　杯を揮ひて孤影に勧む

門があるとはいえ、外の世界と完全に隔離することはできていない。気候が寒くなるという自然環境の変化は、当時の政治状況が厳しくなることをも暗示している。さらに、その寒さが門を擦り抜けて室内へと侵入し、目が冴えて寝つけずにいる詩人の悩みと孤独感を深めている。その孤独は、魏の阮籍の五言「詠懐詩」其十七の「独り空堂の上に坐す、誰か与に親しむべき者ぞ」と同様に、心中を語る相手がいない寂しさの裏に、一人の知識人としての、厳しい社会環境に対する不安と無力感が潜んでいる。

日月擲人去　　日月　人を擲《す》てて去り
有志不獲騁　　志有るも騁《てい》するを獲ず
念此懐悲悽　　此を念《おも》ひて悲悽《ひせい》を懐き
終暁不能静　　暁を終《を》ふるまで静まる能はず

「癸卯歳十二月中作与従弟敬遠」と同じ主旨であり、そして同じ時期に作られたと思われる詩には、さらに「飲酒」其十六がある。

少年罕人事　少年　人事罕《まれ》にして
遊好在六経　遊好　六経《りくけい》に在り
行行向不惑　行き行きて不惑に向《なんな》んとし
淹留自無成　淹留《えんりう》して自ら成る無し(54)
竟抱固窮節　竟《つひ》に固窮の節を抱き
飢寒飽所更　飢寒　更《へ》る所に飽く
弊廬交悲風　弊廬　悲風交はり
荒草没前庭　荒草　前庭を没す
披褐守長夜　褐を披《き》て　長夜を守り
晨鶏不肯鳴　晨鶏《しんけい》　肯《あ》へて鳴かず
孟公不在茲　孟公　茲《ここ》に在らず(55)
終以翳吾情　終《つひ》に以て吾が情を翳《おほ》ふ

「衡門」「荊扉」と同様、ここの「弊廬」「荒草」もまた、貧賤な生活の象徴であると同時に、抱負が遂げられないことの遺憾さ、現実に対する無力感、そして、心中を告げる相手のいない寂しさなど、複雑な感情が交錯する詩人の心象を表わしている。

前述した「癸卯歳十二月中作与従弟敬遠」において、門が閉じられたままである理由は、訪問してくれる人がいないためであり、その裏には、もしいるならば開けたいという期待が含まれている。「荊扉」は屋敷の門だけではなく、詩人の「心の門」をも指しており、寂しさや悩みについて語る相手を求める詩人の心情を表わしている。

「長吟掩柴門」と「白日掩荊扉」における「門を閉じる行為」は自主的なものであり、自分から世俗との交わりを絶とうとする姿勢を示している。ただし、隠逸生活の孤独や自分の選んだ隠逸の道に対する不安、志を実現させようとする仕官への未練は、やはり常に存在する。そのため、陶淵明は、自分の志を語ることのできる相手の訪問に対する期待を棄ててはいない。そのため、「飲酒」其九には「清晨《せいしん》　門を叩くを聞きて、裳《しやう》を倒《さかしま》にして往きて自ら開く（清晨聞叩門、倒裳往自開）」というような、慌ただしく門を開く姿が描かれている。自分の選んだ道に対して疑問を呈した「田父」ではあるが、「壺漿《こしやう》もて遠く見候し（壺漿遠見候）」とあるように、誠意をもっての訪問であったため、「且く共に此の飲を歓ばん（且共歓此飲）」と歓迎する姿勢を示したのである。

陶淵明が仕官と隠逸の間に徘徊していたことは、隠逸生活における精神上の達観と物質上における貧窮という二重的な意味を象徴する「篳門」「衡門」「柴門」「荊扉」といった語彙からうかがわれることである。その徘徊による憂いを解消する方法はほかでもなく酒である。

「形影神三首並序」（以下「形影神」と略す）の第一首「形贈影」が主張する「酒を得れば苟しくも辞すること莫かれ（得酒莫苟辞）」という憂いを消す段階のことである[56]。憂いを消すための「酒」を止めることができない理由は、憂い自体が続いているからである。その未練や憂いは具体的に言うと、「形影神」における「形」のこだわる「身」、「影」のこだわる「名」のことであり、この二つの問題に関わる仕官か隠逸かという問題である。そして、「真」の「止」というのは、迷いを止め、憂いから解放される達観に至ることである。このような達観にいたってからはじめて、憂いを解消できながらも健康に害を与えてしまう物質的なものには頼らず、神仙のような精神的な自由を得られるのである。

その悩みを解消する手段とされる「酒」が己の身にとって害となることも意識してはいるが、ほかに方法もないという自嘲を表わしたのが「止酒」である。

また、このような境地に至るまでの修行として、「居は城邑に次ぐに止まり」という住居における「止」、「坐するは高蔭の下に止まり、歩むは篳門の裏に止まる」という行為における「止」、「好き味は止だ園葵のみ」という食における「止」、「大いなる歓びは止だ稚子のみ」という情における「止」を、それぞれ実践することを挙げる。しかし、これらは詩人にとって難しいことではなく、本当に難しいことは、名と実や生と死に関わる葛藤から脱出することである。(57) その難しさは酒を止めることの困難さと通じるものがある。

「己」や「我」という字は、陶淵明の隠逸に関する考えを述べる他の詩にも見られるものである。前述した「飲酒」其十九ももちろんその一例である。(58) つまり隠逸は、彼にとって自分の本性に違わないためのものであり、隠逸後の生活こそが己の営みなのである。そして、仕官の目的を振り返る時も、天下のためではなく、自分の「口腹」のためだとする。(59)「飲酒」其二十で言ったように、「世を挙げて真に復ること少なし」という社会の現状を救うために、陶淵明も、元来「汲汲たる」孔子の如く、「弥縫して其れを淳《じゅん》ならしむ」ることを、仕官の動機としたが、(60) この道がままならないことを悟った後では、隠逸の「正当性」を強化するために、仕官から隠逸までの動機を「己」に限定したのであろう。

二　友人との別れにあたって

陶淵明は、前述の、直接楊朱の名を挙げた五言「答龐参軍並序」においても、岐路にたち止まり哭泣した楊朱の話を踏まえている。この詩は、龐参軍の旅立ちにあたって、龐から贈られた詩に陶淵明が返したものである。その序に次のようにある。

人事は好く乖《そむ》き、便ち当に離《り》を語るべし。楊公の歎く所は、豈に惟だに常の悲しみのみならんや。

また、詩の本文には、「我は実に幽居の士、復た東西の縁無し（我実幽居士、無復東西縁）」とあり、「飲酒」其十九や「止酒」に見られる「止」に関わる事柄の完成によって、「幽居の士」になり、「東西の縁」という仕官の道を止めたことを言っている。仕官に赴く龐参軍との別れにあたって、深い友情を結んだ友人との別れを悲しむだけではなく、楊朱が歎いた世間（人生）の岐路の多いことと、道を選ぶことによって栄辱、安危、死生といった正反対の結果に至ることに対する深刻な悲しみとを踏まえて、異なる道を歩む自分と友人の将来を憂慮する心境を表わしている。

楊朱の話柄を用いて友との別れ際にあたって直面した将来への不安を表わした詩は、陶淵明以前にも見られる。例えば、阮籍の五言「詠懐詩」其二十に次のようにある。

楊朱泣岐路　楊朱は岐路に泣き
墨子悲染糸　墨子は染糸を悲しむ
揖譲長離別　揖譲して長く離別すれば
飄颻難与期　飄颻　与《とも》に期し難し
豈徒燕婉情　豈に徒《ただ》に燕婉の情のみならんや
存亡誠有之　存亡　誠に之有り
（中略）
嗟嗟塗上士　嗟嗟《ああ》　塗上の士
何用自保持　何ぞ用て自ら保持せんや(61)

この詩に詠まれている不安は当時の厳しい政治情勢の下で生きる士人たちが共有していたものである。『晋書』阮籍伝における彼の「窮途の哭」（しばしば気の向くままに馬車を疾走させ、道が行きどまりになると大声で泣いて帰った）という故事が有名であるが、楊朱の岐路に泣くことの影響を受けているとも考えられる。

阮籍は、別れの悲しみのほかに、その四言「詠懐詩」其九において、同じく楊朱と墨子を取りあげるが、自分の道における孤独感、無力感を表わしている。

山川悠邈　　山川　悠邈なり
長路乖殊　　長路　乖殊なり
感彼墨子　　彼の墨子を感じ
懐此楊朱　　此の楊朱を懐ふ
抱影鵠立　　影を抱きて鵠立《こくりつ》し
企首踟躕　　首を企《つまだ》ちて踟躕す[62]

また、阮籍が楊朱を取りあげて自分の道における孤独感を表わした表現が、またその五言「詠懐詩」其七十四においても見られる。

猗歟上世士　　猗歟《ああ》　上世の士
恬淡志安貧　　恬淡《てんたん》として　志は貧に安んず
甯子豈不類　　甯子《ねいし》　豈に類せざらんや
楊歌誰肯殉　　楊歌　誰か肯《あ》へて　殉《したが》はん
棲棲非我偶　　棲棲《せいせい》たるは我が偶《たぐひ》に非ず
徨徨非己倫　　徨徨たるは己が倫《ともがら》に非ず
咄嗟栄辱事　　咄嗟《とつさ》　栄辱の事
去来味道真　　去来して道真を味はふ
道真信可娯　　道真　信にして娯《たの》しむべし

清潔存精神　　清潔　精神を存す
巣由抗高節　　巣と由は高節を抗《あ》ぐ
従此適河浜　　此に従いて河浜に適《ゆ》かん(63)

黄節によれば、甯子と楊朱を取りあげるのは、それぞれ貴賤と死生の問題について語るためである。(64)「楊歌」とは、『列子』力命篇第六章に見える、楊朱が死生についてうたった歌である。楊朱の友人の季梁が病気にかかって、子供たちが季梁を取り巻いて泣き、医者に見てもらおうと言った。季梁は、子供たちにみずからの本心を分からせてもらうため、楊朱に歌を歌うことを頼んだ。すると、楊朱は次のようにうたった。

天其れ識らず、人胡ぞ能く覚らん。祐くるは天よりするに匪ず、孽《わざはひ》も人に由らず。我と汝と、其れ知らざらんや。医《い》と巫《ふ》と、其れ之を知らんや。

この歌において、楊朱は、自分と季梁とは天命について知っているが、多くの人にはそのことを分かってもらえないことを嘆いている。楊朱の歌とは異なり、春秋時代の甯子つまり甯戚《ねいせき》は斉の桓公に官職を求めるために歌をうたった。(65)

『列子』力命篇において楊朱が歌ったのは死生と天命の問題であるが、阮籍はさらに踏み込んで、社会における表面的な栄辱得失よりも、個人の精神を重視するという楊朱の死生観に基づく生き方の問題にまで触れている。さらに、甯戚と楊朱とを例として対比し、類似する行為の背後にある異なる生き方に重点を置き、栄辱や死生に対する同様の考えを持ち共に「逃避」(66)の姿勢を取るような友がいないという孤独感を表わし、高潔な節操を持つ上古の隠者に共感を寄せている。

また、同時期の嵆康《けいこう》(二二三〜二六二)の「答二郭三首」其三にも次のように云う。

至人存諸己　　至人　己に存し

隠樸楽玄虚　樸に隠し玄虚を楽しむ
功名何足殉　功名　何ぞ殉《したが》ふに足らんや
乃欲列簡書　乃《すなは》ち簡書に列するを欲せんや
所好亮若茲　好む所は亮《あき》らかなること茲《かく》の若し

楊氏歎交衢　楊氏　交衢に歎ず
去去従所志　去り去りて志す所に従ひ
敢謝道不倶　敢へて道の倶《とも》にせざるを謝《ことは》る(67)

楊朱の岐路における嘆きを引き合いに出して、功名を求めて窮地に陥る者を批判している。嵆康も阮籍と同じように、楊朱を含む道家の「己」を重んずる思想によって、功名を求める者とは道が異なることを示し、自分の隠逸の志を表わしている。

以上を踏まえると、魏から晋に至るまでの士人たちにとって、「為我」を説く楊朱思想や岐路で立ちとまった楊朱の姿勢は、彼らの隠逸への思慕を表わすうえで重要な存在であったことがわかる。

現存する楊朱の話柄が記述される各文献においては、「世路多岐」についての悲しみは、仕官か隠逸かの問題には限定されない。ただ、楊朱篇における伯成子高と大禹の比較からわかるように、この問題がその典型的な一例であることは否定できない。厳しい政権のもとで生きた阮籍や嵆康も、仕官と隠逸を繰り返した陶淵明も、この問題こそが彼らが常に考えていた「栄辱、安危、存亡」に関わる重大な問題であったため、隠逸の道へと向かう自分の選択を楊朱の話柄を用いて強調したのであろう。

また、淵明には五言「答龐参軍」と同題の四言詩があり、同年の冬に作られたと思われる(68)。この中で、陶は、より明確にみずからの道を楽しむ様子を龐参軍に対してうたいあげている。

衡門之下　衡門の下
有琴有書　琴有り書有り
載弾載詠　載《すなは》ち弾じ載ち詠じ
爰得我娯　爰《ここ》に我が娯《たの》しみを得たり
豈無他好　豈に他に好《よ》きもの無からんや
楽是幽居　是《こ》の幽居を楽しむ
朝為灌園　朝には園に灌《そそ》ぐを為し
夕偃蓬廬　夕べには蓬廬に偃《ふ》す

そして、二度の別れについて次のように云う。

昔我云別　昔　我云に別れしとき
倉庚載鳴　倉庚　載《すなは》ち鳴く
今也遇之　今や之に遇《あ》ふに
霰雪飄零　霰雪《さんせつ》　飄として零《お》つ

春と冬の景観の差を描写することによって、二人が置かれた環境の悪化を暗示している。そのため、五言詩のほうでは、仕官と隠逸の道の差を意識して、「君其れ体素《たいそ》を愛せよ、来会　何れの年に在らん（君其愛体素、来会在何年）」と述べ、龐の道を深く心配しつつ、その志も理解し、体だけは大切にしてほしいとの思いを寄せた。これに対して、四言詩に次のようにある。

大藩有命　大藩　命有り
作使上京　使ひを上京に作《な》す

豈忘宴安　　豈に宴安を忘れんや
王事靡寧　　王事　寧《やす》きこと靡《な》し

龐が命令によって使者となり都に向かうという事情を述べたうえで、変動の激しい政治状況に置かれた龐の身の安全を心配している。詩は次のように続けられる。

慘慘寒日　　慘慘たる寒日
肅肅其風　　肅肅たる其の風
翩彼方舟　　翩《へん》たる彼の方舟
容与江中　　江中に容与たり

肅殺たる冬景色、寂しく旅立つ小舟が川に浮かぶ様子を描き、環境の厳しさと個人の弱さとを対比することで、友人の前途に対する憂いを表わしている。最後には次のよう述べる。

勖哉征人　　勖《つと》めんかな　征人
在始思終　　始に在りて終はりを思へ
敬茲良辰　　茲《こ》の良辰に敬《つつ》しみて
以保爾躬　　以て爾《なんぢ》が躬《み》を保んぜよ

出処進退を誤らない心がけを持つようにと、龐参軍の身（身分や立場も含む）の保全を祈る深い思いを表わしている。

同年の春に書かれた五言詩では、楊朱の話柄を用いて友人との別れに対する切なさに重点を置いているが、冬に入った後に書かれた四言詩では、陶淵明は隠逸の道の楽しさをより一層強調するようになったことがうかがえる。これは、陶淵明が隠逸生活に慣れてきたことによって、自分の道の素晴らしさを実際に感じたことによるとも考えられるし、社会情勢の変化や龐の道の危うさがより明らかになったという可能性もあるだろう。

そして、五言「答龐参軍」の序にある「楊公の歎く所は、豈に惟だに常の悲しみのみならんや」は、冬に入った後に書かれた四言詩に描かれた社会情勢の変化や龐の道の危うさを予測して述べたものだと考えられる。陶淵明は、楊朱の話柄を用いて友人との別れの心情を表わす際に、前述した隠逸に「止」まった自分と、仕官の道にあゆみ行く友人との対比を通して、自分の隠逸が適正であることを強調する一方で、異なる道を選んだ友人の安危に対する無力感をも表わしている。

三　「日に曝す」という隠逸のシンボル

前述したように、楊朱篇では原憲のような貧しい生活を批判する態度が見られるが、陶淵明は楊朱篇に見える態度とは異なり、「詠貧士」において多くの貧士らの生き方を称賛している。原憲についても「原生　決履《けつり》を納《い》れ、清歌して商音を暢《の》ぶ。（中略）賜《し》や　徒らに能く弁ず、乃ち吾が心を見ず（原生納決履、清歌暢商音。（中略）賜也徒能弁、乃不見吾心）」（「詠貧士」其三）と詠み、楊朱篇と異なる態度が見られる。

この不一致は、伯夷・叔斉に関しても同様に見られる。楊朱篇では、「伯夷・叔斉　実《まこと》に孤竹君を以て譲つて、終に其の国を亡ひ、首陽の山に餓死せり」（第一章）、「伯夷　欲亡きに非ず、清を矜《ほこ》ること郵《はなは》だしくして、以て餓死するに放《いた》れり」（第四章）と記されており、二人の生き方における過ちを批判している。これに対して、陶淵明は、「善を積めば報い有ると云ふに、夷叔は西山に在り。善悪　苟くも応ぜずんば、何事ぞ空しく言を立つる（積善云有報、夷叔在西山。善悪苟不応、何事立空言）」（「飲酒」其二）、「顔生　仁為《な》ると称せられ、栄公　道有りと言はる。屢々《しばしば》空しくして年を獲ず、長《とこしへ》に飢ゑて老に至る。身後の名を留むと雖も、一生　亦た枯槁す（顔生称為仁、栄公言有道。屢空不獲年、長飢至於老。雖留身後名、一生亦枯槁）」（「飲酒」其十一）といった句からうかがえるように、貧士らが節操を守ったにもかかわらず、報いられず惨めな一生を終えたことに同情している。ただ、楊朱篇では、士人としての隠者があえて貧しい生活を送ろうとする姿勢を批判しているが、田夫が貧しいながらも精神的に充実していることについては、生の楽しさを得た生き方だと評している。その第十六章に次のようにある。

楊朱曰く、「生民の休息するを得ざるは、四事の為《ため》の故なり。一は寿の為なり、二は名の為なり、三は位の為なり、四は貨の為なり。(中略)昔者《むかし》宋国に田夫有り。常に緼黂《をんぴ》を衣《き》て、僅に以て冬を過ごす。春に曁《およ》んで東作し、自ら日に曝《さら》す。天下の広廈《くわうか》隩室《いくしつ》、綿纊《めんくわう》狐狢有るを知らず。顧みて其の妻に謂つて曰く、「日を負《お》ふの暄《あたたか》なるは、人知る者莫し。以て吾が君に献ぜん、将に重賞有らんとす。」里の富室、之に告げて曰く、「昔人《せきじん》に戎菽《じゅうしゅく》・甘枲《かんし》茎《けい》・芹萍子《きんへいし》を美《うま》しとする者有り、郷豪に対して之を称す。郷豪取つて之を嘗《な》むるに、口を蜇《さ》し、腹を惨《いた》む。衆哂《わら》つて之を怨む、其の人大いに慙《は》ぢたり。子は此の類《るゐ》なり」と。

世間の人々は「寿」「名」「位」「貨」という外物のために苦労しているのに対して、田夫は本性のままで生きており、既に所有するものだけで満足しているという話である。その満足ぶりといえば、太陽でさえ自分しか知らない宝物だとし、王様に献上したら重賞を得られるだろうと言うぐらいである。これに対して、田夫のことをからかった「富室」こそ楊朱の言う「生民」に属するものである。

太陽に身を曬して耕作する様子は、農民の苦労を描写する際によく引き合いにだされる。例えば、前漢の賈誼『新書』「春秋」に「夫れ百姓牛を煦《そだ》てて耕し、背を曝して耘し、勤むるに苦しむも敢へて惰らざる者は、豈に鳥獣の為《ため》ならんや」とあるが、のちに、これは隠逸生活とも結びつけられるようになった。農民が日の暖かさを大事にしていることへの言及は、嵆康の「与山巨源絶交書」にも見える。

野人に背を炙《あぶ》るるを快びて芹子《きんし》を美《よみ》する者有りて、之を至尊に献ぜんと欲す。区区の意有ると雖も、亦た已に疏《うと》し。願はくは足下《そつか》之に似る勿かれ(69)。

楊朱篇とあわせてみれば、「背を炙るるを快びて芹子を美する」という田野の人の話は、魏晋の時代にはすでに早くから一般的に知られていたことで、嵆康はその君主に献上する面を取るが、楊朱篇ではその寒い天候における日の暖かさを恵みとする生活の満足ぶりに重点を置いている。

また、『三国志』蜀書・秦宓伝では、日に背中を曬すことはすでに隠逸と関連づけられている。秦宓はその仕官の誘いを断る書簡において、

僕は隴畝《ろうほ》の中に背を曝し、顔氏の箪瓢を誦し、原憲の蓬戸を詠じ、時に林沢に翱翔し、沮・溺の等儔と与にし、玄猿の悲吟を聴き、鶴の九皐《きうかう》に鳴くを察するを得。

と記しており、隠逸生活の様子を述べる際に「隴畝の中に背を曝す」ことを、顔淵の「箪瓢」、原憲の「蓬戸」などと並べて隠者の典型的なイメージとしている。

陶淵明が隠逸生活をうたった詩にも太陽に身を曬す姿が描かれる。まず、「詠貧士」其二に次のようにある。

凄厲歳云暮　　凄厲《せいれい》として歳云《ここ》に暮れ
擁褐曝前軒　　褐《かつ》を擁して前軒に曝す
南圃無遺秀　　南圃《なんぽ》　遺秀無く
枯条盈北園　　枯条《こでう》　北園《ほくゑん》に盈《み》つ
傾壺絶余瀝　　壺を傾くるも余瀝《よれき》絶《た》え
闚竈不見煙　　竈を闚《うかが》ふも煙を見ず
（中略）
何以慰吾懐　　何を以て吾が懐《こころ》を慰めん

頼古多此賢　　頼《さいは》ひに古より此の賢多し

寒い天候の中、荒い布で作られた服を着て日だまりで暖を取る詩人の姿である。隠逸生活の極まった貧窮ぶりを描くが、天候の寒さと詩人が感じ取る太陽の暖かさとの対比によって、生活環境の厳しさと詩人の達観的な「懐」を表わしている。

もちろん、もともと知識人としての陶淵明は「天下の広廈隩室、綿纊狐狢有るを知らず」ではないため、その「懐」も、田夫に限らず、「詠貧士」七首に詠じられた栄啓期、原憲、黔婁、袁安、張仲蔚、黄子廉といった、仕官から隠逸に入って貧窮な生活を送った士人から「慰」めを得ている。ただ貧しい生活を送りながらも日の暖かさを楽しむ態度は、当時一般に知られていた「野人」の話を踏まえており、楊朱篇の田夫の話柄も合わせて参考にしている可能性が高い。

また、「自祭文」にも、

冬曝其日　　冬は其の日に曝し
夏濯其泉　　夏は其の泉に濯ぐ
勤靡余労　　勤むるに労を余すことなく
心有常閑　　心に常閑有り
楽天委分　　天を楽しみ分に委ね
以至百年　　以て百年に至る

とあり、自分の貧窮と達観を、「日に曝し」て暖を取ることに託している。また、このような自分と世間の人との違いについて次のようにうたう。

惟此百年　　惟《こ》れ此の百年

夫人愛之　　夫《か》の人　之を愛《を》しむ
懼彼無成　　彼《か》の成ること無きを懼れ
貪日惜時　　日を貪り　時を惜しむ
存為世珍　　存しては世の珍と為り
歿亦見思　　歿しても亦た思はれんとす
嗟我独邁　　嗟《ああ》　我独り邁《ゆ》き
曽是異茲　　曽《すなは》ち是れ茲《これ》に異なれり
寵非己栄　　寵は己が栄に非ず
涅豈吾緇　　涅《でつ》は豈《あ》に吾を緇《くろ》くせんや
卒兀窮盧　　窮盧に卒兀《そつこつ》として
酣飲賦詩　　酣飲して詩を賦す

人々が「百年」(「寿」)、「成ること無き」(「位」「貨」)、「存しては世の珍と為り、没しても亦た思はれんとす」(「名」)ということのために、楊朱の言う「戚戚然として死に至る」ような一生を送ったのに対して、自分は、他人の「寵」が「己の栄」にならないとして、「天下の広廈隩室」よりも己の「窮盧」で昂然と孤高を保ちながら、楽しく酒を飲み、詩をうたって一生を終えたいと言う。

現存する陶詩に「曝日」という語彙が二度も現れているのは、陶淵明にとって隠逸生活の貧窮と自分の達観した心境を表わすうえで、ぴったりな表現だからであろう。およそ、楊朱篇において論じられる「寿」「名」「位」「貨」という四つの課題は、陶淵明が隠逸の前後に悩んでいた課題でもある。とりわけ、この四つの課題とも関わる貧窮がもっとも現実的な問題となる。そのことは、前述したように仕官の動機を貧窮としたことや、隠逸後にしばしば

「固窮節」をうたったことに表われている。[70] 栄啓期や原憲などの貧士から慰めを得ながらも、「身後の名を留むと雖も、一生　亦た枯槁す」（「飲酒」其十一）と述べながら、楊朱篇で批判された原憲の生き方と同じような、貧窮によって生を損なうことの悩みも抱く。陶淵明は、このように複雑で矛盾する気持ちを抱きながら、隠逸生活を送った。ただ、自分の死を予感してみずから悼む思いを込めた「自祭文」においては、「日に曝す」という昂然と孤高を保ったみずからの隠者像に満足する姿勢を示した。楊朱篇の「田夫曝日」の話柄は、「寿」「名」「位」「貨」という四つの課題の答えを出しており、田園で隠逸生活を送っている陶淵明にとっては共感を覚えた話となったのであろう。

　陶詩に見える「曝日」の貧士のイメージは、後世の唐代の詩人たちにも受け継がれている。例えば、李頎「野老曝背」「百歳の老翁　田に種ゑず、惟だ知る　背を曝し残年を楽しむ。時有りて虱を捫《ひね》りて独り首を掻き、帰鴻を目送《もくそう》し　籬の下に眠る（百歳老翁不種田、惟知曝背楽残年。有時捫虱独搔首、目送帰鴻籬下眠）」、杜甫「西閣曝日」「凛冽《りんれつ》として　玄冬を倦み、暄《けん》を負ひて飛閣を嗜む（凛冽倦玄冬、負暄嗜飛閣）」、賈島「贈温観主」「弊廬《へいろ》と道室と隣近すると雖も、自ら楽しむ　冬陽の背を炙りて閑たるを（弊廬道室雖隣近、自楽冬陽炙背閑）」、李賀「題趙生壁」「背を曝し東亭に臥し、桃花　肌骨に満つ（曝背臥東亭、桃花満肌骨）」等が挙げられる。これらの詩においては、古来の隠者のイメージを表わす「曝背」「曝日」といった語彙が使用されているだけでなく、「籬下」「弊廬」「桃花」といった陶淵明を想起させる語彙も見られる。[71]

小　括

　陶淵明の思想において楊朱思想の影響が見られるという事実は、先行研究においてつとに指摘されているものの、陶淵明が影響を受けた道家思想の一つに過ぎないと目されている。直接楊朱の名が挙げられている「飲酒」其十九と五言「答龐参軍並序」では、いずれも「楊朱泣岐路」の話柄が踏まえられ、道の選択という問題が重大かつ深刻であることが強調される。本節では、陶淵明の隠逸詩におけるこのような楊朱の取り扱い方について論じた。

まず、楊朱の隠逸観は、その「為我」と言われる思想から離れてはおらず、己の為になるかどうかを隠逸か仕官かを選択する際の基準とし、個人の天下からの独立を求めるものである。「楊朱泣岐路」の話柄に見られる楊朱の「岐路」の選択に対する慎重な態度は、その隠逸と仕官の選択においても同様に見られる。

また、陶淵明が楊朱の話柄をもって、道の選択に対する深刻な態度を表わした背景には魏の阮籍や嵇康らの影響があり、楊朱のこの話柄を引用する詩人には、往々にして隠逸と仕官の間で逡巡する心情が見られるが、いずれにおいても隠逸の道を歩もうとする志がうかがえる。

そして「詠貧士」其二と「自祭文」に描かれた「日に曝す」隠者像は、魏晋時代において一般に知られている「野人」の話や史書の記述などを踏まえている可能性がある一方で、楊朱篇の「田夫曝日」の話柄の影響を受けている可能性も否定できない。このことに限らず、陶淵明の詩文においては、史書の故事や人物を使用する際に、思想上、楊朱とりわけ楊朱篇に接近した痕跡が所々見受けられる。おそらく「寿」「名」「位」「貨」という隠逸のうちにも常に直面する四つの課題について、楊朱篇に描かれた楊朱の存在が明確な答えを与えていることが、陶淵明の隠逸詩における楊朱受容のもっとも重要な理由であると考えてよいだろう。

本章のまとめ

「為我」「貴己」「全性保真」などと評される楊朱思想は、戦国時代に一時期社会を風靡し、儒家の孟子にも脅威を覚えさせるぐらい人気を得たにもかかわらず、為政者にとっては不都合なところが多いことによって、楊朱本人や其の思想に関わる文献は残っているものは少なく、楊朱思想の全貌をうかがうことは難しい。歴史上の楊朱の人物像については、『孟子』『荀子』『呂氏春秋』『淮南子』など各方面からの断片的な記述、また楊朱思想については、楊朱の後学によって記された可能性の高い『列子』楊朱篇ぐらいしかないのである。本章では、陶淵明と楊朱や楊朱思想の関係を考察するために、これらのわずかの資料を拠り所にしかできなかった。

幸いに、歴史上の楊朱の人物像については批判的、肯定的、中立的さまざまな立場や角度から賛否両論の批評があったからこそ、ある程度立体的に楊朱とその思想の影響を見ることができた。また、その思想と陶淵明の関係について、『列子』楊朱篇の編纂や内容についても異論は多く、『列子』の編纂と注釈に携わった東晋の張湛が陶淵明の活躍していた時代に近いため、楊朱篇の内容にはどうしても東晋の色が濃く出ており、楊朱本人の思想から離れている部分がある。にもかかわらず、陶淵明が楊朱篇を含んだ『列子』に触れた事実は先行研究においてすでに明らかにされたのである。逆に言えば、張湛や陶淵明をはじめとする東晋の知識人たちが求めている楊朱思想の内容は、正しく楊朱篇に記されているようなものだと言ってもよかろう。

仕官によって自己価値を実現する志も持っていたが、最終的には田園で隠逸の道を実践し、それを詩の形でうたう陶淵明は、隠逸の楽しみを味わっていながらも隠逸による苦しみにも直面していた。とりわけ生死に関わる問題について常に悩んでいたようである。それは生きる際の貧窮、病気、老いへの恐怖などの問題、生前死後の「名」に関わるものである。これらの解決方法として、「酒」や詩文、交友なども試みたが、根本的に解決するためにはやはり精神上の達観に至ることが必要である。そこで、彼は儒家思想から道家思想に転向し、就中、老荘思想の深遠かつ形而上的な論理を受け入れる一方で、人間の処世術を中心とする現実的な問題について明確な方法論を説く楊朱思想も受け入れたのである。これは、本章第一節で論じた陶淵明の「我」、「名」と「実」、「裸葬」についての考えが、楊朱篇の記述と多く一致していることからわかることである。

直接楊朱の名を言及して隠逸の道を歩むことをうたう詩を分析すれば、第二節における魏の阮籍や嵆康との比較からわかるように、陶淵明も、魏の知識人たちと同様に、「楊朱泣岐路」の話柄に見られる楊朱の「岐路」の選択に対する慎重な態度に注目していることがうかがわれる。

唐代以降の詩人にも深く影響を与えた陶淵明自身の隠者像の一つでもある、貧乏によってひなたで厳しい冬を過ごしながらもそれに安んじるという「日に曝す」という人物像は、当時一般に知られている話柄や史書の記述を踏まえたものであるが、楊朱篇の「田夫曝日」の話柄の表現や考え方も受けている。

第一節に見える「擬古」の田疇、「飲酒」其十一の顔淵や栄啓期といった、史書の故事や人物を用いて自分の死生観を語る際には、楊朱篇の内容を取り入れている。そこでは直接楊朱の名や「楊朱篇」に言及してはいないが、楊朱篇の死生観によりながら、儒家で尊ばれる生前死後の名を重視して貧窮に安んじる隠者像を、その生き方の合理性を考え直して、自らの生き方に照らし合わせているのである。楊朱篇「田夫曝日」の話柄を使う際も同様な使い方である。

総じて言えば、魏の阮籍や嵇康らの知識人の楊朱受容は基本的に「楊朱泣岐路」の話柄によって楊朱思想を受容していたが、陶淵明は、さらに楊朱篇の考え方を取り入れてその思想を深めた。いずれにしても、戦国時代に一世を風靡し、のちに衰退を経た楊朱思想が、政治情勢がまた不安定になった六朝時代にもう一度息を吹き返し、追従者や支持者を得たことは事実である。その詳細についてはさらなる研究が期待される。

注

（1）『晋書』によると、四〇二年、桓玄が軍を率いて首都建康を制圧し、翌年、晋の安帝を潯陽に幽閉し自ら即位した。四〇四年、劉裕らが桓玄の政権を破らせ、翌年、安帝を復位させたが、実権は劉裕に握られた。そして、四一六年に、安帝は劉裕に扼殺され、安帝の弟恭帝が立てられた、さらに二年して、恭帝もまた劉裕によって毒殺された。

(2) 物質面について、後述する「飲酒」其十九においては、仕官する前後の貧窮ぶりを述べる。また、精神面について、「感士不遇賦」の序に「真風逝くを告げしより、大偽斯に興り、閭閻は廉退の節を懈り、市朝は易進の心を駆《か》る」とあり、世間において正しい道が行われていないことを嘆く。

(3) 陶淵明の「帰去来兮辞」の序に「質性自然にして、矯励の得る所に非ず」とあり、また「与子儼等疏」に「性は剛にして才は拙、物と忤ふ多し」とある。

(4) 小島祐馬『中国思想史』第三節「道家」に「荘子の言葉は、(中略)彼の思想は個人主義であり、無政府主義である」とある(創文社、一九六八年、一二二頁)。

(5) 陶淵明の隠逸の動機における利己的な一面について、神楽岡昌俊は前掲『中国における隠逸思想の研究』において、「さらに自己主張、そして自己の我がままがそのままに認められるのは、隠逸しかなかったのである」(一五四頁)、「この「真」の立場を持つことによってこそ、淵明の隠逸は積極性をもち、自己中心的になるのである」(一六三頁)と述べている。

(6) 例えば、「既に自ら心を以て形の役と為す」(「帰去来兮辞並序」)、「寿は百齢に渉らんとし、身は肥遁を慕ふ」(「自祭文」)などが挙げられる。

(7) 『復旦学報(社会科学版)』、二〇二一年第六期、五六～六四頁。

(8) 『日本中国学会報』四三、一九九一年、八九～一〇三頁。

(9) 『荘子』天運篇に「一《あるい》は死し一は生じ、一は僨《たお》れ一は起つ」、徳充符篇に「老聃曰く、胡ぞ直ちに彼の死生を以て一条と為し、可不可を以て一貫と為す者をして、其の桎梏を解かしめざる、其れ可《よ》からんか」、大宗師篇に「孰か死生存亡の一体たるを知る者ぞ」とある。

(10) 天瑞篇に「死と生とは、一往一反なり」とある。

(11) 『列子』天瑞篇に「其の死亡に在るや、則ち息に之く。反ること其れ極まれり」(第六章)、「未だ死の息ひを知らざるなり」(第九章)等とある。『老子』第十六章の「夫れ物は芸芸たるも、各々其の根に帰す」、『荘子』知北遊篇の「今已に物と為るや、復た根に帰せんと欲するも、亦た難《かた》からずや」と同じ考えである。

(12) 前掲『列子の研究――老荘思想研究序説』、四二八～四二九頁。

(13) 前掲『列子の研究――老荘思想研究序説』、四五一頁。

(14) 前掲『列子の研究――老荘思想研究序説』、四五一～四五二頁。

注

(15) 古直箋、李剣鋒評『重定陶淵明詩箋』(山東大学出版社、二〇一六年)を参照。本表における楊朱篇の引用もこの古直箋に従う。

(16) 前掲『陶淵明伝論』、一五二頁。

(17) 前掲『陶淵明伝論』、一五三頁。

(18) 前掲『陶淵明伝論』、一五二〜一五三頁。表は筆者による。

(19) 前掲『列子の研究——老荘思想研究序説』、五〇六頁。

(20) 楊朱篇では、第二章の「太古の人は、生の暫来なるを知り、死の暫往を知る」以外には、循環の視点で死生を論ずることはほとんど見られない。

(21) 例えば、戴建業『澄明之境——陶淵明新論』(華中師範大学出版社、一九九八年)によれば、陶淵明が直接生死をうたった詩は五十一首もあり、側面から生死や老いの憂いをうたったものを加えれば、生死に関わる作品は全体の半分以上を占めるという(六二頁)。

(22) 例えば、前掲陳寅恪「陶淵明之思想与清談之関係」、前掲岡村繁『陶淵明——世俗と超俗』「死生に対する達観と迷執」(八七〜九六頁)、逯欽立「「形影神」詩与東晋之仏道思想」(前掲『漢魏六朝文学論集』所収、二一八〜二四六頁。初出は『歴史語言研究所集刊』第十六本、中央研究院歴史語言研究所、一九四八年)、逯欽立「関於陶淵明」の「三、従「形影神」詩看陶淵明的玄学観」(前掲逯欽立校注『陶淵明集』附録一、二一三〜二三一頁)のほか、前掲大地武雄「陶淵明の死生観について」等が挙げられる。

(23) 逯欽立「陶淵明事跡詩文繫年」(前掲逯欽立校注『陶淵明集』、二七九〜二八〇頁)を参照。

(24) 前掲逯欽立『陶淵明集』「形影神」についての注に、「その主旨は自然に違反する宗教迷信に反対することにある。すなわち、主に当時廬山釈慧遠の「形尽きて神滅せざる論」に対して発したもので、また道教徒のいわゆる「長生久視」の説も兼ねて反対している」とある(三七頁)。陳寅恪「陶淵明之思想与清談之関係」に、「寅恪案ずるに、この詩の結語では旧自然説と名教の説は二つとも間違っているという意を表わしている」とあり、阮籍、嵆康に代表される「自然説」と名教の名声に拘る態度の両方に対して批判を加えていると述べている(前掲『金明館叢稿初編』、二〇二頁)。

(25) 『日本中国学会報』(三九)、一九八七年、九九〜一一三頁。

(26) 『文選』巻二十九。「西門行」(北宋・郭茂倩編『楽府詩集』巻三十七・相和歌辞十二・瑟調曲二)では「人生不満百」に作る。

(27) 「西門行」に「夫れ楽しみを為さん、楽しみを為さんには当に時に及ぶべし。何ぞ能く坐し愁ひて鬱を払ひ、当に復た来茲を待たんや(夫為楽、為楽当及時。何能坐愁払鬱、当復待来茲)」、「古詩十九首」其十五に「楽しみを為すは当に時に及ぶべし、何ぞ能く来茲を待たん(為楽当及時、何能待来茲)」とある。

(28)『荘子』大宗師篇に「夫れ大塊は、我を載するに形を以てし、我を労《くる》しむるに生を以てし、我を佚《やす》んずるに老を以てし、我を息《いこ》はしむるに死を以てす。故に吾が生を善しとする者は、乃ち吾が死を善しとする所以なり」とある。

(29) この達観は、また「五月旦作和戴主簿」における「既に来たれば孰か去らざらん、人理　固より終はり有り。常に居りて其の尽くるを待ち、肱を曲げて豈に沖を傷《やぶ》らんや(既来孰不去、人理固有終。居常待其尽、曲肱豈傷沖)」にも見られる。

(30) 例えば、南宋の朱熹が、「隠者多く是れ気を帯び性を負ふの人。陶は為す有らんことを欲するも能はざる者なり、又た名を好む」(前掲『朱子語類』巻百四十、三三二七頁)と云っている。

(31) 第十五章に「故に智に貴ぶ所は、我を存するを貴しと為す。(中略)生身を全うすると雖も、其の身を有すべからず。物を去らずと雖も、其の物を有すべからず。其の物を有し其の身を有するは、是れ天下の身を横私し、天下の物を横私す」とある。

(32)『老子』第三十二章に「道は常に無名なり」、『荘子』逍遥遊篇に「至人は己れ無く、神人は功無く、聖人は名無し」とある。

(33) 第七章に「熙熙然として以て死を俟つ」、第十二章に「熙熙然として以て死に至る」「熙熙然として以て誅に至る」とある。

(34) 底本では「各養」に作る。元・李公煥『箋注陶淵明集』などにしたがって改める。また、この一句について、古直『陶靖節詩箋(附年譜)』(広文書局、一九七四年)に「「楊朱」に云ふ、「生すれば則ち尭・舜、死すれば則ち腐骨」と」(八八頁)とある。

(35)「其表」はまた「意表」に作る。『荘子』天道篇に「而るに世は言を貴ぶに因りて書を伝ふ。世之を貴ぶと雖も、猶ほ貴ぶに足らざるなり。其の貴ぶの其の貴に非ざるが為なり」とあり、郭象注に「其の貴きは恒に意言の表に在り」とある。「表」は「(言)外の意」の意である。

(36) 楊王孫伝に、「楊王孫は、孝武の時の人なり。黄老の術を学び、家業千金あり、厚く自ら養生に奉じ、致さざる所亡し。病みて且に終はらんとするに及びて、先に其の子に令して曰く、「吾れ贏葬を欲し、以て吾が真に反らん。必ず吾が意を易ふる亡かれ。死すれば則ち布嚢を為りて尸を盛り、地七尺に入れ、既に下せば、足より引きて其の嚢を脱がし、以て身を土に親しませよ」と」とある。

(37) 楊王孫伝に、「精神は天の有なり、形骸は地の有なり。精神形を離れ、各々其の真に帰す。故に之を鬼と謂ふ。鬼の言為る帰なり」とある。『列子』天瑞篇に、「『黄帝書』に曰く、「形動いて、形を生ぜずして影を生ず。声動いて、声を生ぜずして響を生ず。無動いて、無を生ぜずして有を生ず。」(中略)精神は天の分、骨骸は地の分。天に属するものは、清にして散じ、地に属するものは、濁にして聚まる。精神形を離るれば、各々其の真に帰す。故に之を鬼と謂ふ。鬼、帰なり。其の真宅に帰《かへ》るなり。黄帝曰く、「精神は其の門に入り、骨骸は其の根に反る」と。我尚ほ何くにか存せん」(第五章)とある。

（38）『荘子』列禦寇篇に、「荘子将に死せんとす、弟子厚く之を葬らんと欲す。荘子曰く、「吾れ天地を以て棺槨と為し、日月を以て連璧と為し、星辰を珠璣と為し、万物を齎送《しそう》と為す。吾が葬具豈に備はらざらんや。何を以て此に加へん。」と」とある。

（39）陳三立「読列子」に、「世に言ふに、戦国衰滅し、楊と墨と倶に絶ゆ。然るに以て漢の世に称する所の道家の楊王孫の倫《ともがら》を観るに、皆厚く自ら奉養し、魏晋には清談興り、益々天下を藐《かろ》んじ、万物を遺て、己に適《かな》ひて自ら恣《ほしいまま》にす、一身の便を偸むを務《はげ》み、一に楊朱の術を用ふるなり」とある（前掲『列子集釈』所収、二九八頁。初出は『東方雑誌』（十四巻九号）、上海商務印書館、一九一七年九月）。小林も楊王孫を「楊朱学派の代表的な実践の徒」（前掲『列子の研究——老荘思想研究序説』、五二五頁）としている。

（40）死を「帰」「休」と表現する『荘子』の例としては、田子方篇「生には萌ざす所有り、死には帰する所有り」、刻意篇「其の生くるや浮かぶが若く、其の死するや休《いこ》ふが若し」等がある。

（41）至楽篇に「荘子の妻死す、恵子之を弔ふ、荘子則ち方に箕踞し、盆を鼓して歌ふ」とある。

（42）天瑞篇第八章に「子貢曰く、「寿は人の情にして、死は人の悪むところ。子死を以て楽しみと為すは何ぞや。」と」とある。

（43）「祭従弟敬遠文」の「死生　方を異にし、存亡　域有り（中略）神　其れ知る有らば、余が中誠を昭らかにせん（死生異方、存亡有域（中略）神其有知、昭余中誠）」、「擬輓歌辞」其三の「親戚　或いは悲しみ余すも、他人　亦た已に歌ふ（親戚或余悲、他人亦已歌）」等は、いずれも、死生における別れにおいて、厚い人情を抱くべきであるとの考えである。

（44）『易』繫辞下伝に「古への葬むる者は、厚く之に衣《き》せるに薪を以てし、之を中野に葬むり、封ぜず樹せず、喪期数無かりき」とある。

（45）『漢書』疏広伝によると、疏広は、漢の宣帝の時、皇太子の守り役の長官である太子太傅を務めていた。兄の子、太子の少傅である疏受とともに、「足るを知れば辱《はづかし》められず、止まるを知れば殆《あや》ふからず」「功遂げて身退くは、天の道なり」と言われるように官職を辞めた。故郷に戻った後、疏広は、退職時に天子から賜った黄金を、親戚や友人を誘って、宴会を開き、散財した。子孫のために財産を残したほうがよいと言われたら、従来所有している財産を余計に増やすと、ただ子孫を怠けさせるだけであり、金持ちになるのも恨みを買いがちであるため、天子が自分に賜った金品は、みなとともに今を楽しむために使われたほうがよいと答えた。

（46）楊朱篇第九章に「衛の端木叔は、子貢の世なり。其の先貲に藉りて、家に万金を累ね、世故を治めず、意の好む所を放《ほしいまま》にす。（中略）賓客の庭に在る者、日々百もて住み、庖廚の下、煙火を絶えず。堂廡の上、声楽絶えず。奉養の余は、先づ之を宗族に散ず。宗族の余、次いで之を邑里に散ず。邑里の余、乃ち之を一国に散ず。行年六十、気幹将に衰へんとす、其の家事を棄て、都て其の庫蔵珍宝、車服妾媵を散ずるに、一年の中に焉を尽くし、子孫の為に財を留どめず。其の病むに及んでや、薬石の儲《たくはへ》無し。其の死に及んでや、瘞埋の資無し。一国の人、其の施を受くる者、相ひ与に賦して之を蔵《ざう》し、其の子孫の財を反す」とある。

(47)　また、「居は城邑に次ぐに止まり」とも読める。

(48)　「華門」はまた「篳門」にも作り、柴や竹で作られた枝折戸のことであり、よく「閨竇《けいとう》」(また「圭竇」や「圭窬」に作り、壁に開けた小さい潜り門のこと)と合わせて貧賤の家を象徴する。『春秋左氏伝』襄公十年に「王叔の宰曰く、「篳門閨竇の人、而るに皆な其の上を陵《しの》ぎ、其れ上と為し難し」と」とある。これを踏まえて隠逸の志を表わしたのは、阮籍の四言「詠懐詩」其十に「華門圭竇、之を道の真と謂ふ(一華門圭竇、謂之道真)」」が挙げられる。

(49)　四言「答龐参軍」に「衡門の下、琴有り　書有り(中略)朝《あした》には園に灌ぐを為し、夕《ゆふ》べには蓬廬《ほうろ》に偃《ふ》(衡門之下、有琴有書。(中略)朝為灌園、夕偃蓬廬)」とある。また、粗末な屋敷をもって、貧しいながらも心身の閑静を得られる隠逸生活を象徴する語彙としては、さらに「真を養ふ　衡茅《かうぼう》の下、庶《ねが》はくは善を以て自ら名づけられん(養真衡茅下、庶以善自名)」(「辛丑歳七月赴仮還江陵夜行塗口」)の「衡茅」、「乃ち衡宇《かうう》を瞻て、載《すなは》ち欣《よろこ》び載《すなは》ち奔《はし》る(乃瞻衡宇、載欣載奔)」(「帰去来兮辞并序」)の「衡宇」などのように、「衡門」から派生したものが挙げられよう。

(50)　例えば、「癸卯歳始春懐古田舎」其二の「長吟《ちやうぎん》して柴門を掩《とざ》し、聊か隴畝《ろうほ》の民と為る(長吟掩柴門、聊為隴畝民)」などが該当する。

(51)　例えば、「帰園田居」其二の「白日　荊扉を掩《とざ》し、虚室　塵想を絶つ(白日掩荊扉、虚室絶塵想)」。

(52)　「結」は「潔」に作る版本もある。

(53)　「固窮節」の出典は『論語』衛霊公篇にある「陳に在りて糧を絶つ。従者病みて、能く興つこと莫し。子路慍りて見えて曰く、「君子も亦た窮すること有るか」と。子曰く、「君子固より窮す。小人窮すれば斯に濫す」と」である。「窮」は貧しいことを指すと同時に、行き詰まって志を得られないさまを指すこともある。『論語』と陶淵明の詩にある「窮」はその両方を含んだ言い方だと考えられる。一方、「固窮」については、「固《もと》より窮す」と「窮を固くす」の二通りの読み方があるが、陶淵明の「固窮節」では「固」を動詞として読んだほうがより意味が通る。そもそも『論語』では、「君子」と「小人」の「窮」に対する態度の差異を述べているが、「窮を固くす」と読んだほうが、「固より窮す」と読むよりも、「君子」の態度がよりはっきりしたものとなる。「君子」のこのような素質について、『孟子』尽心上篇における「故に士は窮するも義を失はず、達するも道を離れず」や「君子の性とする所は、大いに行はると雖も加はらず、窮居すと雖も損せず」、また『荀子』「大略」における「君子は隘窮するとも失はず、労倦するとも苟《かりそめ》にせず、患難に臨むとも細(絪)席の言を忘れず」ということからより明確になる。

(54)「自」は「遂」に作る版本もある。

(55)「孟公」とは後漢の劉龔のこと。「孟公」はその字。晋の皇甫謐『高士伝』に、隠士の張仲蔚の家は雑草に覆われ、訪れる人もなかったが、孟公のみ張を高く評価していたと記されている。一説に、『漢書』游俠伝にある前漢の陳遵(字は同じく「孟公」で、好飲好客の隠士である)のことを指すとされる。

(56)「形影神」「影答形」に「酒は能く憂ひを消すと云ふも(酒云能消憂)」とある。

(57)南宋の胡仔は、「余、嘗て反復して之を味ひ、然る後に淵明の用ふる意は、独り酒を止むるに非ずして、而して此の四者に於いて、皆之を止めんと欲するを知る。(中略)彼に在るは求め難く、而るに此に在るは為し易きなり」(南宋・胡仔纂集、廖徳明校点『苕溪漁隠叢話』(中国古典文学理論批評専著選輯)後集巻三、人民文学出版社、一九六二年、一九頁)と述べ、これから止めようとするものは、酒のほか、住居、挙措、食事、交際に関わることであると解する。これら四つの「止」も含まれていると主張する。これに対して、明の何孟春は、「春按ずるに、淵明の詩は正に此くの若き者は、此に於いて止むるに久しきを言ふ。未だ止まざる所は酒のみ。故に此の四止を歴数して、之に継ぐに「平生　酒を止めず」の語を以てす。胡は乃ち然りと云ふは、抑々何ぞ見の晩《おそ》からんや」(明・何孟春輯、清・邵綬名訂正『余冬録』巻五十三「論詩」、一八七六年版)と述べており、酒以外の四者はすでに達成できたものであって、止めようとするのは「酒」に限定しているという意見である。「酒」に対する態度から見れば、「形影神」「神釈」に近く、隠逸に入ってしばらく経った後の作品だと考えられ、何孟春の説が適切であろう。

(58)そのほかに、「飲酒」其九の「紆轡誠可学、違己詎非迷」、「和郭主簿」其一の「営己良有極、過足非所欽」、「与子儼等疏」の「自量為己、必貽俗患」なども同様の例である。

(59)「飲酒」其十の「此の行　誰か然らしむ、飢ゑの駆る所と為るに似たり(此行誰使然、似為飢所駆)」、其十九の「疇昔　長飢に苦しみ、耒を投じて去りて仕を学ぶ(疇昔苦長飢、投耒去学仕)」などからうかがえる。

(60)「飲酒」其二十に「羲農　我を去ること久しく、世を挙げて真に復《かへ》ること少なし。汲汲《きふきふ》たり　魯中の叟《おきな》、弥縫《びほう》して其れを淳ならしむ(羲農去我久、挙世少復真。汲汲魯中叟、弥縫使其淳)」とある。

(61)前掲『阮歩兵詠懐詩注』、二七頁。

(62)前掲『阮歩兵詠懐詩注』、一〇八頁。

(63)前掲『阮歩兵詠懐詩注』、八八頁。

(64)黄節注に「余以《おも》為へらく、「甯子」の二句、一《ある》いは貴賤を言ひ、一いは死生を言ふ。「栄辱」の句は貴賤に応じ、「精神」の句は死生に応ず」とある（前掲『阮歩兵詠懐詩注』、八九頁）。

（65）『淮南子』「道応訓」に「甯戚　斉の桓公に干めんと欲するも、困窮して以て自ら達する無し。是に於て商旅と為り、任車を将きて以て斉に商《あきな》ふ。暮に郭門の外に宿る。桓公、客を郊迎し、夜に門を開き、任車を辟けしむ。爝火甚だ盛んにして、従者甚だ衆し。甯戚、牛を車下に飯《か》ひ、桓公を望見して悲しみ、牛角を撃ちて疾かに商歌す。桓公之を聞き、其の僕の手を撫して曰く、「異なるかな。歌ふ者常人に非ざるなり」と。後車に命じて之を載す。桓公至るに及びて、従者以て請ふ。桓公、之に衣冠を贛《たま》ひて見《まみ》えしむ。説くに天下を為むるを以てす。桓公、大いに説び、将に之を任ぜんとす」とある。『新序』「雑事」五、『呂氏春秋』「離俗覧挙難」にも類似する記述が見える。

（66）鄭月超「阮籍「詠懐詩」に詠まれた逃避をめぐって——「場」への意識を中心として」（『三国志研究』第十八号、二〇一三年九月）六〇～六一頁を参照。

（67）『嵇中散集』（四部叢刊本初編縮本、台湾商務印書館、一九六五年）巻一。

（68）古直「靖節年譜」「少帝景平元年癸亥先生四十八歳」の条の「「答龐参軍」」四言・五言皆当に本年に作る（中略）是れ五言は春に作りて四言は冬作るなり」（古直箋注『陶靖節詩箋附年譜』、広文書局、一九七九年影印本。初出は『層冰堂五種』所収「陶靖節年譜一巻」、中華書局排印本、一九三五年）を参照。

（69）前掲『嵇中散集』（四部叢刊本）巻二。

（70）例えば、「高操は攀《よづ》る所に非ざれど、謬りて固窮の節を得たり（高操非所攀、謬得固窮節）」（「癸卯歳十二月中作与従弟敬遠」）、「固窮の節を頼らずんば、百世　当に誰か伝ふべき（不頼固窮節、百世当誰伝）」（「飲酒」其二）、「竟に固窮の節を抱き、飢寒　更《ふ》る所に飽く（竟抱固窮節、飢寒飽所更）」（「飲酒」其十六）が該当する。

（71）陶淵明の「飲酒」其五に「採菊東籬下、悠然見南山」、其十六に「弊廬交悲風、荒草没前庭」があり、また「桃花源記」がある。

第三章　六朝期の隠逸風潮における陶淵明

序論で述べたように、六朝時代の隠逸風潮の中で、仕官の道から田園に帰り、隠逸生活をうたった詩人は、決して陶淵明だけではない。しかし、陶淵明はとりわけ「田園詩人」の代表者、「隠逸詩人」の「宗」とされてきた。その隠逸詩人としての特異性が那辺にあるのかは興味深い問題である。そこで、第一節では、詩語や人生の経歴において陶淵明に類似すると言われる湛方生《たんほうせい》を取りあげ、両者の比較を通して、陶淵明の隠逸詩人としての特徴を明らかにする。第二節では、陶淵明の「隠逸詩人」としての存在を早期に発見し、後世における陶淵明の「隠逸詩人」としての評価に大きな影響を与えた江淹との比較研究を通して、南朝の詩人たちが、陶淵明の隠逸文学を評価しながらも、それを選択的に受け入れていた理由を解明する。

第一節　湛方生との比較

東晋末の文学について、鍾嶸《しょうこう》は「晋宋の際、殆ど詩無きか(1)」と評価している。その理由は、主に玄言詩(2)が主流となり、詩の「文《ぶん》」(文辞の美麗さ)においても「質《しつ》」(内容の充実)においても欠けているからである。そのため、『詩品』においては、東晋の詩人の中で謝霊運が「上品」にランク付けされているのを除いて、陶淵明を含むほかの詩人は「中品」や「下品」にランク付けされている。無論、評価の対象とされていない詩人も多数いるが、その中に湛方生という詩人がいる。『詩品』だけではなく、『文選』や『文心雕龍』などの六朝時代の文学批評著作、文学作品集においても、彼の名前や作品は見えない。湛方生に関する史料も極めて少なく、現在確認できるものは、『隋書』経籍志の「晋衛軍諮議湛方生集十巻」という記述ぐらいしかない。その生存年代については、『隋書』経籍志の人物羅列順序から、東晋末の人であることが推測できる。[3] 作品としては、『芸文類聚』、『太平御覧』、『初学記』などに三十首近く収録されている。彼の「廬山神仙詩」の序における「太元十一年」という年号から、三八六年前後には活躍していたことがわかり、陶淵明とほぼ同時代の人であると言われている。[4] また、活動地域については、主に廬山、彭蠡《ほうれい》湖(現在の鄱陽湖)[5]、荊州[6]一帯で、陶淵明と重なっているところが多い。さらに、湛方生の人生の経歴には、出仕、辞官、隠居という過程が見られ、陶淵明とも共通している。作品からみると、とりわけ隠逸に関する詩文においては、描写した場面、心境、使用した言葉などに陶淵明と類似するところが少なくない。陶淵明のように、後世において隠逸詩人の代表として慕われるのとは異なり、湛方生は長い間無名のままである。

湛方生についての研究は、主に二十世紀に入ってから行なわれてきた。日本では、長谷川滋成「湛方生の詩」[7]が、湛方生の欠落のない九首の詩を取りあげ、神仙詩、玄言詩、田園詩、山水詩の四つの面から神仙詩と田園詩における陶淵明との影響関係について考察している。湛方生の思想について、長谷川は、「神仙と老荘と仏教とを同一視する」という特徴を指摘し、「これは儒教・道教・仏教の三教が交渉する東晋風潮の一面を披瀝するものである」と述べている。また、渡邉登紀「湛方生と官の文学――東晋末の文学活動」[8]は、湛方生の詩と晋末の政治状況との関わりおよび陶淵明の仕官経歴との関わりを考察している。中国では、銭志熙「湛方生――一位与陶淵明気類相近的詩人」[9]は、湛方生の人生の経歴、とりわけ仕官した時期と場所について考察している。郭伯恭は『魏晋詩歌概論』において、「還都帆」と「天晴詩」の二首を「写景詩の中で特に佳作と称すべきもの」[10]だとし、景色描写に優れているところを評価している。

徐公持『魏晋文学史』では、湛方生について最初に文学史上で論述し、一節を立てて紹介した。徐は次のように述べ、その文学史上の価値を高く評価した。

湛方生はまた、東晋文学と陶淵明の間の過渡的な存在であり、彼の人格、言動および文学創作の中において、東晋時代の跡が残されているとともに、陶淵明の精神と文学に先立っているところが明らかに見られる。湛方生の存在は、陶淵明の出現が決して突発的、偶然的なことではないことを証明している。(11)

張可礼『東晋文芸総合研究』(12)は、湛方生が寒門の出身で、生前は評価の視野に入れられていなかった詩人であることについて述べている。また、李剣鋒『陶淵明及其詩文淵源研究』(13)は、湛方生を陶淵明の創作に影響を与えた江州文人の一人として論述している。さらに、近年では、学位論文において湛方生を取りあげるものがいくつか出されている。(14)これまでの研究においては、両詩人の人生の経歴や詩語の類似点がよく議論されているが、両詩人の相違、特に同じく隠逸詩を多く書いた二人の隠逸思想における相違については、詳しい研究はまだ十分になされていない。そこで、本節では隠逸に関する詩文を中心として、隠逸思想における両詩人の関係について考察する。

一　隠逸詩人としての気質における相違

六朝時代は、隠逸の風潮が隆盛した時代であり、前漢以来国教として尊ばれた儒教の経典は当時の士人の基本的な教養であったため、「無道則隠」という、出発点における理論づけがあるだけではなく、後漢から発展の気運が高まった道家思想もまた、隠逸生活の実践に対して、さらに豊富な思想の栄養を与えている。この時代に生きた湛方生と陶淵明は両者とも、先に仕官し後に隠逸に入るという人生の道を歩み、そして作品において儒家と道家の聖人や経典にも言及していることから、その思想の中には儒・道両家の思想が混在していることが考えられる。小林昇は魏晋時代の知識人の思想構造について、彼らの教養の根底には儒教があり、老荘思想はその上に加わったのであり、この二つの思想を概念的に分けて対照的なものとして彼等の思想を考えることは無理だと述べており[15]、湛方生と陶淵明もまたこのような思想構造から外れていない。とはいえ、同じ時代に同じように隠逸詩を好んで書き、隠逸生活を過ごした二人ではあるが、「隠逸詩人」としての気質は必ずしも一致していない。

以下は二人の詩文を材料として、隠逸思想に関わる各思想に対する二人の態度、それぞれの詩文における各思想の扱い方などの面から、二人の隠逸詩人としての気質について具体的に検討する。

二　湛方生の隠逸思想

晋の時代には、『易』、老子、荘子という「三玄」の思想を中心とする玄学が流行しており、玄言詩という詩体も次第に一つの主流となっていた。湛方生の残存する詩文から見ると、彼も玄学思想に憧れた文人であったことがわかる。「秋夜詩」を例として挙げていうと、詩の前半は主に景色の描写であるが、次に引用する後半は主に玄学的な思考となる。

払塵襟於玄風　塵襟《ぢんきん》を玄風に払ひ
散近滞於老荘　近滞を老荘に散ず
攬逍遥之宏維　逍遥の宏維《こうゐ》を攬《と》り
総斉物之大綱　斉物の大綱を総《す》ぶ
同天地於一指　天地を一指に同じくし
等太山於毫芒　太山を毫芒に等しくす
万慮一時頓渫　万慮は一時に頓渫《とんせつ》し
情累豁焉都忘　情累は豁焉として都《すべ》て忘る

物我泯然而同体　　物我は泯然《びんぜん》として体を同じくし
豈復寿夭於彭殤　　豈に復た彭殤《はうしやう》を寿夭とせんや(16)

「塵襟」「近滞」「万慮」「情累」というのは、およそ情勢が不安定な社会の中、人々が名利を争い合うことに夢中になるような状況にあって、湛方生が感じたさまざまな悩みである。これらの悩みは、「玄風」「老荘」の力を借りて、「一時に頓渫し」、「豁焉として都て忘る」ものとなる。詩人は、四季交替の力によって万物が凋零していく寂しい秋夜の風景を、人間社会の目まぐるしい変化と結びつけている。彼にとって、玄学は精神上の支えとなり、そして隠逸する理由は心と体とが玄学に説かれるところの境地に到達するためであることがうかがえる。

ただ、湛方生の玄言詩は、「緬《はる》かなるかな冥古《めいこ》、邈《はる》かなるかな上皇。夷《おほ》いに太素を明らかにし、紐を霊綱に結ぶ。其の一《いつ》有らずんば、二理《にり》曷《いづ》くんぞ彰《あき》らかならん。幽源は流れを散じ、玄風は芳《かをり》を吐く(緬哉冥古、邈矣上皇。夷明太素、結紐霊綱。不有其一、二理曷彰。幽源散流、玄風吐芳)」(孫綽「贈謝安詩」)(17)というように、もっぱら老荘の素晴らしさばかりに詠嘆するのではなく(18)、玄学思想から得た社会や人生に対する哲学的な心得に重点を置いている。植物が四季が移ろう力に抵抗できないのと同じように、一人の人間も社会全体の無道を容易に改善することができず、短い人生の中で無理に戦うよりは、むしろ故郷に帰り、自然と向き合うことによって、人間社会、さらには天地宇宙を超越した精神世界に入り、逆に「物我は泯然として体を同じくす」という境地に至る。そして生命の偉大さや無限さを追求することが自己を救うためのよい道であると思うにつれて、彼の隠逸の念は日々強くなる。湛が世間の争いから逃げ出し、隠逸生活を描写した「後斎詩」においても次のようにある。

心焉孰託　　心　焉より孰《いづこ》にか託さん
託心非有　　心を非有に託す
素構易抱　　素構は抱き易きも

玄根難朽　　玄根は朽ち難し
即之匪遠　　之に即《つ》くは遠きに匪ずして
可以長久　　以て長久なるべし。

始まったばかりの隠逸生活を長く続けられる理由を玄学思想に求めている。湛方生にとって、玄学思想はみずからが社会の争いと絶縁し、個人の栄利を追求することもやめ、帰隠生活に入ることを決心したことの思想的根拠であったことは明瞭である。

一方、湛方生の儒教思想に対する態度については、現存する作品の中に、直接儒学のことを詠ったものとして「孔公賛」がある。

文王既歿　　文王既に歿し
微言将墜　　微言将に墜《つい》ゑんとす
邈哉孔子　　邈《ばく》たるや孔子
竜見九二　　竜は九二に見《あら》はる
闡化繋象　　繋象を闡化《せんくわ》す
素王洙泗　　洙泗に素王たり
発揮中葉　　中葉に発揮し
道映周季　　道は周季に映《は》ゆ

この詩では、主に、孔子の国家社会を救う努力に対する評価を表わしている。儒家の入世の面だけに目を向けているようであり、孔子の隠逸に関する思想については触れられていない。そして、ここで孔子の『易』の解釈における功績を高く評価しているのは、やはり玄学に憧れていたことによるのである。湛方生の儒家と道家それぞれに対する態度は、またその「老子賛」からよりはっきりとうかがえる。

教由厳宗　教ふるは厳宗よりす
化必有資　化するは必ず資有り
深矣若人　深きかな若《かく》のごとき人
乃作皇師　乃《すなは》ち皇師と作《な》る
亦参儒訓　亦た儒訓に参《あづ》かり
道実希夷　道実に希夷たり
恂恂孔父　恂恂《じゆんじゆん》たる孔父
是敬是祇　是れ敬《つつし》みて是れ祇《つつし》む

老子の道は深く、儒学の教えも含むものだと述べている。また、孔子が老子に礼を聞いた話[19]を踏まえ、老子の教えの偉大さを強調している。明らかに儒家よりも道家の思想の方を尊んでいることが読み取れる。

そのほか、湛方生には「運は周室よりも隆《たか》し、道は三王に均し。丕顕なる奕世、休風載《すなは》ち揚ぐ（運隆周室、道均三王。丕顕奕世、休風載揚）」（「木連理頌」）という儒家的な文も見られるが、これはおそらく彼が仕官していた際の公文書であって、個人的な思想からは離れているものであろう。儒家思想の比重が道家思想より遥かに小さいことからは、湛方生の、儒家の云う「道無ければ則ち隠る」にふさわしい隠逸の動機を明確に見てとることができるが、「道有れば則ち見る」というような時勢に関する思想は見られない[20]。

ちなみに、湛における仏教思想の受容については、長谷川滋成が「湛方生の詩」において指摘するように、「廬山神仙詩」の「「一沙門」に「神仙」「列真」と同じ動きをさせ」、「仏教と神仙とを同一視している」というような表現以外、仏教の言葉や思想を詩文に反映させる傾向は見られない。「懐春賦」の「夫れ栄彫の人を感ぜしむるや、猶ほ色象の鏡に在るがごとく」に見える「色象の鏡に在る」という発想は、漢訳仏典に由来するという説もあるが、[21]『老子』や『荘子』には、「色」で世間の物事を表わす例がすでに見られるため、[22]仏教よりは道教の影響であると考えられる。湛方生における仏教思想からの影響は、仏教と道教の用語を混同するといった表現上のものに止まっており、隠逸の根拠としているようには思われない。

　以上から、仏教に関しては、湛方生も陶淵明も、活動していた廬山のあたりで行なわれた仏教宣伝の影響を多少受け、詩文への反映も見られるが、思想上ではそれを受け入れ、信仰することは見られない。隠逸思想においても仏教思想を根拠としている様子はうかがわれない。一方、儒・道に対する両者の態度には、伝統的な儒学に関する教養が深いという共通点も見られる。もっとも、湛方生の隠逸思想は儒家ではなく道家を依り所としていたため、彼の隠逸における悩みには、「見」すなわち「仕」と、「隠」との間の逡巡や徘徊は見られない。

三　隠逸の出発点としての「道喪」について

湛方生も陶淵明も、隠逸する出発点を「道の喪はる（道喪）」という言葉で表現している。まず、湛方生には「諸人共講老子詩」という詩がある。

吾生幸凝湛　　吾が生は凝湛《ぎょうたん》を幸《さきは》ふも
智浪紛競結　　智の浪は紛《ふん》として結ぶを競ふ
流宕失真宗　　流宕《りうたう》して真宗を失ひ
遂之弱喪轍　　遂《つひ》に弱喪《じゃくさう》の轍《てつ》を之《ゆ》く
雖欲反故郷　　故郷に反《かへ》らんと欲すと雖も
埋翳帰途絶　　埋翳せられて帰途絶ゆ

滌除非玄風　滌除《てきじょ》すること玄風に非ざれば
垢心焉能歇　垢心は焉くんぞ能く歇《つ》きんや
大矣五千鳴　大なるかな五千鳴は
特為道喪設　特《た》だ道の喪はるが為《ため》に設けらるのみ
鑑之誠水鏡　之を鑑れば誠に水鏡にして
塵穢皆朗徹　塵穢《じんわい》は皆朗徹《ろうてつ》す

湛方生がこの詩に云う「道喪」は、明らかに『老子』を踏まえたものである。[23]「道」とは、言うまでもなく老子の「道」を指している。湛は、当時の社会状況について、『老子』に見える「智慧出でて、大偽有り」という考え方を踏まえて、「智の浪は紛として結ぶを競ふ」、「流宕して真宗を失ふ」と述べている。また、世間の人々が知恵を尽くし、名利を争い、人間としての「真宗」を失っているという社会の風潮について、湛は、『老子』こそが問題を解決できる理論であるとする。具体的に言えば、老子の教えを鏡として、世間の塵埃を明瞭にし、そのうえで、塵埃に埋もれないように、故郷の自然環境へと帰り、埃だらけの心を浄化することの必要を説く。この詩における、聖人の教えを鏡に喩える発想は、『荘子』天道篇に云う「水静なるも猶ほ明かなり。而るを況んや精神なる聖人の心の静なるをや。天地の鑑なり。万物の鏡なり」に由来するものと考えられる。[24]

以上を総括すると、湛方生は、隠逸の道に歩んだ出発点としては儒家のいわゆる「無道則隠」にふさわしいとはいえ、隠逸理論の基礎は一貫して玄学思想、とりわけ老荘思想である。その詩文に言われる「道」も道家に属するものであると考えられる。

次に、陶淵明が云う「道」について取りあげる前述の「飲酒」其三にも、

道喪向千載　道　喪はれて千載に向《なんな》んとし

人人惜其情　　人人　其の情を惜しむ

この詩において、陶淵明もまた湛方生のように、世間の人々が素直でなくなり、世俗的な虚名を気にし、そればかりのために智慧を使うという世風に対する不満を表わしている。そして、そのような状況の真の原因を、「道の喪はる」ことだとしている。ただ、この詩における「道」が儒家のものと道家のもののいずれなのかは明瞭に示されていない。

「道喪向千載」という句は、「示周掾祖謝一首」[25]にも見える。

周生述孔業　　周生　孔業を述べ
祖謝響然臻　　祖謝　響然として臻《いた》る
道喪向千載　　道喪はれて千載に向んとし
今朝復斯聞　　今朝　復た斯《ここ》に聞く

この詩は、当時、陶淵明とともに「潯陽三隠」と称された周続之が徴命に応じて、学士の祖企、謝景夷に孔子の教えを伝授したことを批判している。従来の解釈ではここの「道」を「孔子の道」と解釈するものが多い。例えば、袁行霈『陶淵明集箋注』における「意は謂へらく、孔子の道は喪失して已に千載に近く、今日又た聞くを得[26]」という解釈が例として挙げられる。そして、この詩に影響を受け、「飲酒」其三に見える「道喪」に関する解釈において、「道義が廃れて行なわれなくなる。孔子の死後から淵明の時代まで千年に近い[27]」とするものも見られる。

確かに、陶淵明の時代は、孔子の死後から千年に近く経っているが、前記の陶淵明の両詩における「千載」は、孔子の没後の具体的な年数を指すというより、「道」が失われたことに重点が置かれているはずである。「道が失われて長くなった」ことを表わす表現は、『論語』八佾篇にも「天下の道無きや久し」というのが見られる。陶淵明の云う「道喪はれて千載に向んとし」は『論語』を踏まえて云っている可能性は十分にあるが、二首の詩における

「道」は必ずしも儒家の述べるところの「道」に限定されているとは言えない。「飲酒」の「道喪はれて千載に向んとし」について、一海知義は次のように述べている。

「周続之等に示す詩」に同じ句が見え、そこでののべ方によれば、孔子によって述べられた真理の喪失ということになるが、ここでは漠然と、古代社会を支配していた道理が、人人によって積極的に実践されなくなってから、という意味で考えてよい。[28]

一海は「示周続之祖企謝景夷三郎」における「道」は、「のべ方によれば」孔子の言う「道」になると言い、陶淵明の本意であるとは言い切っていない。一方、「飲酒」における「道喪」については、「古代社会」における「道」だと解釈しており、儒家か道家のいずれかに属するとはせず、「漠然」とした表現だと指摘している。『論語』における「道」は、多くの場合、より現実的で日常的な徳や仁義を指すのに対して、老子や荘子の「道」はより形而上的なものを指している。ただ、このような儒家と道家の「道」の差異は、主に「道の喪はれ」た後の社会を救うための「道」(方法)である。両家が説く「道の喪はれ」ていない社会は、世の中をうまく回せる正しい秩序が自然に存在していた古き良き社会のことを指している。陶淵明は、この共通している部分こそを意識してうたっていると考えられる。彼が憧れた上古の社会は「五柳先生伝」に云う「無懐氏」「葛天氏」のような、人為的かつ強制的な政治をしない支配者のもとで、民が、「傲然として自《みづか》ら足り、朴を抱き真を含(傲然自足、抱朴含真)」(「勧農」)むように、やすらかな生活を楽しめるものである。[29]

何度も仕官と帰隠を繰り返した陶淵明は、現実社会ではすでに「道」を取り戻すことに対して希望を失っており、孔子の教えですら、長い間正しい道理が行なわれていなかった社会を救うことができないと思っていたであろう。彼のこのような考えは、「飲酒」其二十にうかがわれる。

羲農去我久　羲農　我を去ること久しく

挙世少復真　世を挙げて真に復《かへ》ること少なし
汲汲魯中叟　汲汲たり　魯中の叟《おきな》
弥縫使其淳　弥縫《びほう》して其れを淳ならしむ
鳳鳥雖不至　鳳鳥　至らずと雖も
礼楽暫得新　礼楽　暫らく新しきを得たり
洙泗輟微響　洙泗《しゅし》　微響を輟《や》め
漂流逮狂秦　漂流して狂秦に逮《およ》ぶ
（中略）
如何絶世下　如何せん　絶世の下《もと》
六籍無一親　六籍　一の親しむ無きを
終日馳車走　終日　車を馳せて走るも
不見所問津　津を問ふ所を見ず
若復不快飲　若し復た快飲せずんば
空負頭上巾　空しく頭上の巾《きん》に負《そむ》かん
但恨多謬誤　但《た》だ恨《う》むらくは　謬誤多からんことを
君当恕酔人　君当に酔人を恕すべし

この詩にある「義農　我を去ること久しく」は、前述した「道喪はれて千載に向んとし」と同じ主旨である。孔子の教えは、「鳳鳥の至」る理想的な政治が行なわれる世こそ実現し得なかったが、一時的な礼楽の復帰を成し遂げることはできた。儒家の経典は、「狂秦」の災難と漢代学者の復興を経て、陶淵明の時代に入ると、「六籍　一の親しむ無し」というように軽視される。世の中の風潮は、「終日　車を馳せて走り」て、権勢のある人へなびく人々はいるが、その所在つまり「道」を尋ねる人は見られない状態である。失望した結果、酒で憂いを晴らすしかないと詩人は嘆いている。このような政治情勢の下、彼は隠逸こそ節操を失わず身を保つ人生の道だと考えるようになった。

そのため、陶淵明は「感士不遇賦」に次のように云う。

密網裁而魚駭　密網　裁たれて魚駭《おどろ》き
宏羅制而鳥驚　宏羅《くわうら》　制せられて鳥驚く
彼達人之善覚　彼の達人の善く覚《さと》り
乃逃禄而帰耕　乃《すなは》ち禄を逃れて帰耕す

道の喪われた社会の恐ろしさを示し、田園に帰隠することを「達人」の行為だとしたのである。「示周続之祖企謝景夷三郎」のように、周続之らに対して、「孔業」を続けることも名誉を手に取る手段だけに過ぎず、現実的な効果がないのだから、むしろ早くやめて、本質的な隠逸の道に歩み、原始的な生活をみずから探したほうが正しいのだと呼びかけているのであろう[30]。

四　「名」に対する態度

「名」(名声、功名)について、言うまでもなく、儒家はそれを肯定しているのに対して、道家では主に否定的な態度を示している。ただ、第一章で述べたように、道家の思想家の間にも差異があり、荘子は「功」「名」を完全に否定しており、無関心な姿勢が見られるのに対して、老子の思想には功利性があるため、たしかに「無為」を説き、隠逸を推奨してはいるが、「功」「名」自体を否定するというよりも、それらを苦心して求めることを否定している。

また、老荘とは異なり、楊朱は「名」による「生」の「実」への両面的な影響を認め、「我」の「実」（肉体と精神上の楽しみ）を害する「名」は批判し、有益なものなら捨てる必要はないとしている。

湛方生の「名」に対する態度は、主にその隠逸思想の支えである道家の老荘思想に基づいている。現存する詩文から見ると、「風人は仮りて以て名と為す（風人仮以為名）」（「風賦」）以外に、「名」という語を用いた作品は見られない。そして、「名」に関する詩文も少なく、あるとしてもそれを肯定する態度は示されていない。彼の名についての思想は、功利性のない荘子の方に近い可能性が大きいように考えられる。以下、仕官と隠逸の二つの方面における「名」という論点から具体的に考察を試みる。

仕官の面では、「後斎詩」における「門は軒《くるま》を容れず、宅は畝に盈《み》たず（門不容軒、宅不盈畝）」という隠逸後の生活状況からみると、寒門出身の貧士という湛方生の身分がうかがえる。最初、仕官の道を選んだ理由も陶淵明と同じように生計上の問題があったためだったと推測できる。

陶淵明の場合、生計の問題に加えて、「親故《しんこ》多く余に長吏と為るを勧む」（「帰去来兮辞」の序）という記述からうかがわれるように、周りからの励ましを受けて、「脱然として懐《おも》ふ有るも、之を求むるに途靡《みちな》し（脱然有懐、求之靡途）」（「帰去来兮辞」）とあるように、すくなくとも一時期には思い切ってその気になり、仕官を拒む姿勢がないどころか、仕官を求める道がないことに悩んでいたこともある。

湛方生は、陶淵明の「脱然有懐」とは異なり、外的な要因によりやむを得ずに歩む道に対して、仕官に赴くために故郷を離れ旅立つ際の苦しい心境を述べている。例えば、「懐帰謡」の「衡門を辞するは至歓なるも、生離《せいり》を懐《おも》ふは苦辛なり（辞衡門兮至歓、懐生離兮苦辛）」、「弔鶴文」の「樊籠に顧みて心驚く、中宵に独《ひとり》たりて思ひを増す（顧樊籠而心驚、独中宵而増思）」などからは、貧乏な暮らしから抜け出したことは嬉しかったが仕官のために故郷を離れなければならなかったのは辛いことであり、「樊籠」（鳥籠のような官職の檻）に縛りつけられて自由を失った苦しさを覚えて、孤独な真夜中に故郷に帰りたいという思いが募っていたことが感じられる。このような感慨を持つのと同時に、老荘思想の仕官に対する否定的な考えを受け入れた湛方生が、仕官によって「名」を上げることを好んだとも想像しにくい。

それでは、隠逸生活に憧れた湛方生は、隠逸を通して得られる「名」に対して、どのような態度を持っていたのであろうか。当時の隠逸が風靡していた状況にあっては、隠逸する行為は、乱世からわが身を保全する手段であると同時に、高尚な名声を得るための方法でもあった。帰隠を宣言した人の中には、隠者にふさわしい行動をとりながらも、内面では、隠逸そのものを心から愛しているというよりも、「隠者」という名ばかりに興味を持っていた人もおり、「隠者」という看板を掛けてはいるが、実際は積極的に政治関係の活動に関わっているような、いわゆる「名」と「実」が合わない人もいた。例えば、陶淵明に批判された、先述の周続之らは後者に属している。

湛方生が隠逸と関わる「名」について語ったと思われる作品として「七歓」がある。この文全体は、「朝隠《ちょういん》大夫」の口を借りて、「岩棲《がんせい》先生」に対して、「朝隠」の七方面の楽しみを語っている。その中で、「名」に関わるのは、以下の第六番目の「歓」である。

大夫曰く、三季《さんき》の世に生まれ、大国の間に隔つ。戎馬《じゆうば》郊畿に生じ、英雄森《しん》として以て比肩す。意気は宇宙を冠《つらぬ》き、毫勢は丘山を扼《お》さふ。元師を強虜し、太白を懸首す。勲は王府に勒《きざ》み、功は金石に刊《きざ》み、此れ世の奇遇たらざらんや。子能く我に従ひて之を立てんか。

「七歓」は、湛方生が隠逸を詠んだ作品ににおいて趣きがほかとは異なっている。ほかの作品からみれば、彼自身が思慕していた、そして実践した隠逸は、「岩棲先生」が「道を学びて生を養ひ、親を離れて俗と絶つ。清泉に漱ぎ、茂木に蔭《おほ》はる。赤松の塵を清むを慕ひ、乃ち霞を餐《く》らひて穀を絶ゆ（学道養生、離親絶俗。漱清泉、蔭茂木。慕赤松之清塵、乃餐霞而絶穀）」（「七歓」）というような生き方に属するのである。これに反して、「七歓」では出仕しながら隠逸することも許容されており、その楽しみへの理解もまた示されている。そして、楽しみの一つである名声、栄誉に対しても肯定的な態度のようである。この作品が作られた背景はまだ明確にされておらず、みずからの意志を述べているものと、仕官していた時期に上司のために作ったものの二つの可能性があり、または表面の意味とは逆の真意を隠した反語的な書き方をしている可能性もある。たといこの文が自身の意志で書かれたものであるとしても、朝隠大夫の語った「朝隠」の楽しみに対して「岩棲先生」の答えがないまま文が終わっていることからすると、「七歓」全体が一種の諷刺である可能性もある。つまり、朝隠大夫の口を通して、朝隠という隠逸の形式自体が純粋なものではなく、名利ばかりを追求するものであることを批判しているのである。また、文中で、「岩棲先生」が隠逸における「名」について一句も発していないのは、まさに湛方生の詩文において「名」のことに触れるのがまれであるのと同様に、岩棲自体はすでに「名」と絶縁しているという考えに基づいているためだと考えられる。

　湛方生の現存する詩文においては、「名」という語が見当たらないだけでなく、生前死後の「名」について悩んでいるような内容も確認されていない。逆に、隠逸の道にたどり着かないことへの悩みはよく取りあげられている。とりわけ仕官に赴く「羈旅」における疲労と孤独、厳しい仕官の環境における不安、故郷に帰りたくても帰れない無力感などが多く書かれている。隠逸生活に対する強い思慕が示されているが、これは主に個人の愛好と性格、そして仕官以前の田園における生活経験、さらに当時流行っていた玄学思想の影響であると考えられ、隠逸を通して名声を得ようとするような意欲については語られていない。

　そして、このような隠逸以前の苦悩と思慕は、隠逸生活を実現することによって解決できたことも書かれている。前述した「後斎詩」では、その愉快な心情が次のように十二分に表されている。

　　茂草籠庭　　茂草は庭に籠め

滋蘭払牖　　滋蘭は牖《まど》を払ふ
撫我子姪　　我が子姪《してつ》を撫《ふ》し
携我親友　　我が親友を携《たづさ》ふ
茹彼園蔬　　彼の園蔬を茹《く》らひ
飲此春酒　　此の春酒を飲む
開櫺攸瞻　　櫺《れんじ》を開きて攸《はる》かに瞻《なが》め
坐対川皐　　坐して川皐に対す

この詩において、「懐帰謡」に見られた「生離」の「苦辛」は、「我が子姪を撫し、我が親友を携ふ」といった温かい家族・親友とのふれあいへと変わり、また、「羈旅」に詠まれた「苦心」および「桑梓」への思慕も、「彼の園蔬を茹らひ、此の春酒を飲む」という長閑な田園生活の中で解消されており、「櫺を開きて攸かに瞻め、坐して川皐に対す」という句では、山水に囲まれた自然の風景を前にして世間の「万慮」と「情累」を忘れたという状況を表わしている。この詩は陶淵明の詩風とかなり類似しており、とりわけ陶淵明の「読山海経」十三首・其一における次のような描写を想起させる。

孟夏草木長　　孟夏　草木長じ
遶屋樹扶疏　　屋を遶《めぐ》りて樹は扶疏《ふそ》たり
（中略）
歓然酌春酒　　歓然として春酒を酌み
摘我園中蔬　　我が園中の蔬《そ》を摘む

両者は情景や雰囲気に共通するところが多く、影響関係が存在する可能性が大きいと考えられる。

そのほか、隠逸した後に書かれたと考えられる詩文として、湛方生には「庭前植稲苗賛(31)」もある。

蒨蒨嘉苗　　蒨蒨《せんせん》たり嘉苗《かべう》
擢擢階側　　擢擢《てきてき》たり階の側《かたは》ら
弱葉蘩蔚　　弱葉　蘩蔚《はんうつ》たり
園株疏植　　園株　疏《まば》らに植う
流津沃根　　流るる津　根を沃《そそ》ぎ
軽露濯色　　軽き露　色を濯《あら》ふ

この詩は、もっぱら「苗」に焦点をあてており、その美しさやいきいきと成長している様子を描き出している。詩では、稲を植えた人つまり作者は登場しないが、耕作の成功に満足し、将来の収穫への希望に満ちた様子がうかがえる。あるいは、目の前の風景に陶酔し、笑顔が無意識にこぼれた作者が詩中の画面の一角に存在する様子も想像に難くない。このような隠逸後の生活風景を描写する際、湛方生は自分の隠逸について周囲の人々や後世の人々から向けられる視線について語ることはなく、軽快な雰囲気の中で隠逸を楽しむ詩人の心境が読み取れる。

一方、陶淵明の詩においても、耕作に関する詩はたくさんある。その中には、湛方生とも共通する閑適で軽快な雰囲気が漂う詩もあるが、それればかりではなく、隠逸生活における苦悩を述べたものもしばしば見られる。よく知られている「帰園田居」其三を例として挙げ、

種豆南山下　　豆を種う　南山の下
草盛豆苗稀　　草盛んにして豆苗稀なり
晨興理荒穢　　晨《あした》に興《お》きて荒穢《くわうわい》を理《をさ》め
帯月荷鋤帰　　月を帯びて鋤を荷つて帰《かへ》る

道狭草木長　　道狭くして草木長《の》び
夕露沾我衣　　夕露《せきろ》　我が衣を沾《ぬ》らす
衣沾不足惜　　衣の沾るるは惜しむに足らず
但使願無違　　但《た》だ願ひをして違ふこと無からしめよ

農耕が不得意であることの悔しさ、朝早く畑に出て、夜遅く家に帰ることの辛さが表わされ、豆が無事に成長して実をつけてほしいとの願いもまた込められている。そして、この詩に託された深い寓意を探ると、漢の楊惲の、「彼の南の山に田つくれば、蕪穢して治めず。一頃の豆を種うれば、落ちて萁と為る。人生は行楽のみ、富貴を須つも何れの時ぞ」(『漢書』楊惲伝)という詩につきあたる。この詩は、節義を守る自分が見捨てられたという朝廷に不満を暗に表わしているとされ、つまりこの詩を踏まえていることから見ると、陶淵明も不平不満を暗に述べていることが考えられる。陶淵明と比べて、湛方生の方がより農耕そのものを楽しんでおり、田園を自分の本来の居場所としていることがうかがえる。

湛方生の現存する詩文において、「後斎詩」の「門は軒を容れず、宅は畝に盈たず」以外に、田園生活の貧しさに触れたものは確認されていない。陶淵明は「詠貧」「安貧」のような「貧」に苦戦しながらも自分の志を変えないという「貧」に対する複雑な感情を表しているのに対して、湛の方は軽く触れるばかりで、逆に玄学思想に服膺することによって隠逸生活を長く続けられると述べている。

また、湛方生の詩文では、仕官と隠逸(とりわけ山林田園での隠逸)における「名」にあまり触れていない。その理由として、そもそも「名誉」に対して関心を持っていなかったか、あるいは、関心は持っていても、詩文にはそれを表さないように注意していたことが考えられる。いずれにしても、彼が示した「名」への態度は、荘子のように、政治と距離をおく無為無名な態度に近いと言える。

より純粋な老荘風の隠逸詩人であった湛方生とは異なり、第二章で述べたように、陶淵明の「名」に関する態度には変遷がある。儒家思想にもとづく「好名」から、道家思想とりわけ楊朱思想にもとづく「非名」へと変るのである。とりわけ、「吁嗟《ああ》　身後の名は、我に於いて浮煙の若し（吁嗟身後名、於我若浮煙）」（「怨詩楚調示龐主簿鄧治中」）、「去り去りて　百年の外、身名は同じく翳如《えいじょ》たり（去去百年外、身名同翳如）」（「和劉柴桑」）等のように、死後の名に対して否定的な態度を示している。このような感慨をしばしば発したことから、陶淵明がそれまでの人生において「名」を求める葛藤の中で戦ってきたことがうかがえる。その戦いこそが、隠逸詩人としての閑適な一面に止まらない、立体的な隠逸詩人としての気質の形成に繋がったのである。

小　括

以上、本節では湛方生と陶淵明の隠逸思想をめぐって考察した。『易』、『論語』などの儒家の経典でよく説かれる「無道則隠」というような隠逸の動機は、湛方生と陶淵明にも見られる。二人とも知識人として、当時の混乱した社会を救おうとしたが、一文人の力は弱く、かりに名利の争いに興味がなかったとしても、仕官している以上は逃げ場もない。そこで、仕官の道を諦め、本来の居場所である純粋な自然に帰ることが最善の道だと考えるようになった。ただ、湛方生は明確に道家の経典を根拠としていたため、儒家の時勢にしたがって「隠」と「仕」の間を徘徊することはなかった。これに対して、陶淵明の場合は、儒と道の両家の思想が交わって、彼なりの理論根拠が形成されており、儒家の「無道則隠」、「有道則見」という考えを受け入れている一方で、社会の「無道」を理由に隠逸に入ったのちには、道家の「無為自然」、「抱朴含真」の思想を柔軟に活用するところが見られる。

湛方生の隠逸思想においては、老子と荘子を区別せずに受け入れているようであるが、彼の説く「道」は老子の説く「道」に依っている。また、「名」に関する思想については、老子のような功利性が見られないため、荘子の方に近いと言える。一方、陶淵明は儒家思想を基礎としつつ、隠逸の実践においては道家思想を依り所としている。彼が説く「道」は儒道両家の思想を統合したものであり、その「名」に対する態度は、「無実」の「名」を批判するところはあるが、基本的に儒家のような「名」を重んじる態度を持っている。陶淵明の思想の複雑性と独自性によって、作品における彼独自の特色は湛方生よりはっきりとしている。両者は人生の経歴と詩語が類似しているが、中国詩歌史上における扱い方はかなり異なっている。これは、もちろん残存する作品の量とも関係があるが、隠逸詩人としての気質の違いとも関係があるものと思われる。

第二節　江淹との比較

南朝の宋・斉・梁三朝に仕えた江淹《こうえん》は、王朝が頻繁に交代する乱世において、官僚生活の浮き沈みの中で戦っていた。これは、その文才と機敏な処世術によるものであるが、彼自身にとって、精神上の支えとしての隠逸思想も欠かせない。彼の思想について、近年の研究は主に儒家・道家・仏教各思想の傾向に集中している(32)。

各家の研究成果をまとめると、まず、儒家思想について、江淹は、伝統的な儒家教育を受け、儒家の精神を実践し、儒家思想がその思想の中で主導的な地位を占めていると言われている。主に彼の仕官に関わる儒家思想に対する態度を中心に論じられており、隠逸思想との関わりはあまり言及されていない。

次に、道家と仏教についてては、彼も積極的にその思想を取り入れ、詩文に織り込んでいると先行研究では明らかにされている。これらの先行研究の中には、江淹が隠逸的な思想傾向を持っていたことに触れたものも見られる。ただ、彼の隠逸思想の根源、隠逸詩の特徴、および陶淵明との関わりについての分析はまだ詳しくなされていない。

そこで、本節では、江淹との比較を通して、両者の隠逸詩人としての気質、隠逸詩との関わりを明らかにする。

一　江淹の隠逸思想の根源

（一）　人生経歴および当時の社会環境の影響

江淹は、字は文通、南朝の文人である。祖籍は済陽考城（現在の河南省蘭考県）であり、祖父も父も南朝宋の県令である。江淹の「自序伝」によると、十三歳のとき父をなくした。彼は、寒門出身でありながら、文才と機敏な処世術を発揮し、宋・斉・梁三朝に仕え、左遷と起用の繰り返しも経験し、王朝が頻繁に交代する乱世の中、危機を乗り越え、最後に梁の金紫光禄大夫という顕官の地位を確保できた。「六歳にして能く詩を属《つづ》り、作品としてみずから編纂した文集が残されており、「別賦」「恨賦」「雑体詩」などの作品が『文選』に収められている。晩年は、作品の量と質が下がったと言われることによって「江郎才尽」（江淹の才能が尽きた）という成語にもなった。[33]

家庭環境からみると、祖父と父の官位が県令程度で、[34]江淹は決して環境に恵まれたわけではなかった。そして、十三歳の時に父を失い、一家の生計をみずから担い始めた。『南史』江淹伝に、

初、淹年十三の時、孤にして貧しく、常に薪を采りて以て母を養ふ。

とあり、彼の「自序」においても「十三にして孤なり、過庭の訓に邈《はる》かなり」と述べている。少年時代における生活上の貧乏と家庭教育の欠如によって、彼は一種の劣等感を持っていた。例えば、「詣建平王上書」において、自分の出身について「下官本より蓬戸桑枢の人、布衣韋帯の士」と述べている。したがって、「自ら孤にして賤しきを以て、志を厲《と》ぎて学に篤し」と、貧賤な身分を変えるため、学問と文才に優れていることを生かして、二十歳（四六二年）の時、当時七歳の始安王劉子真に五経を教える仕事から出世し、新安王と始安王の幕僚を経て、建平王劉景素の幕下に入った。その後、二十四歳（四六七年）の時に無実の罪で監獄に入るが、「詣建平王上書」でわが身を救い出した。また、三十一歳（四七四年）の時に諫めによって劉景素の怒りを買い、呉興（現在浙江省湖州市）に左遷された。三年後、「復た京師に還り、世道は已に昏くして守民は閑居するに値たりて、当軸の士と交はらず」と、

短期間の閑居生活をおくる。その後、再び起用され、そこから順調な官僚生活をおくったが、また宋から斉へ、斉から梁へという頻繁な王朝交替を経験し、権力をめぐる皇室、官僚の中の紛争を常に眼の前にした。

寒門出身の文人であるため、正義感と自尊心が高く、長年の上司である劉景素に対して頑固に諫めた江淹は、後蕭道成[35]の御史中丞になった時も官位の高低を問わず、大胆に官僚たちの不正な行為を弾劾し、「内外粛然」(『南史』江淹伝)となった。

このような性格によって、当時共に仕事をしていた斉の明帝蕭鸞に「宋より以来、復た厳明なる中丞有らず。君、今日「近世独歩」と謂ふべし」(『南史』江淹伝)と褒められた。とはいえ、当時の政治環境から見れば、江淹はこのように率直な性格によって常に危ない状況に落ちる可能性も大きく、不安や憂いが生じてしまったことも想像に難くない。

それに、家族の死去も彼に大きな打撃を与えた。呉興に左遷された際、一歳の愛子江艽と妻の劉氏が相次いで亡くなり[36]、五十二歳(四九五年)の時に娘も亡くなった[37]。

以上のような人生経歴および当時の混乱した社会、政治環境により、江淹は、常に運命への無常観、現実への無力感に襲われ、悲観的な性格となり、詩文の作品も感傷主義的なものを多く書いた。賦として、「哀千里賦」「傷友人賦」「傷愛子賦」「恨賦」「別賦」「倡婦自悲賦」「泣賦」等、そして、詩として「無錫舅相送銜涕別」「悼室人」十首、「臥疾怨別劉長史」「征怨」や「雑体詩」の中の「古離別」「李都尉従軍」「張思空離情」などがある。離別や失意の悲しさ、寂しさを表わすテーマが多いことは彼の作品の特色とも言える。そこで、隠逸思想は、感傷しやすい江淹にとって精神上の重要な支えとなった。特に呉興に左遷された時期、彼の隠逸への思慕は深くなった。「自序」において、左遷された時の心境について次のように云う。

爰《ここ》に碧水・丹山、珍木・霊草有り、皆淹の平生の至つて愛する所にして、行路の遠きを覚えず。山中事無く、道と偶と為り、乃ち悠然として独り往き、或いは日が夕《く》れて帰るを忘る。放浪の際、頗る文章を著し自ら娯しむ。

この文からは、自然の中で、人間社会から解放され、山水の風景に癒やされたという彼の詩文にはあまり見られない愉快な心情が感じ取れる。彼自身が選んだ生活ではなかったにもかかわらず、このような隠逸的な生活の記憶は、その心に定着し、さらに隠逸思想への憧れの具体的な心象風景となった。

(二)「愛奇尚異」の性格

「自序」において、江淹は自分の性格について、「奇を愛し、異を尚ぶ」と云っている。

而して奇を愛し、異を尚びて、深沈にして遠識有り、常に司馬長卿・梁伯鸞の徒を慕ふ。然れども未だ悉くは行ふ能はざるなり。与に神遊する所の者は、唯だ陳留の袁叔明のみ。

彼が好んでいる「奇」と「異」について、具体的に言うと、まずは、文学創作上で言えば、第一章で述べたように、当時流行っている華麗な詩風に流されず、漢魏の素朴で内容を重視する詩風を推奨していることが考えられる。そして、慕っている人物で言えば、主に才能や人柄において、一般人が簡単には及ぶことができない人物を指すと考えられる。「自序」に、文学においては「賦聖」と言われた司馬長卿(司馬相如、長卿はその字)、人徳においては後漢の隠者である梁伯鸞(梁鴻、伯鸞はその字)のような人物を慕っていると云っていることがそれである。

梁鴻に対する思慕はまたその「与交友論隠書」からうかがえる。

毎《つね》に梁伯鸞の会稽の墅に臥し、高伯達[38]の華陰の山に坐するを承け、心嘗《つね》に之を慕ふも、而して未だ之に及ばざるなり。

第一章で引用した『漢書』梁鴻伝と江淹の「自序」とを比較してわかるように、江淹は、梁伯鸞と出身も趣向も類似し、梁の生き方が彼の目指す姿だと言える。梁の影響を受けて、江淹も俗世の名誉や利益から超然とした「奇」「異」な人間になろうとしているのである。

江淹が「奇」「異」だと思っている人物は主に三つの共通する特徴を持っている。一つ目は、学問上は「博覧」であること。二つ目は、「詩書を詠」むものの「章句の学」を事としないこと、そして三つ目は、「俗事」や「俗人」と離れることである。才能を持ちながら隠逸的な思想を持っている人間への親しみは、その交友関係からもわかる。まず、親友の袁叔明をみてみると、江淹が書いた「袁友人伝」には次のように書いている。

　学びて覧ざるは無く、文章は俶儻清澹にして一時に出づ。心に任せて書を観、章句の学を為さず。其の篤行は則ち信義恵和にして、意は磬如たり。常に松柏に蔭《やど》り、詩書を詠むを念ひ、志気は跌宕にして、俗人と交はらず。

前記の袁叔明の学問において博覧し、文才に優れ、徳行が高潔であることについての評価は、まさに梁伯鸞をその模範とし、共通する面を取りあげている。したがって、江淹にとって、袁叔明は隠逸として最も身近で現実的な存在であると言っても過言ではない。それゆえ、江淹にとって、袁叔明は、自分の隠逸志向を告げるための大切な対象ともなっていた。例えば、「報袁叔明書」には次のようにある。

　五侯は書を交し、羣公は幣を走らすと雖も、僕は亦た南山の南に在り。此れ智者の為に道ふべく、俗士と言ひ難きなり。

この書簡において、当時官職を得るためにせかせかしている人々を目の前にして、江淹は、自分がそれに流されず、「南山の南」に居るつまり隠逸に帰する志を「智者」の袁叔明に打ち明けている。そして、この心が通じ合う親友が死んだ後、江淹は悲しみの極まりの中で、「傷友人賦」を書いてその哀悼を表し、また、「袁友人伝」を書き、袁の人徳を称賛し、二人の「青雲の交」を示している。

この他、江淹のもう一人の知人の殷孚[39]も同じく博識で、文才が優れる一方、隠逸の傾向を持っていた人である。江淹が殷孚の死を哀悼するために書いた「知己賦」に次のようにある。

　博にして能く通じ、学びて覧ざる無し。雅だ文章を賞《ほ》め、尤も奇逸を愛す。岩石に隠るるを志すと雖も、而れども名は京師を動かす。才に深見多く、気に遠度有り。安期・千里と雖も、焉《これ》を尚《しの》ぐ能はず。

「安期」とは秦の隠者の安期生のことである。また、「千里」とは「千里駒」と言われる戦国時代の斉の名士魯仲連のことである。魯仲連は遊説に長じるが、出仕を拒否し、政治と帰隠の間で自由に出入りし、神仙のような一生を送ったと伝えられ、唐の詩人李白にも慕われたようである[40]。江淹の殷孚に対する評価も、前述した「奇」「異」にふさわしい三つの特徴に基づいて行っており、特にその隠逸者としての魅力を強調している。

以上から、江淹は、歴史上の隠逸者や身近な友人から隠逸思想を大いに受け入れ、自分もそのような気質に近づこうとする姿勢をその作品を通して表明していることがわかる。

（三）　当時の思想潮流による影響

玄学思想が流行っていた南朝に生きていた江淹も、当時の潮流の影響を受け、道家または道教に対する思慕をその詩文に織り込んでいる。とりわけ呉興に左遷された時、道教に精神上の慰めを求め、隠逸的な生活を楽しむようになった。この時期、江淹は、「頗る文章を著し自ら娯し」んでいた。著した文章には、道教の丹石、草薬や煉丹術、長生術に関する「采石上菖蒲」「草木頌」十五首、「遊黄檗山」「蓮華賦」などがある。さらに、山水自然の風景を描き、道教の神仙世界に対する憧れを表わす「雑三言五首並序」「赤虹賦」「青苔賦」などもある。道書を愛読し、神仙思想を含む道教思想から詩文創作のための素材を取る一方、隠逸思想の根拠ともしている。例として、「雑三言五首並序」の第二首の「訪道経」に次のようにある。

深韻を白水に澹《たん》にし、高意を浮雲に儼《おごそ》かにす。（中略）茲《こ》の心を挟みて絶国に赴き、此の書を懐きて空山に坐す。

澹深韻於白水、儼高意於浮雲。（中略）挟茲心兮赴絶国、懐此書兮坐空山。

また、「遊黄檗山」に次のようにある。

秦皇慕隠淪　秦皇　隠淪を慕ひ
漢武願長年　漢武　長年を願ふ
皆負雄豪威　皆雄豪の威を負ふも
棄剣為名山　剣を棄てて名山の為《ため》にす

この二首の詩では、山の奥に左遷され、生活上の困窮と心中の不平が重なっていた時期、落ち着いて過ごすために、道教思想に隠者としての心境を求め、その合理性を解釈している。

道教のほか、江淹は仏教、儒家（または儒教）をも隠逸思想の根拠としている。ただ、彼は、この三教を別々に考えるのではなく、常に交えて論じ、詩文の中に織り込んでいる。例えば、「自序」に次のように述べている。

重《さら》に学は人の為にせず、交はりは苟に合せざるを以てす。又た深く天竺・縁果の文を信じ、偏へに老氏清浄の術を好む。

仏教も道教も彼にとっては重要な宗教信仰であると云い、二つの宗教の相通じているところを強調している。

また、前述の「雑三言五首並序」において、まず序文では、左遷の時期に道書をよく読み、詩文を書いているという背景を述べている(41)。次に、第一首の「構象台」(42)では次にようにある。

日月之寂寂　日月《じつげつ》の寂寂《じゃくじゃく》として
無人音与馬跡　人の音と馬の跡と無し

耽禅情於雲径　禅情を雲径に耽り
守息心於端石　息心を端石に守る(43)
永結意於鷲山　永く意を鷲山に結び
長憔悴而不惜　長く憔悴して惜しまず

仏教思想を用いて隠逸の決意が示されていることがわかる。次に、第二首の「訪道経」はもっぱら道教思想に関するものである。最後に、第三首の「鏡論語」では次のように云う。

石門の名を埋むるを嘉《よみ》し、柳子の道に沈むを憐れむ。呉伯を衣袖《いしう》に書き、顔子を心抱に鏤《ちりば》む。

嘉石門之埋名、憐柳子之沈道。書呉伯於衣袖、鏤顔子於心抱(44)。

儒家経典にある子路、柳下恵、呉泰伯と顔回の隠逸行為に関する典故を挙げている。このように、仏・道・儒三家のことを交えて説く作品として、また仏教思想を中心に隠逸の決心を表わす「無為論」という文がある。

釈迦三蔵の典、李君道徳の書、宣尼六芸の文、百氏兼該《けんがい》の術(45)の如きに至りては、其の津要を詳らかにせざるは靡《な》くして、而して沖玄を采摭《さいせき》し、煥乎《かんこ》として鏡中に睹《み》るが若く、炳乎《へいこ》として掌内に明らかにするが若し。余、「天地の大徳を生と曰ふ」、「何を以て人を聚《あつ》むる。曰く財」(46)を聞く。是の故に老聃は以て柱史と為り、荘周は以て園吏と為り、東方は戟《げき》を持つて倦まず、尼父は鞭を執りて恥ぢず(47)、実に万古の師範、一時の高士なり(48)。

仏教、道家、儒家いずれにしても、その経典ですでに帰隠の「津要」を明らかにしているだけでなく、三教の代表的な聖人はいずれも隠者としての素質を備えており、さらに行動において実践しているため、隠者の模範とするべきだと江淹は考えている。

江淹はまた、隠逸の具体的な実践行為について、「与交友論隠書」(49)では三教の信者としての行為を挙げている。

心は頑くなにして質は堅く、偏へに冥黙を好む。既に神農の服食の言を信じ、久しく天竺の道士の説を固くす。清浄を守り、神丹を煉ることは、心甚だ之を愛す。善業を行なひて、一世を度ることは、意甚だ之を美す。今は但だ薇・藿を拾ひ[50]、『詩』『書』を誦し、天を楽しみ性を理め、骨を斂《をさ》め歩を折り[51]、過失の地を践《ふ》まざるを願ふのみ。

江淹から見ると、「神丹を煉る」ことや「善業」を行なうこと、そして『詩』『書』を詠誦することという各宗教の行ないは、相矛盾するものではなく、同時に好み、実践することが可能である。そしてそれらはいずれも彼の目的つまり「過失の地を践まざる」境地に至るための方法の一つである。

江淹は、第四章に述べるように、文学において「方に通じて恕を広め、遠きを好みて兼愛する」という包容的な態度を持っており、それと同様に、思想上も開放的な態度を持っている。ある思想だけに執着するのではなく、各思想の通じている部分に着目し、それぞれから彼にとって合理的な要素を取り入れ、互いに補わせることで、彼なりの思想理論を成立させている。したがって、伝統的な儒家の教育を受けた彼は、道教、仏教にも深い興味を持ち、隠逸に関する部分を取って、融合的な隠逸思想を持つようになった。隠逸思想において、思想学派を区別せずに受け入れている以上、江淹が、それぞれの思想家の差異も当然気にせず、各思想家が共通している部分に注目したことも不思議ではない。

二　江淹における陶淵明の受容

陶淵明に対する擬詩「田居」を含む「雑体詩」には、隠逸に関する詩文が計十二首も見える。これは全体の三分の一を超える分量であり、江淹の隠逸思想を表わす重要な作品と言える。この一連の詩は、建元末年(四八二年)から永明初年(四八三年)までの間、つまり江淹が四十歳前後の頃、すでに呉興での左遷生活を終えてから六年を経て、心がより落ち着くようになった時期に書かれたものであり、文学観にしても、人生観にしても、彼のここまでの人生を総括するようなものだとも見なしうる作品である。この頃の江淹にとっての隠逸思想の存在は、左遷時期のように、やむを得ず陥った状態の中で憂鬱を解消するための手段から、人生の最後において実現しようとする理想へと変わっていた。つまり、陶淵明が詩文で描いた隠逸生活の風景は、まさに江淹が望んでいた理想そのものだったのである。この時期に書かれた「自序」には、文末に江淹の隠逸生活についての構想が見られる。

常に願ふ、居を卜して宇を築き、人事を絶棄《ぜつき》し、苑とするに丹林を以てし、池とするに緑水を以てし、左は郊甸に倚り、右は瀛沢《えいたく》を帯び、青春爰に謝《しぼ》めば、則ち武平皐に接し、素秋澄景なれば、則ち独り虚室に酌み、侍姫三四、趙女数人あらんことを、と。不《しから》ざれば則ち経紀《けいき》に逍遥し、琴を弾きて、詩を詠じ、朝露幾間にして、忽ち老の将に至らんとするを忘る。淹の学ぶ所、此れに尽くるのみ。

これを陶淵明の「帰去来兮辞」で描かれた隠逸生活の風景と比較してみよう。

乃ち衡宇を瞻《み》、載《すなは》ち欣《よろこ》び載ち奔《はし》る。僮僕　歓び迎へ、稚子　門に候《ま》つ。三径　荒に就くも、松菊　猶ほ存す。幼を携へて室に入れば、酒有りて樽に盈《み》てり。壺觴《こしやう》を引きて以て自ら酌み、庭柯《ていか》を眄《み》て以て顔を怡《よろこ》ばす。南窓に倚《よ》りて以て傲を寄せ、膝を容るるの安んじ易きを審《つまび》らかにす。(中略)親戚の情話を悦び、琴書を楽しみて以て憂ひを消さん。農人　余に告ぐるに春の及べるを以てす。将に西疇に事有らんとす。或いは巾車を命じ、或いは孤舟を棹さす。既に窈窕《えうてう》として以て壑《かく》を尋ね、亦た崎嶇《きく》として丘を経《ふ》。木は欣欣《きんきん》として以て栄に向《む》かひ、泉は涓涓《けんけん》として始めて流る。万物の時を得るを善しとし、吾が生の行くゆく休するに感ず。

乃瞻衡宇、載欣載奔。僮僕歓迎、稚子候門。三径就荒、松菊猶存。携幼入室、有酒盈樽。引壺觴以自酌、眄庭柯以怡顔。倚南窓以寄傲、審容膝之易安。(中略)悦親戚之情話、楽琴書以消憂。農人告余以春及、将有事於西疇。或命巾車、或棹孤舟。既窈窕以尋壑、亦崎嶇而経丘。木欣欣以向栄、泉涓涓而始流。善万物得時、感吾生之行休。

二人が所望する隠逸生活について、まず、生活環境として理想とされているのは、賑やかな市街から離れて一軒の家で心と体を落ち着かせ、木や水や畑に囲まれた田園風景である。そして、人間関係については、気が合わない人との付き合いをやめ、親友や家族との付き合いだけを楽しむというやり方である。また、日常的に従事したいこととして、生活を維持するための農業と、趣味としての音楽と詩文を楽しむことである。疲れた時には酒を飲みながら周りの景色を楽しんで疲れを解消したりすることである。

「雑体詩」と同様、「自序」にも「帰去来兮辞」に類似する語句が多く見られる。また、「自序」における「人事」「虚室」「弾琴詠詩」などは、陶淵明の詩文にもよく見られる詩語である[52]。このように、江淹の隠逸に関する詩文においては、陶詩の影が散見される。この点から、江淹が陶淵明の隠逸思想に満ちた詩文に対して興味を持ち、それを受容していることが推測できる。

言うまでもなく、陶淵明の隠逸像は、前述した江淹が好むところの「奇」「異」な人物像の特徴とも合うものである。加えて、「五柳先生伝」と比べてみると、江淹の「自序」は本文で人生の経歴を記述している点は異なるものの、冒頭と文末の構造や内容が類似していることから、江淹が創作した際に、「五柳先生伝」を参考にした可能性も十分に考えられる。

そのほか、両者は、『山海経』などにある神仙の話や「奇」「異」なものに関する本を愛読し、それを隠逸思想に織り込んでいるという点でも共通している。例えば、『山海経』をめぐって、江淹には「遂古篇」という詩があり、陶淵明には「読『山海経』」という十三首の連詩がある。江淹の「人鬼の際《きは》に、隠淪《いんりん》有り。（中略）茫茫《ばうばう》たる造化、理　循《したが》ひ難し。聖者すら測らず、況んや庸倫をや（人鬼之際、有隠淪兮。（中略）茫茫造化、理難循兮。聖者不測、況庸倫兮）」（「遂古篇」）と、陶淵明の「高酣《こうかん》　新謡を発し、寧くんぞ俗中の言を効《なら》はんや（高酣発新謡、寧効俗中言）」（「読『山海経』」其二）、「世に在りて須《もと》むる所無し、惟だ酒と長年のみ（在世無所須、惟酒与長年）」（「読『山海経』」其五）などは、いずれも『山海経』に仮託して、現実世界への失望を表わし、想像上の神仙世界へと逃避したいという思いを述べている。江淹は必ずしも陶の『山海経』についての詩文に倣ったわけではないが、このような共通点の裏には、彼の陶淵明に対する共感が潜んでいることも否定できない。

以上の考察をまとめると、江淹は陶淵明の隠逸思想を受容している。「雑体詩」だけではなく、江のほかの詩文においても、陶淵明の名こそ出してはいないが、陶詩の影響が見られることから、江淹は陶淵明から受容した思想を自分の詩文に織り込んでいる可能性が考えられる。「雑体詩」を含むこれらの江淹の作品における陶の隠逸詩の受容は、梁の鍾嶸が陶淵明を「隠逸詩人の宗なり」と評価することに先立って陶淵明の隠逸詩人としての人物像を認めたものだと思われる。

三　隠逸思想における江淹と陶淵明との相違点

現存する江淹の文集には、「雑体詩」の陶淵明に倣った擬詩「田居」以外の作品においても、陶淵明の詩文から詩語を取り入れながら隠逸を語るものが多く見られる。にもかかわらず、顔回、柳下恵、梁伯鸞、高伯達などの隠士についてはその名を挙げて明白な思慕の念を表明しているのに対して、陶淵明の名は挙げられていない。その理由について、一つの可能性として考えられるのは、江淹と陶淵明の隠逸思想との間に異なる部分が存在していることである。

（一）　仏教および道教思想に対する態度

前述したように、陶淵明は仏教思想が盛んに伝播されていた地域に住んでいたにもかかわらず、それを終始敬遠する態度が見られ、隠逸思想においても仏教思想を根拠とすることはしなかった。それとは異なり、江淹は仏教に対して熱心な文士の一人である。前述した儒・道と併せて仏教を論じる詩のほか、仏教を中心とした作品には「呉中礼石仏」「蓮華賦」と「金灯草賦」等がある。例えば、呉興に行く途中で作った「呉中礼石仏」には、その仏教への熱烈な帰依の気持ちが表されている。

常に此の道を楽しみ、空山の坻《さか》に経を誦せんことを願ふ。禅心、雑《まじ》はらざるを暮《した》(慕)ひ、寂行、無私を好む(53)。軒騎《けんき》、久しく已に決し、親愛、留遅せず。憂傷　漫漫たる情、霊意　終に緇まず。誓ひて青蓮の果を尋ね、永へに梵庭《ぼんてい》の期に入るを。

常願楽此道、誦経空山坻。禅心暮不雑、寂行好無私。軒騎久已決、親愛不留遅。憂傷漫漫情、霊意終不緇。誓尋青蓮果、永入梵庭期。

この詩から、呉興に向かう途中、江淹はすでに自分のこれからの運命に対して強い不安を抱いていたことがわかる。「無錫舅相送銜涕別」では、「若し孤鳥の還《かへ》ること無ければ、瀝泣《れききゅう》するは何の因《よ》る所かある(若無孤鳥還、瀝泣何所因)」とうたい、前途の危険を予測し、生きては戻れないだろうと憂えている。江淹は、死ぬかもしれないという運命への恐怖を解消するため、仏教に救いを求めた。

江淹は、呉興で隠逸的な生活を実際に経験した際に、道教の経典とあわせて、仏教の経典も好んで読んだ。呉興に行く以前から、仏教と接触していたはずであるが、呉興の山水に囲まれているうちに、仏教思想で言うところの「禅」「寂」「空」といった境地をしみじみと実感できたのであろう。呉興にいた時の心境については、前述した「構象台」で書かれているように、世間の喧騒から離れ、政治的な争いから解放されており、ただ単に自然の世界と付き合う日々を過ごしていた。江淹は仏教思想を自然の万物に託し、ようやく憂鬱で不安な心を落ち着かせる場所を見つけた。左遷時期に深まった仏教信仰は、晩年に書いた「自序」に「深く天竺・縁果の文を信ず」と述べるように、その後の彼の人生に引き続き影響を与え、その隠逸思想の重要な支えにもなっている。

道教に関しては、前述したように、陶淵明の隠逸思想においては、道家の老子、荘子そして楊朱の思想の要素が見られる。とりわけ死生観、名実論などにおいては楊朱思想からの影響が大きい。ただ、道教の神仙思想に対しては否定的な態度を持っていた。第二章で挙げた「形影神」からうかがわれるように、楊朱思想の死生観の影響によって、陶淵明は死後の世界の存在を否定し、長生きの意義を疑い、長生きを求めた当時の人々を批判する姿勢も示している。江淹は陶淵明とは異なり、隠逸思想を述べる時、仙人になることのほか、煉丹や長生の術に専念するといったことも積極的に説いていた。この点における二人の認識の差こそが、江淹が陶淵明の名を挙げない重要な理由のひとつなのではなかろうか。

（二）　帰隠の実践における相違

陶淵明も江淹も出仕と帰隠の間を徘徊し、逡巡したことがある。陶淵明の場合、二十九歳から四十一歳までの約十三年間で五回も出仕と辞任を繰り返し、最終的には故郷の潯陽に隠棲し、農耕に勤しむ超俗的な生活を送ったのである。

江淹の場合、実際に隠逸生活を送ったのは呉興に左遷された時期である。もっとも、これは彼自身が選んだ道ではなかった。呉興に行く前後の詩文を見ると、江淹は、隠逸を説き続けていたにもかかわらず、結局、自分が望んでいた「五畝の宅、半頃の田あり、鳥が檐の上に赴き、水が階の下に匝《めぐ》るに在るを望めば、則ち此れより隠れ、長く故人を謝するを望む」（「与交友論隠書」）というような田園生活を選ぶことはしなかった。その理由としては、次のようなものが考えられる。すなわち、陶淵明のように隠逸後に、思想的な依り所が儒から道に変わったのと異なり、江淹は三教の思想を積極的に受け入れ、隠逸の動機や実践においても三教を区別せず依り所としたにもかかわらず、儒家思想における「名分」意識と現実的な考え方が終始変わらなかったことである。

まず、江淹は「立身出世」を強く意識しており、とりわけ君臣の名分を重視した。前述のように、寒門出身でプライドが高かった江淹は、運命を変えんとする意志が強く、「学びて優なれば則ち仕ふ」(『論語』子張篇)というのが彼の人生に対する基本的な考えであった。したがって、歴史上の隠者の比類なき才能や奇異な人格および超俗的な生き方に憧れていた江淹ではあったが、容易に自分の官僚生活を終わらせ、財産を捨てて、今まで一生懸命築いてきた人間関係を切り捨ててまで、辺鄙な山林あるいは田園に籠もって生活することはできなかったのである。

江淹は「自序」において、隠逸生活に入りたいという願いを述べたが、そこには一つ重要な前提が設定されている。すなわち、官に仕えて、「諸卿二千石」の地位にまで上りつめ、「耕織伏臘」の資金を貯めて、きちんとした生活を確保してから隠逸の実践段階に入るというものである。江淹は、「自序」においてそれまでの人生を振り返り、二十歳の頃の「五経を以て宋始安王劉子真に授ける」から、最後の「尋いで正員散騎侍郎・中書侍郎に遷る」までの官僚生活について詳しく述べ、中でも特に高帝蕭道成と交わした当時の政治情勢についての問答を細かく記述している。彼は、自分が政治上の才能を持っていることや、一人の儒者として優れた学問と弁舌によって君主に認められたというような自己の価値を証明することを重視していたことがわかる。

次に、呉興に左遷された時、隠逸生活を送りながらも、彼は、常に官僚生活に戻りたいという心情を発露している。例えば、「四時賦」に次のように述べる。

上国の綺樹《きじゅ》を憶ひ、金陵の蕙枝《けいし》を想ふ。(中略)何ぞ嘗て帝城の阡陌《せんぱく》を夢み、故都の台沼を憶はざらんや。

憶上国之綺樹、想金陵之蕙枝。(中略)何嘗不夢帝城之阡陌、憶故都之台沼。

早く金陵に戻って、君主の信頼と重用を取り戻し、安定した生活を過ごしたいという願いが表現されている。

前述したように陶淵明の隠逸思想の特徴は「窮を固め」、「貧に安んじ賤を守る」ものであったが、それとは異なり、江淹は隠逸思想を持ちながらも、名と利の追求は排斥せず、できるだけ現実と理想の関係を調和させ、各思想も絶妙なバランスで共存させ、当時の乱世を生き抜こうとしていたのである。

また、江淹にとって、隠逸思想は出世の道において重要な役割を果たしてもいる。安定した生活や幸せな家族を失うという人生の挫折に直面した際に、隠逸思想は彼にとって、精神上の支えとなっただけでなく、君臣関係を維持する面においてもプラスの効果をもたらした。彼が二十三歳（四六六年）から三十一歳（四七四年）まで合計八年間にわたって仕えた建平王劉景素も隠逸思想に関心を持っていた人である。『宋書』劉勔《りゅうべん》伝に次のようにある。

泰始五年（四六九年）、宋の明帝、勔に謂ひて曰く、「巴陵、建平の二王、並びに独り往くの志有り。若し世道は寧晏《ねいあん》たれば、皆当に其の請ふ所を申すべし」と。

劉景素は隠逸への傾倒を隠さずに表明したが、当時の政治環境では実現しかねることがわかる。江淹は、劉景素の幕僚に入った最初の頃、劉と共に廬山に登った後に作った詩「従冠軍行建平王登廬山香炉峯」において、劉の志と合わせて、道教や隠逸に関することを多く語っている。

広成愛神鼎　　広成　神鼎を愛し
淮南好丹経　　淮南　丹経を好む
此峯具鸞鶴　　此の峯　鸞鶴を具へ
往来尽仙霊　　往来　尽《ことごと》く仙霊なり
方学松柏隠　　方《まさ》に松柏を学びて隠れ
羞逐市井名　　市井の名を逐《お》ふを羞《は》づ
奉承光誦末　　光誦の末を奉承し
伏思托後旌　　伏思して後旌を托《たく》す

この詩は単純に個人の心境を述べているのではなく、最後の「光誦の末を奉承し、伏思して後旌を托す」という文からは、劉景素の詩を受けて作成したという主旨がわかる。当時の江淹はまだ二十五歳の若さであったが、うまく上司の趣味を把握し、それに迎合している。一方、客観的な原因によって隠逸的な生活を実現できなかった劉景素は、その隠逸への思慕を隠士に対する優遇へと変換した。江淹が劉の主簿として仕えた時に書いた公文書「建平王聘隠逸教」に次のようにある。

府州国紀綱、夫れ嬀夏《ぎか》已に没し、大道行はれず。周の恵の富むと雖も、猶ほ魚潭《ぎよたん》の士有り。漢教の隆《たか》きも、亦た栖山《せいざん》の夫を見《まみ》ゆ。跡は雲気に絶ち、意は青天を負ひ、皆絳螭《かうち》の驤首《じやうしゆ》、翠虬《すいきう》の来儀《らいぎ》を待つ。是を以て遺風は百代を扇ぎ、余烈は後生を激《はげ》ます。斯れ乃ち王教の助、古人の意なり。吾、駕を旧楚に税《と》き、乗を汀潭《ていたん》に憩《とど》む。於《を》陵《りよう》の操を挹《く》み、漢陰の高きを想ふ。而して山川遐久たり、流風沫《つ》くる無し。養志数人、並びに未だ征采せず。善操は将に棄てられんとし、良用は慨然す。宜しく速やかに旧礼を祥《よ》くし、各々纁《くん》を遺《おく》りて招くべし。庶《こひねがはく》は此の幽襟を暢《ちやう》じ、以て蓬蓽《ほうひつ》を旌《あらは》さんと。

上古から戦国に至るまでの歴史を遡って、隠士を重用する典故を語りながら、江淹は優れた文才を生かして、劉景素の隠士の能力を推賞する姿勢と、隠士を人材として招こうとする誠意を表現した。「隠逸」において相通ずるところのあったことは、二人の君臣関係が長年にわたって続いた理由の一つであるとも言える。元々隠逸への思慕を抱いていた江淹は、隠士に興味を示す君主がいる以上、隠逸への憧れをより明らかに表わし、強調する傾向が強くなるのも自然なことである。そのため、無実の罪で牢獄に入った際、我が身を救った上奏文である「詣建平王上書」においても隠逸に関することに重点が置かれている。

下官は郷曲の誉れを乏くと雖も、然れども嘗て君子の行ひを聞く。其の上乃ち簾肆《れんし》の間に隠れ、岩石の下に臥す。次に則ち綬を金馬の庭に結び、雲台の上に高議す。退けば則ち南越の君を虜にし、単于《ぜんう》の頸を系く。(中略)夫れ魯連の智を以て、禄を辞して反らず、接輿《せつよ》の賢、行歌して帰るを忘る。子陵、関《かん》を東越に閉ざし、

> 仲蔚、門を西秦に杜じ、亦た良く知るべきなり。若し下官の事は其の虚に非ずして、罪は其の実を得れば、亦た当に口を鉗《はさ》み、舌を呑《の》んで、匕首に伏して以て身を殞《そん》すべし。何を以て斉魯の奇節の人、燕趙の悲歌の士を見んや。

この文において、江淹はまず君子としての行為の中で隠逸が第一位であることを強調し、建平王が関心を持ちそうな話題へと導く。次に、高潔な人格を持つと伝えられている古代の隠者の魯仲連、接輿、厳光、張仲蔚らを例として挙げ、自分の無辜を申告している。逆に冤罪になった経緯の詳細や自分の無罪を証明できる証拠などには触れていない。隠逸を好む建平王劉景素が相手でなければ、このような書き方はしないはずであろう。

建平王だけではなく、江淹が後に仕えた蕭道成にも隠逸的な傾向が見られる。これは、江淹が蕭のために書いた、官職を辞退する意を表わす文である「後譲太傅揚州牧表」[55]の次の内容からうかがわれる。

> 方に将に身もて鑾蓋《らんがい》に侍り、斉魯の侵さるるの地を雪《すす》ぎ、手に羈勒《きろく》を執り、燕趙の遠郊に騖《か》けて、然る後に范・張を追跡し[56]、纓《えい》を汾射《ふんや》に濯《あら》はんとするは、臣の志なり。

政治情勢が激しく変わる乱世にあって、江淹が三朝に仕え、最後に顕官の地位を確保するうえでは、君臣関係の対処においてうまく隠逸思想を活かすことが不可欠であった。彼にとって、隠逸思想は純粋な精神上の追求というよりも、人生の道において、内心の葛藤や人間関係を調和するための実用性のある思想であったと言ってもよいであろう。

出仕と隠逸の葛藤の中、江淹は、陶淵明のように、「寧ろ窮を固めて以て意を済《な》すとも、委曲して己を累《わずら》はせず（寧固窮以済意、不委曲而累己）」（「感士不遇賦」）というような決断はせず、できるだけ折衷的な生き方を見つけようとした。文学や宗教思想に対して、「方に通じて恕を広め、遠きを好みて兼愛する」という態度を持っていたように、江は隠逸の実現方法に対しても多様な考え方を持っていたのである。濁った政治環境から離れ、静寂な山林や田園に隠逸する道を選ぶ隠者がいる一方で、朝庭や官僚生活と絶縁せず、生を重んじるいわゆる「朝隠」をする人物もいた。江淹が憧れていた隠者の中では、梁伯鸞、高伯達、魯仲連、伯夷、叔斉らが前者で、柳下恵、東方朔らは後者に属している。(57)江淹はこれらの人物を分けて説いたりはせず、優劣もつけていない。江は「自序」において、みずからの望む隠逸生活を「居を卜して宇を築き、人事を絶棄する」と描いているが、到達できない可能性を考慮したうえで、別の道も設定してある。それは、「不ざれば則ち経紀に逍遥し、琴を弾きて、詩を詠じ、朝露幾間にして、忽ち老の将に至らんとするを忘る」というもので、田園に帰隠することが実現できない場合は、自分の好んでいる読書や音楽、文学などに沈湎して一生を送ることも悪くはないといった、隠逸の場所に拘らない態度である。また、前述の「無為論」における「老聃は以て柱史と為り、荘周は以て園吏と為り、東方は戟を持つて倦まず、尼父は鞭を執りて恥じず、実に万古の師範、一時の高士なり」という部分は、古代の聖賢でも仕官することを拒まなかった例を挙げて、自分が選んだ隠逸の道の正当性を示そうとしたものである。ただ、江は仕官しながらも、「仕官のために仕官せず」(58)という信条を常に持っていた。江淹にとって、隠逸というのは必ずしも狭く限定された価値観ではなく、むしろかなり柔軟性のある思想であり、現実の状況によって臨機応変に運用できる一種の生活態度だったである。

小　括

本節では、江淹の詩文の分析を通して、彼の隠逸思想の由来を究明した。また、陶淵明の詩文との比較によって、陶淵明の隠逸思想に対する受容、および彼の隠逸思想の特徴を考察した。

江淹の隠逸思想については、政権の交代が激しく、思想において儒・道・仏の三教が融合した南朝において、江淹の出仕の経験と隠逸への思慕は珍しいものでもなく、彼の寛容的な文学観と多面的な思想態度はその時代背景によるところが大きい。だが、江は寒門の出身であり、人生の挫折を多く経験し、「別賦」「恨賦」などでは人生の悲しい一面を赤裸々に描写している一方、隠逸思想を、精神上の慰めや詩文創作の材料に止まらず、さらに仕官する上での有力な道具とするなど、当時の文人の持っていた輝かしい生命力の一端を示している。

陶淵明との関係について述べるならば、江淹は陶の詩文から隠逸の面を受容し、自分の詩文に織り込んでいる。とはいえ、根拠とする思想や隠逸の実践においては大きな差異がある。このような違いこそが、江淹が陶の隠逸詩文の独特さや文学的な長所を見抜いたにもかかわらず、陶淵明を頻繁には取りあげなかったことの重要な原因であると考えられる。

本章のまとめ

この章では、陶淵明の「隠逸詩人」という人物像をめぐって、同じ東晋末の人物である可能性の高い湛方生および陶淵明よりも後の南朝時代の江淹と比較して考察した。三人とも隠逸思想を持っており、隠逸関連の詩文も著したが、性格や境遇、各人の好みによって、それぞれの特徴が形成されている。

湛方生に関する史料は少なく、その隠逸に関する考えや実践状況は、現存する詩文から推測するしかないが、思想上の傾向ははっきりしており、しかも当時の時代背景の潮流と一致している点が多いため、その隠逸思想と詩文の特徴をある程度は明らかにできた。これらの特徴を陶淵明と比較することによって、二人の隠逸詩人としての気質の相違が見えてくる。考察の結果、その相違は、主に支えとする思想によるものであると結論づけられる。とりわけ、「道」についての理解や「名」に対する態度において、湛方生は一貫して老荘的な考えであるのに対して、陶淵明の場合、儒家的な考え方から道家的な考えへと変わり、最終的には儒と道の要素が交わるようになったことが見られる。より純粋な道家思想への傾倒によって、湛方生の詩文は徐公持が述べるように、景物の描写に優れており、「清新」な文風が現れているとはいえ(59)、玄言的な痕跡は陶淵明と比べるとやはり濃いほうである。それゆえ、二人は、人生の経歴や隠者としての人物像、文章の表現などにおいて類似するところが多いにもかかわらず、後世における扱われ方が分かれるのだと考えられる。

江淹に関する史料と詩文はより豊富であるため、彼の隠逸思想についてはより詳しく考察することが可能である。彼の性格、人生の経歴、人間関係、詩文の表現などから見れば、その寛容的な文学観と思想観が見えてくる。江淹は、当時の文学潮流から超越した陶淵明の文風の優秀さを見抜いていた。ただ、神仙思想や長生思想、仏教思想など陶淵明の受け入れていない部分について、江淹はむしろそれらを好んで説いており、陶に対して一種の距離感を持ち、隠逸詩文において陶を頻繁には取りあげていないのもそのためであろう。

注

（1）『詩品』巻下、殷仲文の評語。

（2）本書における「玄言詩」とは、およそ西晋に始まり、東晋に流行した詩体である。主に玄学の哲理を説くことを主題とする。代表的詩人として、孫綽・許詢・桓温・庾亮らがいる（松浦友久編『漢詩の事典』、大修館書店、一九九九年、七四七～七四八頁を参照）。

（3）『隋書』経籍志では基本的に年代順で人物を並べている。湛方生は、桓玄、殷仲文、王謐、孔璠らの後、祖台之、顧愷之、劉瑾、謝混らの前に配置されている。

（4）従来の研究においては、湛方生を陶淵明より早い年代の詩人とするものが多い。例えば、銭志熙「湛方生――一位与陶淵明気類相近的詩人」（『文史知識』、一九九九年第二期、六一～六九頁）では「陶淵明の先輩である可能性が最も大きいと私は考える（我覚得最有可能是陶淵明的先輩）」、徐公持『魏晋文学史』（人民文学出版社、一九九九年）の「湛方生はまた、東晋文学と陶淵明の間の過渡的な存在でもある」といった指摘がある。これは陶淵明の生まれた年を三六五年だとみなした場合の話である。生まれた年が三五二年の場合は、太元十一年の時点で陶淵明はすでに三十五歳であり、二人が同じ世代である可能性が大きくなる。

(5) 湛方生の「帆入南湖」に「彭蠡　三江の紀《き》たり、廬岳　衆阜の主たり(彭蠡紀三江、廬岳主衆阜)」とある。

(6) 銭志熙「湛方生――一位与陶淵明気類相近的詩人」によると、湛方生の「修学校教」における「荊藍」、「上貞女解」における「西道県」および「遊園詠」における「荊門」などの地名から、湛方生は現在の湖北省の宜都県で仕官していたことがわかる。

(7) 『中国中世文学研究』(二三)、一九九二年三月、一～一九頁。長谷川滋成はまた、『東晋詩訳注』(汲古書院、一九九四年五月)に湛方生の作品の中の「廬山神仙詩」「後斎詩」「帆入南湖」「還都帆」「天晴詩」「諸人共講老子」「懐帰謡」「秋夜詩」「遊園詠」「秋夜賦三首」「詩三首」を収め、訳注を施している。

(8) 『歴史文化社会論講座紀要』(八)、二〇一一年二月、一～一六頁。

(9) 『文史知識』、一九九九年第二期、六一～六九頁。

(10) 郭伯恭『魏晋詩歌概論』(国学小叢書)、商務印書館影印本、一九三六年、一六三頁。

(11) 前掲徐公持『魏晋文学史』、五五六頁。徐氏は同書の「東晋文学概説」においても、「この時期の文壇はかなり衰えていたが、幸いにも湛方生が世に現れ、山水を奥深くうたったり、景色を描写したりして、東晋末期の文壇に少なからず生気をもたらした」(四四五頁)と述べ、湛方生の文学史的意義を評価している。

(12) 山東大学出版社、二〇〇九年。

(13) 山東大学出版社、二〇〇五年。

(14) 例えば、山東大学劉梅の「湛方生論」(二〇〇七)、遼寧師範大学張増馨の「湛方生研究三題」(二〇一六)等。

(15) 前掲小林昇『中国・日本における歴史観と隠逸思想』の「後篇　隠逸思想」、「魏晋時代の知識人を一応は儒家風、老荘家風として区別せられようが、それは便宜的なことである。彼等の教養の根底には儒教があり、老荘思想はその上に加わったのであり、その比重は増すことはあっても、老荘家が儒教の教養を無視しなかったのは、例外はあるとしても注意すべきであり、この二つの思想を概念的に分けて対照的なものとして、彼等の思想を考えることはむりである」(二七四頁)とある。

(16) 本書における湛方生の作品の引用は、逯欽立輯『先秦漢魏晋南北朝詩』(中華書局、一九八三年)、『全晋文』(清・厳可均輯『全上古三代秦漢三国六朝文』、宏業書局、一九七六年)を底本にした。書き下し文の一部は前掲長谷川滋成『東晋詩訳注』を参考にした。

(17) 前掲『先秦漢魏晋南北朝詩』、九〇〇頁。書き下し文は前掲長谷川滋成『東晋詩訳注』の三一三～三一四頁を参考にした。

(18) 朱自清は、玄言詩について、「老荘の語句を書き写し、専ら人生の義理をうたっている」(一一三頁)、「老荘の語句を書きかえたりして、抽象的に理屈を説いている」と述べている（『朱自清古典文学論文集』、上海古籍出版社、一九八一年、六九四頁）。

(19)『史記』老子韓非列伝に「孔子周に適きて、将に老子に礼を問はんとす」とある。

(20)『荘子』外篇の繕性篇には「古の所謂隠士は、其の身を伏して見《あら》はさざるに非ざるなり、其の言を閉ざして出さざるに非ざるなり、其の知を蔵《ぞう》して発せざるに非ざるなり。時命大いに謬《たが》へばなり。時命に当りて大いに天下に行へば、則ち一に反りて跡無し。時命に当らずして大いに天下に窮すれば、則ち根を深くし極を寧んじて待つ。此れ身を存するの道なり」とあるが、これについて、福永光司が「もともと時を待つ思想は内篇『荘子』にはほとんど見られないものであり、むしろ『論語』や『易』などに明確な言葉として見られるものであった。内篇『荘子』の時に関する思想は「時に安じて順に処る」とか「時を心に生ず」とかいう言葉によって知られるように、与えられた現在を、たといそれが死であり、汚辱であろうとも、すべて道において善しとして肯定する日々好日の立場であり、与えられた現実の中で〝游ぶ〟――何ものにもとらわれない自由な生き方をもつということこそ、その哲学の根本であった。そこでは現在を未来のために準備の時間と考えたり、人間のよりよき生き方を未来に期待する思考はほとんど見られない。時を待つ思想は『荘子』に本来的なものではないといえるであろう」と指摘する通り、荘子本人の思想ではなく、荘子学派の「儒家思想との折衷」であろう（福永光司『荘子外篇』（新訂中国古典選第八巻）、朝日新聞社、一九六六年、三六三〜三六四頁）。また、繕性篇のこの部分は、『論語』泰伯篇「天下有道則見、天下無道則隠」を踏まえてできているだろうという説もある（佐藤一郎「隠遁思想の起源」、北海道大学文学部紀要（二）、一九五三年三月、二七頁）。

(21) 例えば、蘭宇冬「仏経翻訳対中古詩歌創新之影響――以〝色〟字為核心的考察」（『文史哲』二〇一二年第三期（総第三三〇期））は、漢訳仏典にある「色象の相ひ令するを受くるは是れ浄想と為すを計る」（安世高訳『陰持入経』巻上）、「見る所の諸色像の如し」（支謙訳『仏説維摩経』）、「色は猶ほ影の行き照らして忽ち過ぐるが如く、之を譬へて鏡像とす」（竺法護訳『仏説大浄法門経』）などに由来していると述べている。

(22) 例えば『老子』第十二章の「五色人をして目を盲ならしむ」、『荘子』駢拇篇と馬蹄篇の「五色を乱す」、盗跖篇の「且つ夫れ声色・滋味・権勢の人に於けるは、心は学ぶを待たずして之を楽しみ、体は象るを待たずして之に安んず」等が挙げられる。

(23)『老子』に「大道廃れて、仁義有り。智慧出でて、大偽有り。六親和せずして、孝慈有り。国家昏乱して、貞臣有り」（第十八章）、「故に道を失ひて而して後に徳あり。徳を失ひて而して後に仁あり。仁を失ひて而して後ち義あり。義を失ひて而して後に礼あり」（第三十八章）とある。

(24)「鏡鑑」の喩えについては、「懐春賦」にも「猶ほ色象の鏡に在るがごとし（猶色象之在鏡）」という記述がある。ちなみに、宋理軍「湛方生詩文研究」（河南大学、二〇一八年五月）は、「「鏡鑑」のたとえの出典は仏教経典であり、「色象」という語彙の出典も仏教経典である（按ずるに、「色象」はまた「色像」「色相」に作る）」というように、仏典に由来するとしているが、筆者は湛方生の道教と仏教の経典に対する態度から、道教経典に由来したものである可能性が高いと考えている。

(25) 標題はまた「示周続之祖企謝景夷三郎」、「示周続之祖企謝景夷三郎。時三人共在城北講礼校書」に作る。

(26) 前掲『陶淵明集箋注』、一〇一頁。

(27) 都留春雄、釜谷武志著『鑑賞中国の古典⑬——陶淵明』、角川書店、一九八八年、一七三頁。

(28) 一海知義『陶淵明』（中国詩人選集）、岩波書店、一九五八年、四一頁。

(29) これについて、逯欽立は次のように論述している。「おそらく陶淵明から考えれば、人類には二種の生活パターンしかない。一つは理想的な原始生活であり、いま一つは現実的な社会生活である。現実的な社会生活はよくないもので、残酷な封建的統治によって人民は抑圧され、搾取される。まさに「感士不遇賦」に所謂「密網　裁せられて魚駭き、宏羅　制せられて鳥驚く」と書かれているような状況である。これに対して、理想的原始生活は良いもので、自然の道理に相応しいものである」（前掲『漢魏文学論集』、三〇九頁）。

(30) 沈約は『宋書』隠逸伝・陶潜において、「自《みづか》ら曽祖の晋世の宰輔たるを以て、復た後代に身を屈するを恥とし、高祖の王業漸く隆きより、復た肯へて仕へず。著はす所の文章、皆な其の年月を題し、義熙より以前は、則ち晋氏の年号を書くも、永初より以来、唯だ甲子を云ふのみ」と述べ、陶淵明の隠逸の動機を晋朝への忠誠のためだとしている。後世もこれに同調する人が多く、その理由として、作品における年号表記方法を挙げている。しかしこの理由は成立しないものであることがすでに指摘されている。陶淵明は、特定の君主に忠を尽くすことを求めたというよりは、理想の社会それ自体に関心を持っているのである。

(31) 『初学記』では「孫苗賛」に作る（唐・徐堅等著『初学記』、中華書局、一九六二年、六六四頁）。

(32) 例えば、儒教に関しては、王大恒・王暁恒「論江淹作品的儒家傾向」（『長春師範学院学報（人文社会科学版）』（第二七巻第四期）、二〇〇八年七月、五六〜六一頁）、道教に関しては、王大恒「江淹作品的道家傾向」（『寧波大学学報（人文科学版）』（第一八巻第三期）、二〇〇五年五月、三四〜三八頁）、梁明「求仙帰隠心霊寄托——論江淹的道教思想」（『蘭州教育学院学報』（第二八巻第七期）、二〇一二年十月、二〇〜二一頁、三二頁）、仏教に関しては、郜林濤「江淹与仏教」（『晋東南師範専科学校学報』（一九）、二〇〇二年三月、三五〜三七頁）、張淼・何応敏「仏道思想与江淹的生命意識」（『青海社会科学』（二〇〇八年第二期）、二〇〇八年三月、一四〇〜一四三頁）、何剣平「南朝士大夫的仏教信仰与文学書写——以江淹為考察中心」（『四川大学学報（哲学社会科学版）』（第二〇〇期）、二〇一五年五月、九八〜一〇八頁）、饒峻妮・許雲和「「別賦」、人間愛別離苦的仏学観照」（『貴州社会科学』（第三二〇期）、二〇一六年八月、一九〜二六頁）等がある。

(33)『詩品』の江淹に関する品語に、「初めに、淹宣城の郡を罷め、遂《つひ》に冶亭に宿り、一の美丈夫を夢みて、自ら郭璞と称し、淹に謂ひて曰く、「我に筆有りて卿の処に在りて多年にして、以て還らるべし。」淹懐中を探し、五色の筆を得て以て之に授く。爾して後に詩を為し、復た語を成さず。故に世に江淹才尽くるを伝ふ」とある。

(34)『文選』巻十六、江淹「恨賦」の李善の注に所引の劉璠『梁典』には、「祖躭、丹陽令。父康之、南沙令」と見える。また、『南史』江淹伝にも「父康之は南沙の令、雅《はなは》だ才思有り」という記述がある。

(35) 斉の開国皇帝、四七九年から四八二年まで在位。前掲『江淹集校注』の江淹の年譜によると、江淹が蕭道成に仕えたのは四七七年から四八二年までである。

(36) 江淹には愛子江艽のため「傷愛子賦」、亡妻劉氏のため「悼室人」十首を書いた。兪紹初・張亜新の「悼室人」十首の注（前掲『江淹集校注』、六四頁）によると、劉氏は江艽の死後間もなく亡くなったため、両作品は呉興に左遷された時期の作品である可能性が大きい。

(37)『南史』斉宗室衡陽公諶に「誕の子稜の妻は江淹の女、誕の死するを聞きて曰く、「蕭氏皆尽き、妾何ぞ用て生きん」と。慟哭して絶ゆ」とある。

(38) 高恢（生卒年不詳）のこと、伯達は字である。京兆（現在の西安）の人、梁鴻の友人で、後漢の隠士である。

(39)『宋書』殷淳伝によると、殷孚は陳郡長平の人、尚書吏部郎、順帝撫軍長史を務めた。

(40) 戦国時代斉の隠士魯仲連。『史記』の「魯仲連鄒陽列伝」に「魯仲連は、斉の人なり。奇偉俶儻の画策を好み、而して肯へて宦に仕へ職に任ぜざりて、高節を持するを好む。趙に遊ぶ」とある。李白には、「斉に倜儻の生有り、魯連　特に高妙なり。明月　海底より出で、一朝　光曜を開く。秦を却《しりぞ》けて英声を振るひ、後世　末照を仰ぐ。意　千金の贈を軽んじ、顧みて平原に向かひて笑ふ。吾も亦た澹蕩の人、衣を払ひて同調すべし（斉有倜儻生、魯連特高妙。明月出海底、一朝開光曜。却秦振英声、後世仰末照。意軽千金贈、顧向平原笑。吾亦澹蕩人、払衣可同調）」（「古風」五十九首・其十、唐・李白著、鮑方校点『李白全集』、上海古籍出版社、一九九六年、一四頁）、「魯連　千金より逃れ、珪組　豈に酬ゆべけんや（魯連逃千金、珪組豈可酬）」（「贈崔郎中宗之」、前掲『李白全集』、八八頁）、「魯連　談笑を売るも、豈に是れ千金を顧みんや（魯連売談笑、豈是顧千金）」（「留別王司馬嵩」、前掲『李白全集』、一二六頁）など魯仲連に関する詩がある。

(41)「雑三言五首並序」の序文に「予　上国に不才にして、黜けられて中山長史と為し、罪を待つこと三載にして、煙霞の状を究識す。既に道書に対し、官も又た職無く、筆墨の勢、聊か後文を為す」とある。

(42)「象」は仏象、仏教の事。釈迦牟尼の死後、弟子達が木で象（像）を作ったため、仏教は「象教」ともいう。

(43) 霊鷲山のこと。インドの仏教名山で、「鷲嶺」ともいう。
(44) 「石門」は子路のことを指している。『論語』憲問篇に「子路　石門に宿る」とある。「柳子」は柳下恵のこと。『論語』微子篇に「柳子恵　士師と為り、三たび黜けらる」とある。「呉伯」は呉泰伯のこと。『論語』泰伯篇に子曰く、「泰伯は其れ至徳と謂ふべきのみ。三たび天下を以て譲る。民得て称すること無し」とある。「顔子」は顔回のこと。
(45) 「釈迦」は釈迦牟尼のこと。仏教において『経蔵』『律蔵』『論蔵』を「三蔵」と総称したもの。「道徳の書」は道教の老子（この「李君」のこと）が書いた『道徳経』を指す。「宣尼」は孔子のこと、漢の元始元年（紀元後一年）孔子に「宣尼公」という諡を贈った。「六芸の文」は儒家の経典を指している。「百氏兼該之術」とは諸子百家の説のことを指す。
(46) いずれの句も『周易』繋辞下伝に見える。
(47) それぞれ老子が周の柱下史となったこと、荘周が漆園の吏となったこと、東方朔が戟を持って皇帝の左右に立つ「郎」という官になったこと、孔子が鞭を執って車を掌ろうとする（『論語』述而篇に、「子曰く、富にして求むべくんば、執鞭の士と雖も、吾亦た之を為さん、如し求むべからずんば、吾が好む所に従はん」とある）ということを指す。
(48) また、序文において、「吾　嘗て正覚に廻向し、福田に帰依す。友人吾に仕ふるを勧むも、吾が志は改まらず。故に「無為論」を著《あらは》す」というように、帰隠の志を表わす主旨を表明している。
(49) 道家の服食長生のことを語る著作『神農経』のこと。
(50) 伯夷と叔斉の「采微歌」（『史記』伯夷列伝）を踏まえている。貧賤な生活に甘んじることを表わす。陶淵明にも「飢食首陽薇」（「擬古」其八）という句がある。
(51) 「折骨斂歩」と同じ、謹んでいるさまを指す。
(52) 例えば、「虚室有余閑」（「帰園田居」其一）、「虚室絶塵想」（「帰園田居」其二）、「野外罕人事」（「帰園田居」其二）、「衡門之下、有琴有書。載弾載詠、爰得吾娯」（「答龐参軍並序」）などが該当する。
(53) 「禅心」「寂行」とは仏教の中で、修行を通して到達した静かに専念できる境地である。底本では「暮」に作るが、意によって「慕」の仮借字だと考える。
(54) 「自序」に「仕へば望む所は諸卿二千石に過ぎず。耕織伏臘の資有らば、則ち隠る」とある。「諸卿二千石」は九卿及び地方の郡守の官位、「伏臘」は中国古代の二つの祭日、夏の伏日と冬の臘日のことを指す。
(55) 題はまた「為蕭三譲揚州表」に作る。
(56) 「范、張」は范蠡、張良のこと。『史記』越王勾践世家には、范蠡は春秋時代の楚の人であり、越王に仕えて、呉を滅ぼさせた後に、舟に乗って斉に隠れ、名前を陶朱公に改めたという記述がある。また、『史記』留侯世家には、張良が漢の高祖劉邦に仕え、留侯と封ぜられたのち、「今三寸の舌を以て、帝者の師と為り、万戸に封ぜられ、列侯に位《くらい》し、此れ布衣の極りにして、良に於いて足れり。願はくは人間の事を棄て、赤松子に従ひて遊ばんと欲するのみ」と、隠逸の志を表わしたことが記述されている。

(57) 前掲小林昇『中国・日本における歴史観と隠逸観』「後篇　隠逸思想」「一　朝隠の説について」を参考にした。

(58) 「与交友論隠書」に、「曽て子路の言に感じて、官を拝して仕へず、青組、紫綬、亀紐、虎符の志無し」とある。また、『孔子家語』致思篇に、子路が孔子に次のような言葉を述べたと記されている。「重きを負ひて遠きに渉るには、地を択んで休まず。家貧しく親老いたれば、禄を択んで仕へず」。『説苑』建本篇にも類似する内容が見える。

(59) 前掲『魏晋文学史』、五五一～五五六頁。湛方生の文章について、徐氏は、「湛方生の詩は、景物の描写に長じている。山林・草木、高岳・長湖というように自然の景色を描くと、美しくて清らかであり、生き生きとしている」、「素朴で簡潔であり、余分な言葉がなく、清らで斬新な文風を呈している」と述べている。

第四章　六朝期における陶淵明の評価

陶淵明は没して千五百年あまりになる。その間、その人物および作品の評価は高下したものの、中国の文学者として、また文学遺産として、第一級とされることに変わりはない。このように長期にわたり高い声価を持ちえたという事実は、とりもなおさず、彼とその作品が優れていたことの証左となろう。ならば陶淵明の人と作品は、各時代においてどのように評価されて今日に至ったのであろうか。先行研究によれば、陶淵明に対する評価の変遷は、まず、その死後百三十余年間の南北朝期においては、総じてすこぶる低調であった。その後、唐代においては評論が活発になり、謝霊運と並び称されたが、主にその隠逸者としての人物像への思慕の情が多くを占めた。『晋書』と『南史』はいずれも陶淵明を「文苑伝」ではなく、「隠逸伝」に入れている。陶淵明に言及する詩文や批評も、大半は、「其の志節を美し、文辞に及ばず」[1]などと評するものであり、隠逸の面に注目している。さらに宋代に入ると、評論は拡大し深化する。高潔な隠逸者という人物像のほか、儒家が重視する家庭倫理や君臣関係における道徳面では模範的なイメージはもちろん、詩文における「澹《あは》きに似るも実は美なり」[2]といった詩風も高く評価され、「淵明の文名、宋に至りて極まる」[3]と言われている。清代になると、考証的な研究を含む、より総合的で精緻な評論が現れた[4]。特に詩話において、陶淵明の年譜から作品の内容に至るまで考証と評価が行なわれている。最後に、近現代においては、西欧の文学理論、マルクス主義的な文学観等による再評価が行なわれている。

歴代の陶淵明評価の変遷において、とりわけ注意すべきは、六朝期の陶淵明評価はたしかに全体的に比較的低調であったとはいえ、当時の文学批評がすべて陶淵明を避けたわけではなく、それらが後世の陶淵明評価の基盤となっていることである。例えば、前章で取りあげた江淹の「雑体詩」における擬詩、鍾嶸の『詩品』、蕭統の『陶淵明集』等々の作品は、陶淵明評価に多大な可能性を与えている。就中、中国最初の詩論の専著である『詩品』において「中品」にランク付けされたことや、「古今隠逸詩人の宗」という評価についての再検討は、今でも行なわれている。以上の点を踏まえると、六朝期における陶淵明の評価を考察することは、陶淵明の文学史上の価値を論じるうえで欠かせないことだと考えられる。

そこで本章では、六朝期の時代背景および文学観の発展状況を再確認したうえで、「古今隠逸詩人の宗」という評価を中心に、江淹、鍾嶸、蕭統、蕭綱それぞれの文学観、人物と詩文の評価、四人の評価の間の継承関係と相違点を明らかにする。また、文学の発展という角度から見た場合の、斉梁時代全体の評価と個人の評価との差異についても論じる。

第一節　六朝期における一般的な評価について

一　六朝期の文学観

六朝期は、漢代の統一政権が崩れ、政権の交代が激しかった時期である。とりわけ南北朝では、劉宋が六十年、蕭斉が二十四年、蕭梁が五十六年、陳が三十三年と、短命の王朝が続いている。このような政治状況の中、漢王朝から尊ばれた儒学は、その発展が停滞し、国教としての正統な地位を失った。一方、道家思想と仏教思想は発展の契機を迎えた。とりわけ『易』の思想および老荘思想を基礎とする玄学は当時の風潮となった。これにともなって、隠逸の風潮も流行するようになった。このような社会状況は、玄言詩および隠逸詩の創作が多く行なわれるという形で文学にも投影されている。玄学を説き隠逸を思慕することは、国家の喪失や倫理の破壊に直面した文士達に精神的な慰めを与えた。ただ、一時期主流の文体となった玄言詩は、文学批評の中では、批判の声が当時においても多かった。例えば、沈約は「謝霊運伝論」において、次のように述べている。

有晋中興して、玄風独り扇ぎ、学を為《をさ》むるは柱下に窮まり、物に博きは七篇に止まる。文辞を馳騁するに、義は此れに殫《つ》きたり。建武より義熙に暨《およ》ぶまで、載を歴ること将に百ならんとして、響を綴り辞を聯《つら》ぬること、波のごとく属《つづ》き雲のごとく委《つ》むと雖も、言を上徳に寄せ、意を玄珠に託せざるは莫く、遒麗《しうれい》の辞、聞こゆる無きのみ。

鍾嶸も『詩品』の序において、「皆平典にして『道徳論』に似」、「理其の辞に過ぎ、淡として味はひ寡《すく》なし」と述べている。玄言詩の内容の単一化、「文」に欠けているという欠点は当時においても共通認識であった。

老荘思想の流行にともなって、隠逸への思慕の情や隠逸生活について描写する詩文も多く現れるようになった。隠逸と玄言の両方を含む詩文も少なくないが、隠逸に重点を置く詩文は、玄風に詠嘆するばかりではなく、山水や田園などの自然の情景を描写し、それを人間の感情と結びつけることも少なくない。

六朝期は、文学においては「変革」が激しかった時期でもある。その「変革」の中心にあったのは「文」と「質」の関係である。早くも春秋時代に、孔子はすでに、「文」と「質」の関係について、「質、文に勝てば則ち野。文、質に勝てば則ち史。文質彬彬として然る後君子なり」(『論語』雍也篇)と述べている。「質」は内容上つまり実用性のこと、「文」は外形上つまり技巧性のことを指す。この両者を重視する際の比重によって、各時代の詩風がある程度決まってくる。周から春秋時代にかけての間は、『詩』のような素朴で穏やかな詩風であるのに対して、戦国時代末ごろには、『楚辞』のような華やかで強烈な表現が主流となった。漢代になると、物語性に富んだ楽府と五言古詩は、再び「質」の方に重点が置かれるようになった。(5)

六朝期には、漢代の統一政権が崩れ、儒学の発展も停滞したため、儒家思想の統治が破壊されることとなった。文人たちの感情の起伏も、政権の紛争や国土の分裂などによって激しくなり、文学の政治や風教における効用が薄くなり、感情と志を表わす作用がより一層重視されるようになる。[6]このような、政治と経済が極めて混乱した時代であった一方、文学は「自覚の時代」を迎えた。[7]魏の曹丕（一八七～二二六）の時代に起こった「文学の自覚」は、根源的に「美意識の自覚」だと言える。この時期、儒教の地位の低下にしたがって、道教思想が文人や貴族階層に慕われはじめ、仏教もその勢力を拡大しつつあった。思想の多様化に伴い、文献の種類が豊富になり、芸術に関する交流が深められ、人々の審美観が鋭敏になり、「美意識」が自覚されるようになる。それによって書道や絵画において多大な成果が挙がった。王羲之や顧愷之のような大家が現れたのはその一例である。

しかし、「自覚の時代」においては、「美」への追求から強烈な表現方法を選ぶ傾向が強くなった。詩に関しては、内容の深刻さや思想の深遠さを求めるよりも、形式上つまり「文」の美を追求する方が、刺戟的かつ効果的である。したがって、華麗で艶冶な詩が生まれ、流行するようになったのである。魏から晋までの時期には、修辞主義や典故の多用、対句といった表現上の工夫が盛んに行なわれ、さらに、南北朝時代には、技巧を競い艶麗な言葉を多用するようになり、「文」への関心が極めて高まった。中でも、とりわけ斉の韻律美への傾倒と梁の宮廷文学の隆盛が代表的で、「文勝りて質減ず」[8]という時代に入った。このような時代における陶詩の存在は、まるで宝石を散りばめた絹の服にひとつ紛れた麻の服のようであり、「異質」な存在であったと言える。

また、自覚の深化にともなって、文学的な活動は、作品創作だけに集中するのではなく、文学批評に従事する人も増え、文学批評や作品収集に関する著作が頻出した。曹丕の『典論』論文篇、西晋の陸機の「文賦」[9]や摯虞の『文章流別志論』[10]、梁の劉勰の『文心雕龍』、鍾嶸の『詩品』、蕭統の『文選』、徐陵の『玉台新詠』といった作品が現れた。作品の選別と収集は、題材や風格の分類につながったのと同時に、文学批評に体系的な材料を与えもした。

一方、文学批評理論の専著は、各時代の文学的な特徴を整理し、まとめたものであり、文学理論の伝承と発展を促しただけでなく、批評された作者の後世における受容にも影響を与えた。

前記のような文学批評が盛んに行なわれた六朝期の文学観には、主に以下のような二つの特徴がある。

一つは、文学における「文」と「質」の変化が意識され、それに対して冷静な態度が示されている。例えば、摯虞は『文章流別志論』において、「文辞の異は、古今の変なり」と述べ、「文」と「質」の関係が時代によって異なること指摘している。また、「夫れ古の銘は至りて約《つづま》やかなり、今の銘は至りて繁なり、亦た由有るなり。質・文の時によりて異なるは、則ち既に之を論ずるなり」、「古詩の賦は、情義を以て主と為し、事類を以て佐と為す。今の賦は、事形を以て本と為し、義正を以て助と為す。情義を主と為せば、則ち言省《すく》なきも文に例有り。事形を本と為せば、則ち言富みて辞に常無し。文の煩省、辞の険易は、蓋し此に由る」と述べ、文体ごとに「文」「質」の変化の原因およびその合理性を具体的に説明している。

また、葛洪『抱朴子』鈞世篇[11]には、「今の詩と古の詩とは、倶に義理有り、而して美の盈《み》つに差《たが》ふ[12]」、「且つ夫れ古者《いにしへ》は事事醇素にして、今は則ち彫飾せざるもの莫く、時移り世改まり、理の自《おのづ》から然るなり。罽錦《けいきん》は麗にして且つ堅きに至るは、未だ之を減ずと謂ふべからず。蓑衣輜軿は妍にして又た牢《かた》きに於けるや、未だ之を椎車《ついしゃ》に及ばずと謂ふべからざるなり」とあり、「文」の要素の増加は、必ずしも「質」の減少をもたらすのではなく、「文」と「質」とは両立できるものであることを指摘し、文学が「質」から「文」へと発展していくことの必然性を主張している。

この時期には、「文」の重要性が強調された一方、「質」との均衡を求めることの重要性も意識された。例えば、陸機「文賦」では、「理は質を扶けて以て幹を立て、文は条を垂れて以て繁を結ぶ（理扶質以立幹、文垂条以結繁）」と述べ、道理（質）を本幹とし、文采（文）を枝葉としている。また、「辞達して理挙がらんことを要す。故に冗長を取ること無し（要辞達而理挙、故無取乎冗長）」と論じ、辞采と内容が備わっていることを重視し、不要の文句の重なりによる冗長を避けることを主張する。また、「或いは辞に害ありて理は比《ひ》し、或いは言順にして義妨《さまた》ぐ、之を離るれば則ち双《なら》びて美しく、之に合すれば則ち両つながら傷む（或辞害而理比、或言順而義妨、離之則双美、合之則両傷）」と記し、「文」と「質」とは互いに邪魔しないものであると述べている。

南朝における「文」を過度に追求する傾向について、当時の文学批評者もすでにそれを意識しており、その利と害を示そうとしていた。例えば、劉勰は『文心雕龍』通変篇において次のように述べている。

摧《はか》るに之を論ずれば、則ち黄・唐は淳にして質、虞・夏は質にして弁、商・周は麗にして雅、楚・漢は侈にして艶、魏・晋は浅にして綺、宋初は訛にして新なり。質より訛に及ぶまで、弥々近くして弥々澹《あは》し。何となれば則ち、今を競ひ古を疎んじ、風の味は気衰ふればなり。今、才穎の士、意を刻して文を学ぶも、多くは漢篇を略《おろそ》かにして、宋集を師範とす。古今備《つぶ》さに閲《すべ》ると雖も、然れども近きに附きて遠きを疎んず。

摧而論之、則黄唐淳而質、虞夏質而弁、商周麗而雅、楚漢侈而艶、魏晋浅而綺、宋初訛而新。従質及訛、弥近弥澹。何則、競今疎古、風味気衰也。今才穎之士、刻意学文、多略漢篇、師範宋集。雖古今備閲、然近附而遠疎矣。

劉勰は、当時の文章は表面的には綺麗で新奇であるが、内実は浅薄で鄙俗になっていると指摘している。また、「斯に質・文の間に斟酌し、雅俗の際に隠括《いんくわつ》せば、与《ため》に通変を言ふべし（斯斟酌乎質文之間、而隠括乎雅俗之際、可与言通変矣）」と述べ、「文」と「質」の均衡を求めることを呼びかけている。この時期の文学批評においては、単純に「文」の積極性だけを捉えたのではなく、劉勰のような冷静な態度も見られる。

六朝期の文学観のもう一つの特徴は、「新」と「変」に対して強い意識を持っていたことである。「文学の自覚」にしたがって、「文」と「質」の度合が変化しただけでなく、新しい詩風や文体を追求する傾向も強くなった。沈約は「謝霊運伝論」において、彼の時代までの文体の変化をまとめている。

漢より魏に至るまで、四百余年、辞人才子、文体三たび変ず。（中略）降りて元康に及び、潘・陸特に秀づ。律は班・賈に異なり、体は曹・王に変ず。（中略）晋中興に在りて、玄風独り振ひ、（中略）仲文始めて孫許の風を革《あらた》め、叔源大いに太元の気を変ず。（中略）爰に宋氏に逮び、顔・謝は声を騰ぐ。

このようなまとめは、理論上の論述だけではなく、新しい文体の創立にもつながっている。そのため、当時「永明体」[13]、「徐庾体」[14]、「宮体」[15]等々の詩体が作られ、文学における「新変派」とその反対派である「復古派」との対立が出現したことはいずれもその一例である。[16]

二　六朝期における陶淵明の一般的評価の特徴

序論で述べたように、六朝期における陶淵明評価は全体として低調であり、そもそも評価の対象とされない場合が多い。評価の対象とした場合でも、主に隠者としての一面に評価が集中している。このような状況は、前述した当時の思想と文学の発展状況とも深く関係している。

まず、玄学思想の広がりに伴い隠逸が流行した背景のもと、陶淵明の隠逸思想に溢れる詩文だけではなく、彼の隠逸精神に関わる話もまた広く伝えられた。顔延之の「陶徵士誄」を嚆矢として、『宋書』隠逸伝、蕭統「陶淵明伝」、唐代に編纂された『晋書』隠逸伝や『南史』隠逸伝など陶淵明を取りあげた伝記は、いずれも彼が官職を投げ捨てて田園で粗末な生活をしたという話を記したうえで、「徵士」（朝廷から招かれながら、官職につかない学徳の高い人士）としての人物像を高く評価している点において共通している。これは、陶の親友である顔延之が書いた伝記と陶自身が著した「五柳先生伝」の基調が一致していたことに加え、顔が「陶徵士誄」の中で、「時人は之を実録と謂ふ」と述べ、「五柳先生伝」における人物像の信憑性について証言していることによると考えられるが、顔延之のみならず、当時陶淵明と接触のあったほかの官僚も陶について同様の印象を持っていたからこそ、顔が書いたものが広く受け入れられたのであろう。

史書における隠逸伝の記述は、岡村繁の述べるところの「隠逸伝」という区分自体の内容における「規制力」[17]と関係があるかもしれないが、南朝の時には陶の隠士像が貴族階層に公認されていたことは事実であると言える。後述する蕭統と蕭綱の愛慕もこれを証明している。また「潯陽三隠」の一人と言われていたことからは、その隠者としての名が潯陽一帯で広く知られており、当地を代表する人物として、遠くまで名が伝わっていたことが推測できる。

人物の面において、陶淵明が評判された点として、隠逸精神のほかに、儒家にふさわしい人徳、例えば社会では節操のある君子、家庭では親にとっての孝子と子供にとっての慈父であるという人物像もよく挙げられる。例えば「陶徴士誄」に次のようにある。

母は老いて子は幼きも、養に就き匱《とぼ》しきに勤《つと》む。遠く田生の親に致すの議を惟《おも》ひ、追ひて毛子の檄を捧ぐるの懐を悟る。

陶淵明の仕官の理由を親孝行のためだとし、また辞官の理由を「道、物に偶せず」としている。『宋書』陶潜伝もこの内容を受け、出仕の理由を親孝行だとし、辞官の理由については「小人」に腰を曲げないためだと記している。また、『宋書』が引用している陶淵明の詩文のうち、「与子儼等疏」と「命子詩」はその祖先への尊敬の念や子供への愛情に溢れた作品であり、隠逸の面を示すために引き合いに出されている「帰去来兮辞」は暖かい家庭生活の風景をうたったものである。

前記のように、南朝における陶淵明という人物に対する一般的な評価は、基本的に顔延之「陶徴士誄」の内容と基調を同じくしている。これは文学においても同様である。顔は陶淵明の文学についての評価として、ただ「文取指達（文は指の達するを取る）」としか述べていない。この評価は、一般的に顔が陶淵明の文学における能力を認めていないためだとされ、南朝の陶淵明の文学に対する一般的な評価に引き継がれているものとみなされている。

顔延之がこのような評価をした原因については、二つの可能性が考えられる。

一つは、そもそも顔延之がこの「誄」を書く際に、重点を文ではなく、意図的に人徳の方に置くようにしたためである。これは陶淵明に限らず、顔延之が書いた「陽給事誄」(18)も、もっぱら陽瓚の道徳的に優れているところと朝廷への忠誠を讃えている。また、人のために誄を書くことは、顔延之にとっては珍しいことではない。例えば、『宋書』において、顔延之は王弘之のため誄を書こうとしたが、完成できなかったという記述がある。(19)

政治や軍事に関わる人物ないしは隠者のために誄を書くことそれ自体には、政治上の動機も含まれている。衛軍英が「顔延之与陶淵明関係考弁」において指摘したように、陶淵明と出会った時期は顔延之の不遇の時期にあたり、陶淵明のような当時の政権に協力しない人物と酒を飲むことや、「陶徴士誄」において陶の人徳の高潔さや帰隠して仕官に行かない態度を称賛していることには、自らの仕官上の不平や不遇を表わすという目的も含まれていた。(20)そのため、顔が誄において陶淵明の詩文よりもその人徳の方に重点を置いたことも理解できるであろう。

いま一つは、顔の文学観が陶の文学観と相い異なるためである。顔の詩風について、『南史』顔延之の伝によると、鮑照が「錦を鋪き繡を列するが若く、亦た雕繢《てうくわい》眼に満つ(21)」と言い、「文」を過度に重視する点を批判している。『詩品』においても、「巧似を尚び、体裁綺密にして、（中略）又た喜んで古事を用ひ、弥々拘束せらる」と評価され、陶の「文体省浄にして、殆ど長語無し」（『詩品』中の陶淵明に対する評語）といった詩風とは明らかに異なるものであったことがわかる。

二人の交際もまた、文学上の交流よりは、相手の人柄を互いに認めることで続いたようである。「陶徴士誄」に次のようにある。

爾《なんぢ》の介居せしより、我が暇多きに及ぶ。伊れ好きの洽《あまね》き、閻《えん》を接し舎を隣にす。宵は盤《たの》しみ昼は憩ひ、舟に非ず駕に非ず。

自爾介居、及我多暇。伊好之洽、接閻隣舎。宵盤昼憩、非舟非駕。

親しく近所づき合いをするような間柄であることを示している。『宋書』陶潜伝からも、酒のことで顔と陶が意気投合し、互いに理解し合っていることがわかる。いずれの記述においても、二人が文学について議論し交流したといったことは書かれていない。また、陶淵明には「贈羊長史」「答龐参軍」「和郭主簿二首」等友人への贈答詩があるが、顔延之宛の贈答詩が一首もないことからも、顔延之とは詩文の贈答をすることがあまりなかったことが推測できる。直接的な文学上の交流の少なかったことから、顔延之は「誄」の中で陶の文学については浅く触れるにとどめ、陶の徳を褒めることに重点を置くようにしたのであろう。

とはいえ、「文取指達」という評価については、客観的かつ適切な一面もある。顔の陶に対する尊敬の念は、陶淵明と隣同士としてしばらく生活した際に直接観察したことに由来するものであるが、陶の詩文から読み取った部分もあると考えられる。これは、その「誄」における字句に陶の作品から引用して綴ったものが多く見られることからもうかがわれる。例えば、

流れを旧巘《きうげん》に汲み、宇を家林に葺《つくろ》ふ。晨の煙暮れの藹、春の煦《あたた》かき秋の陰。書を陳べ巻を綴り、酒を置《まう》けて琴を絃《ひ》く。

汲流旧巘、葺宇家林。晨煙暮藹、春煦秋陰。陳書綴巻、置酒絃琴。

という一段は、陶詩の髄を取りながら、それに近い表現で述べたものであると言えよう。

また、顔の「文取指達」という評価は、短い文章であるとはいえ、後の鍾嶸『詩品』のいう「篤意真古」、蕭統のいう「時事を語れば、則ち指して想ふべく、懐抱を論ずれば、則ち曠《あき》らかにして且つ真なり」、蘇軾のいう「枯

淡に貴ぶ（貴平枯淡）」「外は枯れて中に膏あり」等々の評価もこれと同調していることから、顔の評価は陶詩の代表的な特徴をまとめたものでもあると言えよう。

顔延之は貴族階級の華美な文学潮流の代表者としての面を持つが、陶の特徴を冷静かつ客観的に見ていたことに鑑みると、この評価は、当時の低い評価の代表であるとするだけでは不足だろう。

顔が陶の特徴を簡潔な表現で評価しているのに対して、沈約『宋書』「謝霊運伝論」、劉勰『文心雕龍』、徐陵『玉台新詠』、蕭子顕『南斉書』文学列伝などの文学に関する批評は一様に陶を評価することを避けている。これは南朝において陶淵明の文学上の価値がまだ広く認められていなかったからであることは言うまでもない。ただ、人物の面が高く評価された以上、彼の隠逸思想が託された詩文が当時の貴族階層の中で広く読まれていたことも想像に難くない。これは、陶の作品の保存と再解釈の可能性につながる重要なことである。後述するように、蕭統と蕭綱のような、貴族階層で当時の文壇の中心人物でもあった人々に愛慕され、その詩文に彼らが心惹かれていたことも、陶詩が当時の文学界から排除されていなかったことを意味している。

第二節　江淹の陶淵明評価

一　江淹の文学観

現存する江淹の作品から見ると、「雑体詩」に陶淵明の詩文を模倣した「田居」が見えるほかは、直接的に陶淵明に言及する詩文は見られない。森博行が指摘しているように、「雑体詩」自体は、「文学批評」「詩史」と「詩の列伝」の性質を帯びている[22]。したがって、この作品は江淹の文学観およびその陶淵明評価がうかがえる材料だといえる。

まず、「雑体詩」の序文では江淹の文学観が表明されている。序文の冒頭では、詩風の変遷について次のように述べている。

　夫れ楚謡・漢風、既に一骨に非ず。魏製・晋造、固より亦た二体なり。譬へば猶ほ藍・朱にて彩を成して、雑錯の変の窮まること無く、宮と商とにて音を為して、靡曼の態の極まらず、故に蛾眉は詎《なん》ぞ貌を同じくせん、而も倶に魄を動かす。芳草は寧ぞ気を共にせん、而も皆魂を悦ばすがごとし。其れ然らずや。

江淹もまた、前述した六朝期のほかの文学批評者と同様に、文学の時代性、文体、文風の変化を意識し、それを肯定的な目で見ている。つまり各時代にはその時代なりの文体、その時代なりの美の基準があると考えている。江淹は、文学の時代性のみならず、地域性も意識している。序文の後半では次のように述べている。

　但だ関西・鄴下、既已《すで》に同じきこと罕《まれ》にして、河外・江南、頗る法を異にすと為す。故に玄黄・経緯の弁あり、金碧・沈浮の殊なることあるも、僕以為らく、亦た其の美に合はせ、善を並ぶるのみと[23]。

江淹は、王朝の交代と政治の都の変遷に伴い文学の中心地が変遷したことを論じるが、それぞれの優れているところを取って、融合すべきであると考えている。

「雑体詩」の序で述べられている詩観について、銭鍾書は次のように評価している。

　淹の此の数語は、韓愈「進学解」の所謂「同工異曲」を標すが如く、以て劉勰の『文心雕龍』の「知音」に所謂「知多偏好」を救ひ、芸の円く照らして、広大に教化(catholicity)することを談ぜんと欲するのみ[24]。

「雑体詩」の序からみれば、江淹の基本的な文学観は次のようなものである。すなわち、文学批評にあたって重要なのは、優劣をつけることではなく、その差異を理解し、それぞれの美を見抜くことだ、というものである。それゆえ、彼は、

　世の諸賢に至りては各々迷ふ所に滞りて、甘きを論ずれば則ち辛きを忌み、丹きを好めば則ち素きを非《そし》らざ

る莫し。豈に所謂方に通じて恕を広め、遠きを好みて兼愛する者ならんや。

と述べ、世の人が文学を評価するにあたって、ある基準にこだわり、それに合わないものをすべて排除したり「遠きを尊び近きを賤し」(25)んだりする弊害を指摘したうえで、視野を広げて包容的な文学観を持つべきであると呼びかけている。

このような文学観によって、彼は、詩人を比較し、品格をつけ、上下を分けるような文学批評を書かずに、擬詩をもって各詩人の特徴を示したのであろう。「雑体」という標題自体は各詩人の詩風や文体に触れようとすることを意味している。また、三十家の詩人を優劣をつけずに、年代別にその名をメインタイトルとして並べ、それぞれの詩人の作品の特徴を要約してサブタイトルにしているのも、各詩人のよさを公平に示すためであろう。また、当時、詩を模倣することが一種の潮流となっており、ある詩人に模倣することは、その人の詩風や文体、表現などを肯定し、学びたいという姿勢を示すことにほかならず、さらに、広い範囲にその素晴らしさを知ってもらいたいという考えも込められている。江淹は、その「摹擬に善し」(『詩品』江淹の品語)という長所を活かし、彼が最も尊ぶ詩人を世に示し、その理由を擬詩の形で表している。

「文」と「質」の関係において、江淹は、文体や詩風といった「文」の変化が多様な美を達成することを肯定するが、無条件に「文」について主張するのではなく、人の「魄」と「魂」を感動させるという「質」のほうをより重視しているところがある。これについて、銭鍾書は次のように評価している。

按ずるに、斉梁の文士は青を取れば白を妃《つれあひ》にし、駢四儷六。淹、独り漢・魏の人の風格を見て、之を悦び、時時心で摹し、手で追ふ。

江淹は、当時の駢儷体のような形式を過度に追求する風格より、漢や魏の内面的なことを重視する詩人を慕って、その詩を模倣した。「雑体詩」には漢から魏の詩人に対する擬詩六首があり、そのほか、魏の曹丕と阮籍に対する擬詩である「学魏文帝」「効阮公詩十五首」がある。『詩品』において曹丕は「鄙直[26]」、阮籍は「鄙近[27]」と評されている。これに対して、単独にこの二人の詩を模倣していることから、江淹と鍾嶸の文学批評との間には微妙な差異が見られる一方で、彼が華麗な文風よりも素朴で内容を重視する詩人の方を好んでいたこともうかがわれる。

二　江淹の陶淵明評価

江淹より以前、鮑照の「学陶彭沢体」のように、個別に陶淵明を模倣するものもあったが、江淹の「雑体詩」においてはじめて陶淵明は「品藻」される詩人の一人となった。これは陶淵明の受容史において重要な意義がある。ただ、前述したように、現存する江淹の作品では「雑体詩」における擬詩以外に直接陶淵明に言及する詩文が確認されていないため、その陶淵明評価には不明瞭なところがある。以下では江淹の詩風と思想傾向とを合わせて、陶淵明その人の文学と人物に対する評価の可能性を考察する。

まず、文学の面からみると、宋・斉・梁の三代に跨がった江淹は、南朝における陶淵明の文学についての一般的な評価もよく知っていたはずである。にもかかわらず、「方に通じて恕を広め、遠きを好みて兼愛する」という詩観に基づき、世間一般の評価に流されずに陶淵明を模倣の対象としている。このこと自体、江淹が陶詩の文学的価値を推賞していたことを意味している。

推賞の理由について具体的に言うと、陶詩が「質」において充実していることが考えられる。歴代の評価において、陶詩の特徴として最も多く指摘されている点は内容が充実していることであり、「文」より「質」の方が評価されることが共通している。例えば、北宋の文同の所謂「文章は簡要にして惟だ華衰なるのみ、滋味は醇厚にして、是れ太羹なり[28]」、蘇軾の所謂「其の外枯れて中は膏、澹《あは》きに似るも実は美なり」、元の元好問の所謂「一語天然万古新たに、豪華落尽して真淳を見る」(「論詩」三十首第四首[29])などが例として挙げられる。

陶詩の中には、玄言の遺風も多少見られるが、「平典にして『道徳論』に似る」のではなく、黄文煥『陶詩析義』の「自序」に「鍾情の語は遺情の語を以て結び、最も鍾情に工みなり」[30]と評価されているように、江淹の重視する人の「魄」と「魂」を感動させる「情」にも溢れている。また、陶詩のこのような「平淡」[31]「沖淡」[32]と言われる詩風は、斉梁時代の華麗な詩文に囲まれていた江淹にとって、一種の新鮮味があり、後述するように彼の「愛奇尚異」の性格にもふさわしいものだった。

また、人物の面においては、前述のように、官僚生活の浮き沈みの中で戦い、諦めなかった江淹の思想には隠逸思想が潜んでいるため、陶淵明の隠逸思想に溢れた隠逸詩を特に好んだ。これは、まず陶淵明を模倣する詩である「陶徴君(田居)潜淵明」(以下「田居」と略す)で踏まえられている陶淵明の作品がほとんど隠逸に関するものであることからうかがわれる。

種苗在東皐　　苗を種ゑて東皐《とうかう》に在り
苗生満阡陌　　苗は生じて阡陌《せんぱく》に満つ
雖有荷鋤倦　　鋤を荷ふの倦《けん》有りと雖も
濁酒聊自適　　濁酒もて聊か自適す
日暮巾柴車　　日暮に柴車《さいしや》を巾《おほ》ふに
路闇光已夕　　路は闇《くら》くして光は已に夕べなり
帰人望煙火　　帰人は煙火を望み
稚子候簷隙　　稚子は簷隙《えんげき》に候《ま》つ
問君亦何為　　君に問ふ　亦た何の為ぞと
百年会有役　　百年　会ず役有り

但願桑麻成　　但《た》だ願ふ桑麻の成りて
惨月得紡績　　惨月に紡績するを得んことを
素心正如此　　素心は正に此くの如し
開径望三益　　径を開きて三益を望む

標題の「田居」は陶の「帰園田居」によるもので、各語句の典拠は表の三のようになっている。

表の三

江淹「田居」の語句	陶淵明の詩文
東皐	登東皐以舒嘯（「帰去来兮辞」）
種苗、荷鋤	種豆南山下、草盛豆苗稀。晨興理荒穢、帯月荷鋤帰。（「帰園田居」其三）
雖有荷鋤倦、濁酒聊自適	雖無揮金事、濁酒聊可恃。（「飲酒」其十九）
巾柴車	或命巾車、或棹孤舟。（「帰去来兮辞」）
稚子候簷隙	僮僕歓迎、稚子候門。（「帰去来兮辞」）
問君	問君何能爾、心遠地自偏（「飲酒」其五）
但願桑麻成	相見無雑言、但道桑麻長（「帰園田居」其二）

江淹の「田居」は、主に、陶淵明の隠逸詩の代表作である「帰去来兮辞」「帰園田居」「飲酒」の三首から語句や要素を取り、綴り合わせている。この詩から、江淹が「隠逸詩」こそ陶淵明の作品を代表しうるものだと認識していることが読み取れる。この点においては、鍾嶸のいわゆる「隠逸詩人の宗なり」という評価と一致している。

序論で述べたように、「田居」の陶詩との擬似性は、陶淵明の連作「帰園田居」の一首として竄入し、蘇軾がそれを知らずに、陶の実作の五首と一緒にこの詩までも唱和したほどに高い[33]。この話柄から、江淹の擬詩の才能が見られる一方で、彼が陶詩を深く愛好し、その詩風から思想までをしかと理解していたこともうかがえるだろう。「雑体詩」の中には、「田居」以外、他の詩人に対する擬詩にも江淹の隠士への思慕が見られる。詳細は表の四にまとめた。

表の四

擬詩の対象	標題	隠逸関連の詩文
嵆康	言志	咸池饗爰居、鐘鼓或愁辛。柳恵善直道、孫登庶知人。
阮籍	詠懐	青鳥海上遊、鸒斯蒿下飛。沈浮不相宜、羽翼各有帰。
左思	詠史	韓公淪売薬、梅生隠市門。(中略)顧念張仲蔚、蓬蒿満中園。
張協	苦雨	丹霞蔽陽景、緑泉湧陰渚。(中略)高談玩四時、索居慕儔侶。
郭璞	遊仙	偃蹇尋青雲、隠淪駐精魄。(中略)永得安期術、豈愁濛汜迫。
孫綽	雑述	亹亹玄思清、胸中去機巧。物我倶忘懐、可以狎鷗鳥。
許詢	自叙	去矣従所欲、得失非外奨。(中略)五難既灑落、超跡絶塵網。
殷仲文	興矚	瑩情無余滓、払衣釈塵務。(中略)直置忘所宰、蕭散得遺慮。
謝混	遊覧	曽是迫桑楡、歳暮従所秉。舟壑不可攀、忘懐寄匠郢。
謝霊運	遊山	身名竟誰弁、図史終磨滅。且汎桂水潮、映月遊海澨。
謝庄	郊遊	静黙鏡繇野、四睇乱曽岑。(中略)行光自容裔、無使弱思侵。

陶淵明に対する擬詩「田居」を含む「雑体詩」には、隠逸に関する詩文が合計十二首ほどある。これは全体の三分の一を超える分量であり、江淹の隠逸思想を表わす一つの重要な作品だと言える。言うまでもなく、「雑体詩」は、模倣対象の詩人の詩風に近づけるためにその語句を取り綴って、模倣対象の詩人の思想を擬詩に反映させている。ただ、江淹自身が隠逸思想を受容していなかった限り、陶に模倣する場合に、専らその隠逸の面を取りあげた

り、さらに他の詩人の擬詩においても頻繁に隠逸思想を語るはずがなかろう。

また、江淹が憧れた隠士の人物像は陶淵明と類似するものが多い。前述したその「自序」において思慕する人物となる梁伯鸞は、後漢の隠士梁鴻のことである。『後漢書』逸民列伝の梁鴻伝には次のようにある。

家は貧しくして節介を尚び、博覧して通ぜざる無し、而れども章句を為さず。(中略)乃ち倶に覇陵山の中に入り、耕織を以て業と為し、詩書を詠み、琴を弾きて以て自ら娯しむ。

江淹の「自序」に描かれた人物像は梁鴻伝のそれと類似している。この恬淡無欲で、田園に帰隠して一生を送り、詩書や琴楽を好むという人物像はまた、陶淵明の「五柳先生伝」および前述の江淹の擬詩に取りあげられた「帰去来兮辞」「帰園田居」「飲酒」などの詩文から読み取れる陶淵明の人物像とも、共通点が多いことがわかる。このことからも、江淹は陶淵明の人徳を認めており、その人徳を思慕していたことが理解できる。

以上をまとめると、江淹は斉梁の「文」を過度に追求する詩風とは異なった、陶淵明の「質」の面の充実しているところに親近感を持ち、また、陶の隠逸詩に魅了され、傾倒した可能性が大きい。このような評価は、彼個人の基準や好みに基づくものであるが、その中には、当時の制約を乗り越え、人格のみならず、詩もまた評価すべきであることを喚起しようとする意図が含まれていることがうかがえる。

江淹がその「雑体詩」において、模倣対象となる詩人それぞれの詩の代表的なテーマを標題で的確にまとめ、そして、擬詩によって各詩人の詩風も再現するという独特な批評方法を取っていた。これは、後世におけるこれらの詩人の評価には深く影響を与えている。次節に述べる鍾嶸『詩品』においても詩人の内容を概括する際に、「雑体詩」を継承していることからもわかる(表の五を参照)。陶淵明に関して言うと、「雑体詩」の「田居」と『詩品』の「詠貧」に共通する点もあり、鍾嶸の陶淵明に関する「古今隠逸詩人の宗なり」という評価にもつながっている。

表の五　「雑体詩」と『詩品』における批評対象の比較(34)

名前	「雑体詩」の標題	『詩品』での内容概括	時代	生没年	『詩品』でのランク
李陵	従軍		漢	(?~前七四)	上
班婕妤	詠扇		漢	(約前四八~約二)	上
曹丕	遊宴		魏	(一八七~二二六)	中
曹植	贈友	贈弟	魏	(一九二~二三二)	上
劉楨	感遇	思友	魏	(?~二一七)	上
王粲	懐徳	七哀	魏	(一七七~二一七)	上
嵆康	言志	双鸞	晋	(二二三~二六二)	中
阮籍	詠懐	詠懐	晋	(二一〇~二六三)	上
張華	離情	寒夕	晋	(二三二~三〇〇)	中
潘岳	述哀	倦暑	晋	(二四七—三〇〇)	上
陸機	羇宦	羇宦	晋	(二六一~三〇三)	上
左思	詠史	詠史	晋	(約二五〇~三〇五)	上
張協	苦雨	苦雨	晋	(約二五五~約三一〇)	上
劉琨	傷乱	感乱	晋	(二七一~三一八)	中
盧諶	感交		晋	(二八四~三五〇)	中
郭璞	遊仙	詠仙	晋	(二七六~三二四)	中
孫綽	雑述		晋	(三一四~三七一)	下
許詢	自叙		晋	生没年不詳	下
殷仲文	興矚		晋	(?~四〇七)	下
謝混	郊遊	離宴	晋	(?~四一二)	中
陶潜	田居	詠貧	晋	(約三六五~四二七)	中
謝霊運	遊山	山泉	宋	(三八五~四三三)	上
顔延之	侍宴	入洛	宋	(三八四~四五六)	中
謝恵連	贈別	擣衣	宋	(三九七~四三三)	中

名前	「雑体詩」の標題	『詩品』での内容概括	時代	生没年	『詩品』でのランク
王微	養疾	風月	宋	(四一五～約四四三)	中
袁淑	従駕		宋	(四〇八～四五三)	中
謝荘	郊遊		宋	(四二一～四六六)	下
鮑照	戎行	戎辺	宋	(約四一四～四六六)	中
恵休	怨別		斉	生没年不詳	下

第三節　鍾嶸の陶淵明評価

序論で述べたように、六朝期の陶淵明評価についての先行研究は、主に隠者としての一面に集中しており、文学の面においては評価の対象とされない場合が多い。そして、対象とされる場合もあまり高い評価ではなく、人徳の面に偏る傾向が強いという点で一致している。ただ、鍾嶸が陶淵明を「中品」に入れた『詩品』の評価は従来よく議論の焦点となる。

まず、「中品」について、代表的な意見は以下の三点に集約される。

①陶淵明を「中品」に置くことは公平ではなく、「上品」に置くべきだとするもの。例えば、明の閔文振『蘭荘詩話』、清の沈徳潜『説詩晬語』、王士禛『漁洋詩話』、また日本の近藤元粋『蛍雪軒叢書』の評訂にもこのような意見が見られる。

②陶詩の価値を見抜く能力において、鍾嶸は二蕭に劣るとするもの。例えば、南宋の胡仔『苕渓漁隠叢話』、銭鍾書『談芸録』などがそうである。

③陶淵明は元々「上品」であって、後に「中品」になったのは、『詩品』が伝わるうちに誤りが生じただけだと

するもの。ただし、これについては銭鍾書がすでに『談芸録』の第二十四章「陶淵明詩顕晦」で根拠の不足を指摘している。(35)

一方、『詩品』における陶淵明に対する品語(36)についても議論が多くなされている。議論の内容は主に「源は応璩に出づ」「古今隠逸詩人の宗なり」という二点に集中している。

「源は応璩に出づ」について、北宋の葉夢得『石林詩話』、明の謝榛『四溟詩話』、胡応麟『詩藪』、沈徳潜『古詩源』等清以前の詩話著作は賛成しない態度を示している。これに対して、近代以来、逯欽立「鍾嶸『詩品』叢考」（『漢魏六朝文学論集』所収）、王貴苓『陶淵明及其詩的研究』所収の「陶詩源出応璩説探討」、王叔岷「論鍾嶸評陶淵明詩」等の研究は鍾嶸の説に賛成している。また、袁行霈は『陶淵明研究』の「鍾嶸『詩品』陶詩源出応璩説弁析」において、陶詩には独創的な田園詩もあれば、各家の長所を取って成り立った詩体もあり、応璩だけでは陶詩の源流を概括できないと指摘している。(37)この点について筆者は袁行霈の意見を取る。つまり陶と応璩の詩風には共通する面があり、応璩を「源」とすることにはある程度合理性があるが、それだけでは陶の独創性を示すには足りないという立場である。

「古今隠逸詩人の宗なり」についても賛否両論である。例えば、胡応麟や王夫之は賛成する意見を示し、黄文煥や胡仔は批判的な意見を示している。中でも、批判的な意見は陶の隠逸詩における地位を否定するわけではなく、この評価の陶の後世の受容における影響に集中している。(38)議論を集めているこの一文は、鍾嶸の陶淵明評価の中で重要なものであるだけではなく、六朝期ないしは現在の陶淵明評価にも影響を与えている。

一　鍾嶸の文学観

『梁書』鍾嶸伝によると、鍾嶸、字は仲偉、潁川長社（現在河南省葛西市）の人、士族出身であり、父の鍾蹈は斉の中軍参軍である。鍾嶸は、斉の永明年間(四八三〜四九三)に国子生となり、梁の天監年間(五〇二〜五一九)に参軍や記室などの官職についたことがある。彼は、兄の鍾岏や弟の鍾嶼と同じく、学問を好み、物事の道理を考えることに興味があった。そして、『易』に精通し、文章に長じていた。

鍾嶸は『詩品』において、漢代の「九品もて人を論じ、七略もて士を裁め」(39)という伝統を受け継ぎ、上・中・下の三品で斉梁以前の詩人をランク付けし、系統的な批評を施したことによって、独創性を持つ評論家となった。また、序文では彼なりの文学観を述べ、当時流行っていた玄言詩、「声律説」、「宮体詩」などの風潮を批判している。さらに品語では、詩人間の影響関係に基づいてそれぞれの詩風の源流を示すという、独特な評論の方式を創出した。

『詩品』において、鍾嶸も「文」と「質」を一つの重要な評価基準としている。まず、「詩品序」では「文」と「質」の関係をもって、文学の変遷を論じている。

東京二百載の中、唯だ班固《はんこ》「詠史」有るも、質は木にして文無し。降つて建安に及び、曹公父子、篤く斯の文を好む。平原兄弟は鬱として文棟為り。劉楨・王粲、其の羽翼為り。次に攀竜《はんりよう》託鳳《たくほう》、自ら属車《ぞくしや》を致す者有り。蓋し百を将つて計ふ。彬彬の盛、大いに時に備はる。

鍾嶸は、漢の詠史詩の質素で文致のないことを批判し、建安文学の「文」と「質」とを兼ね備えた詩に溢れた活況について振り返っている。鍾嶸の基本的な文学観は、作品の根幹としての「質」(「理」「情」「意」「気」など)と芸術性を示す「文」(「詞彩」「辞興」など)の両者が均衡のとれた状態を実現すべきだとするもである。詩人を評価する際にも、「文」と「質」の度合いにおける均衡を一つの重要な基準としていた。そのことは次の箇所に示されている。

骨気は奇高、詞彩は華茂なり。情は雅怨を兼ね、体は文質を被むる。(巻上、曹植の品語)

但だ気は其の文に過ぎて、彫潤《てうじゆん》は少きを恨む。(巻上、劉楨の品語)

文秀づるも質に羸《よは》む。（巻上、王粲の品語）

鍾嶸の「文」「質」観に最も合致する詩人として挙げられるのは、「建安の傑」や「文章の聖」（「詩品序」）と尊称され、最高峰の地位にある曹植であろう。劉楨が「文」に不足すること、王粲が「質」に弱いことをその欠点としているように、「文」と「質」の度合いの重要性を強調している。これは、晋のころ特に流行っていた玄言詩が「文」に欠けていたことや、斉梁時代に「文」を過剰に追求したことによって「質」を損なったことへの反省であると言えよう。

二　鍾嶸の陶淵明評価

（一）『詩品』における晋全体の文学についての評価

まず、晋代の文学についての鍾嶸の評価を見てみよう。『詩品』の「上品」の詩人十二人のうち、作者不明の「古詩」以外、漢は二人、魏は三人、宋は一人であり、晋の詩人は潘岳、陸機、左思、張協と謝霊運の五人であることからすると、晋詩全体を低く評価しているわけではない。具体的な評価は、「詩品序」から確認できる。

爾の後陵遅衰微して、有晋に迄る。(40)太康中、三張・二陸・両潘・一左、勃爾《ぼつじ》として倶に興り、武を前王に踵《つ》ぎ、風流未だ沫《つ》きず、亦た文章の中興なり。

晋詩全体が評価された理由は、いったん衰微した漢代の「風骨」を復興できたからである。それゆえ、晋の詩壇の代表人物を列挙する時にも、次のように建安の詩壇と対比しているのである。

故に知る、陳思は建安の傑為り、公幹・仲宣は輔為り。陸機は太康の英為り、安仁・景陽は輔為り。謝客は元嘉の雄為り、顔延年は輔為り。斯れ皆五言の冠冕にして、文辞の命世なり。

鍾嶸は晋代の文学状況を、曹植に代表される建安時代に匹敵するものだとしているが、その末期には衰退し、

「晋宋の際、殆ど詩無きか」という状況になったと指摘している。陶淵明はちょうど晋から宋にかけての人であり、前記のように晋の一流詩人を挙げる際にも言及されていない。

（二）『詩品』における評価の「不統一性」

同じく晋から宋にかけての人で、陶淵明と同様に「中品」にランク付けされている顔延之は、「詩品序」においては謝霊運と並び一流の詩人とされている。その原因として考えられるのは、「詩品序」の評価に当時の一般評価に合わせようとする傾向があったことである。

『南史』顔延之伝には次のようにある。

是の時、議者は以へらく延之・霊運には潘岳・陸機よりの後、文士及ぶもの莫しと。江右は潘・陸を称へ、江左は顔・謝を称ふ。

『宋書』「謝霊運伝論」にも、

爰に宋氏に逮び、顔・謝声を騰《あ》ぐ。霊運の興会《きようくわい》摽挙《へうきよ》せる、延年の体裁明密なる、並びに軌を前秀に方べ、範を後昆《こうこん》に垂る。

とある。これらの文献から、当時の文壇においては、顔延之と謝霊運は文壇の代表的人物であるとの共通認識があったことがわかる。

しかし、鍾嶸は、序文においては確かにできるだけ世間の評価と一致させようとしているが、本文では彼なりの観点を織り込もうとした点が存在する。具体的に言うと、顔延之を「中品」に入れているだけでなく、品語においても彼の欠点を明らかに指摘している。

其の源は陸機に出づ。巧似《こうじ》を尚び、体裁綺密《きみつ》にして、情喩淵深なり。動すれば虚散《きよさん》無く、一字一句にも、皆意を致す。又た喜んで古事を用ひ、弥いよ拘束せらる。秀逸に乖ると雖も、是れ経綸《けいりん》文雅の才なり。雅才の若き人より減ずれば、則ち困躓《こんち》に蹈《ふ》まん。湯恵休曰く、「謝の詩は芙蓉の水より出づるが如く、顔は彩を錯《ま》じらせ金を鏤《ちりば》むるが如し」と。顔は終身之を病む。

この品語においては、「皆意を致す」までは主に称賛する言葉であるが、「又た喜んで古事を用ひ」以降では批判がメインとなっている。

まず、「又た喜んで古事を用」ふるについて、鍾嶸は序文において、すでに次のように否定的な態度を示している。

夫れ属辞比事《ぞくじひじ》は、乃ち通談と為す。若し乃ち経国の文符は、応に博古を資《はか》るべし。撰徳駁奏《せんとくばくそう》は、宜しく往烈《おうれつ》を窮むべし。情性を吟詠するに至つては、亦た何ぞ用事を貴ばん。「君を思ひて流水の如し」は、既に是れ即《そく》目《もく》。「高台　悲風多し」は、亦た惟だ見る所。「清晨　隴首に登る」は、羌《ああ》、故実《こじつ》無し。「明月　積雪を照らす」は、詎ぞ経史より出でんや。古今の勝語を観るや、多くは補仮《ほか》に非ず、皆直尋《ちょくじん》に由る。顔延・謝荘は、尤も繁密を為し、時に之に化す。故に大明・泰始中、文章は殆ど書抄に同じ。近ごろ任昉・王元長等は、詞に奇を貴ばず、競つて新事を須《もと》む。爾来作者は、寖《やうや》く以て俗を成す。遂に乃ち句に虚語無く、語に虚字無く、補衲《ほなふ》に拘攣《こうれん》して、文を蠹《そこな》ふこと已に甚だし。但だ自然の英旨《えいし》は、其の人に値ふこと罕なり。詞既に高きを失へば、則ち宜しく事義を加ふべし。天才に謝すと雖も、且く学問を表はすは、亦た一理ならんか。

鍾嶸は、「古事」を過度に使用することによって、文章が書物の抜き書きに近いものとなることを強く批判している。その際、顔延之の名を挙げ、この風潮を代表する人物だとし、当時の文学の風潮に悪い影響を与えたことも指摘している。

また、「秀逸に乖ると雖も、是れ経綸文雅の才なり」との言については、これは一見すると賛辞のようであるが、高松亨明が指摘している通り、「ここに古事を喜用する顔延之を目して、経綸文雅の才となしたのは、中序「かの経国の文符のごときは応に博古によるべし。」を裏返しにいったもの」(41)であり、婉曲な諷刺が含まれていると考えられる。

最後に、湯恵休の口を借りて、「上品」にランク付けされた謝霊運と顔延之の間の差を強調しているのも、世間の見解と一線を画すためであろう。このような『詩品』の顔延之に対する序文と本文のずれは、興膳が指摘するように、「長い中国の文学史を巨視的に俯瞰してみれば、たしかにこれは一つの見識であった」(42)と言える。

(三)　陶詩の「文質彬彬」たるところについての称賛

前項で述べたように、『詩品』において世間一般の評価と同調するものと鍾嶸なりの評価とが共存することは、陶淵明の場合にも十分あり得ることである。文学批評者としての鍾嶸は、世間一般の評価を無視したり、あるいはそれに完全に背いたりすることはもちろんできなかったので、序文で晋の詩風を全体的に称賛する内容の中で陶淵明に触れていないのも意外なことではない。とはいえ、これだけでは鍾嶸個人の陶淵明に対する評価を判断することはできない。『詩品』を咀嚼すると、陶淵明に対して格別高い評価をしているところが見えてくるからである。

まず、「詩品序」の最後に次のようにある。

陳思の贈弟、仲宣の七哀、公幹の思友、阮籍の詠懐、子卿の双鳧、叔夜の双鸞、茂先の寒夕、平叔の衣単、安仁の倦暑、景陽の苦雨、霊運の鄴中、士衡の擬古、越石の感乱、景純の詠仙、王微の風月、謝客の山泉、叔源の離宴、鮑照の戍辺《じゅへん》、太沖の詠史、顔延の入洛、陶公の詠貧の製、恵連の擣衣《たうい》の作《さく》、斯れ皆五言の警策なる者なり。所以に篇章の珠沢、文彩の鄧林と謂ふなり。

鍾嶸は、江淹の「雑体詩」の影響を受け、テーマで各詩人の特徴を要約している。その際、陶淵明の名も挙げ、顔延之や謝霊運らとともに列している。注意すべきことは、ほかの詩人に対しては字や号で呼んでいるのに対して、陶淵明のことのみ「陶公」というように尊称で呼んでいるところである。敬意が込められていると考えられる。(43)

さらに、「斯れ皆五言の警策なる者なり。所以に篇章の珠沢、文彩の鄧林と謂ふなり」というように、賛美の極みの言葉で陶淵明ともども評価している。ここでは、陶淵明は、鍾嶸がもっとも重視した五言詩の模範的な詩人の一人であり、陶の作品も当時の優れた文学者とともに列すべく、「文」と「質」とを備えたものだとされている。前述したように、江淹は陶淵明の「質」における充実を評価している。これに対して、鍾嶸はさらに「文」において優れたところを見出している。「詩品序」のこの箇所には、当時の世間の一般的な評価を超越しようとしていることが見受けられる。

このような努力は、次に示す鍾嶸の陶淵明に対する品語においても所々に見られる。

其の源は応璩に出で、又た左思の風力に協《かな》ふ。文体は省浄にして、殆ど長語無し。篤意真古にして、辞興《じきょう》婉愜《えんけふ》なり。其の文を観る毎に、其の人徳を想ふ。世其の質直を歎ず。「歓言して春酒を酌む」、「日暮れて天に雲無し」の如きに至つては、風華清靡、豈に直に田家の語と為すのみならんや。古今隠逸詩人の宗なり。

まず、「詩品序」で陶詩の「文」の面を称賛している鍾嶸が、陶淵明に対する品語の中で述べている「世其の質直を歎ず」についてどう理解すべきかについて検討する。「質直」というのは「地味で正直な様」であり、つまり「質」が「文」に勝《まさ》っている状態である。「歎」は「嘆」に通じ、「感嘆」「慨嘆」つまり「賛美」する意味もあるが、「嘆息」つまり「惜しいと思いながら嘆く」という意味もある。中国と日本の『詩品』関連の注釈においては、両方の解釈が見られる。例として次のようなものが挙げられる。

①世人はみな彼の飾らない風格に深く感心している。（興膳宏）(44)

②世人はその質直なるを嗟嘆するけれども、（高松亨明）(45)

③世人は彼の質朴、正直であることを賛美している。（周振甫㊻）

④世人はみな彼の作品が質朴で、率直すぎることを嘆惋（ため息をついて惜しむ）している。（蕭華栄㊼）

⑤世人は皆彼の作品が質朴で、率直すぎることを惋惜（痛惜）し、残念に思っている。（禹克坤㊽）

前記の内、①から③までは「賛美」の意味を取っており、④と⑤は「惜しいと思いながら嘆く」の意味を取っている。前者の意で取っても文意は通じるが、文脈から見れば、④と⑤の方がより自然である。理由としては、まず、前述のように、「質」より「文」の方を重視した斉梁時代の一般的な評価を踏まえると、「質直」は決して感心される点ではなかったはずである。また、この文に続いて陶の詩文を挙げ、「豈に直に田家の語と為すのみならんや」と述べ、世人の評価に反対する立場に立っており、「質直」という評価だけで陶淵明の詩を概括することは不公平かつ不完全であると強く批判するとともに、六朝時代に「文」に要求された「風華清靡」な性質を陶詩もまた満たしていることを強調している。ここから、世間一般の評価が陶詩の「質直」の面だけに注目し、それを嘆惋していることに反対し、陶が「文」と「質」を兼ね備えていることを示そうとする鍾嶸の努力が垣間見えるのではなかろうか。

また、「文体は省浄にして、殆ど長語無し」も、「文」と「質」の度合いの均衡が取れていることを称賛する言葉である。これは、一見その文体の簡省湛静なところを示しただけで、特に称賛に溢れた言葉には見えないが、これと類似する品語を見ると、この点に対する鍾嶸の態度が明瞭になる。「斉記室王巾　斉綏遠太守卞彬　斉端渓令卞録」の品語に次のようにある。

王巾・二卞《にべん》の詩は、並びに奇を愛して嶄絶《さんぜつ》にして、袁彦伯の風を慕ふ。宏綽《こうしやく》ならずと雖も、文体は勦浄《さうじやう》にして、平美を去ること遠し。

高松の解釈によると、「勦は、たつ（断）、きる（截）。勦浄とはきわだって浄いこと」の意味である。「勦浄」はつまり「省浄」と同義である。「袁彦伯の風を慕ふ」というのは、袁彦伯（宏）の品語に「文体未だ遒《しゅう》ならずと雖も、鮮明緊健にして、凡俗を去ること遠し」とあることを指しているのであろう。鍾嶸は、王巾や二卞そして袁宏のような余計な文辞を省いており、無造作で自然な「美」を持つ詩のことを「平美」、つまり当時の修飾を過度に重視する「美」よりはるかに優れていると言っている。

鍾嶸のこのような評価はまた前述の「詩品序」において、「声律説」や「宮体詩」などについて、「文をして拘忌多く、其の真美を傷《そこな》はしむ」、「但だ自然の英旨、其の人に値《あ》ふこと罕なり」と指摘していることと呼応している。陶淵明に対する「文体は省浄にして、殆ど長語無し」という品語は、陶詩が、過剰な修飾がなく、本質的な「美」（つまり「真美」、「自然の英旨」）を保った「文質彬彬」な状態にふさわしいものであって、「平美」に勝るものであると高く評価したものだと言えよう。

（四）「古今隠逸詩人の宗なり」について

品語の中でも、最も重視すべきところは、最後の「古今隠逸詩人の宗なり」という一文であろう。この一文によって、隠逸詩という分野における陶淵明の地位が肯定されたのである。ただ、序章で述べたように、この一文も従来議論の焦点となっている。代表的な意見を例として次のように示す。

まず、賛成する意見である。

①善きかな、鍾氏の元亮を評するや。「千古隠逸詩人の宗なり」と。[49]（明・胡応麟）

②鍾嶸は陶詩を「応璩に出づ」と目して、「古今隠逸詩人の宗」と為す。論者は以て然りと為さず。然れども六義に沈酣するに非ざれば、宜《むべ》なるかな此の語の確なるを知らざるや。[50]（清・王夫之）

次に批判する意見である。

①鍾嶸は陶を品するに、徒だ隠逸詩人の宗と曰ふのみ。隠逸を以て陶を蔽《おほ》ひ、陶は又た見るを得ざるなり。[51]（明・黄文煥）

②余、謂へらく、陋なる者や、斯の言は豈に以て之を尽くすに足らんや。と。[52]（南宋・胡仔）

③鍾嶸の謂ふに「其の源は応璩に出づ」と、説は固より拠無くして陋に近く、即ち謂ひて「古今隠逸詩人の宗」と為すは、亦た未だ陶の趣を尽くさず。[53]（清・温汝能）

これらの意見の中で、鍾嶸に賛成する意見は、「隠逸」という評価が陶淵明の特徴を捉えたものであるところに注目している。これに反して、批判する意見は主に、「隠逸」の面を強調することによって、陶淵明の評価が「人徳」の面に限定され、陶の優れたところを全面的に取りあげられなくなることを指摘している。いずれも鍾嶸のこの評価が正しくないとは言っておらず、その陶淵明の後世の受容における影響に注目しているのである。

実は、鍾嶸のこの評価は、人徳と文学の両面について言ったものである。「古今隠逸詩人の宗なり」の前に「其の文を観る毎に、其の人徳を想ふ」とあり、陶淵明は、その人徳が文学上の特色とも一致しており、余計な修飾を省き、率直な性格で無造作な生き方をする真の隠逸詩人であり、作品を読むたびに、その人徳の魅力が想起されると述べている。「古今隠逸詩人の宗なり」と評価する理由として、文体や表現の優れた点を明らかにした後、「隠逸詩」という分野における陶淵明の特別な地位を定めようとしているのである。前述したように、江淹は陶淵明の田園隠逸詩の特徴を意識しながら擬詩を作っている。これを受け継いだうえで、鍾嶸は、さらに明確に述べているのである。

そして、序文では、漢・魏・晋各時代の先頭に立つ詩人を列挙しているが、「古今」にわたって一つの「詩派」の「宗」として尊ばれたのは陶淵明のみであり、曹植の「文章の聖」にも比肩する高い評価だと言える。このように見れば、鍾の評価は、陶淵明を「陋《せま》く」限定しているというよりは、その文学と人徳における価値を広げたものではなかろうか。反対する意見は、主に鍾の評価が「隠逸」に限定されていることに目を向けているが、鍾嶸の本心としては、「隠逸」という言葉はその人徳と詩文の内容特徴で概括するものであって、「詩人」のほうにこそが改めて重要視したかったところだったのではなかろうか。

（五）世間一般の評価への対抗

袁行霈が指摘する通り、『詩品』では、ほかの「中品」の詩人に対しては、基本的に少なくとも一句程度は欠点を指摘する言葉があるのと異なり、陶淵明に対してはそれが一句も無く、すべて称賛の言葉である[54]というところが興味深い。実は、「中品」に限らず、「上品」にランク付けされている謝霊運、陸機ですらその品語には若干の否定的表現が見られる。

ただ、鍾嶸は、顔、謝、陸それぞれの欠点に対して異なる態度を示している。具体的に言うと、まず、前述した顔の品語の中では、他人の指摘をそのまま引用し、事実として挙げている。これに対して、謝霊運については、次のように、世間の評価を事実として見ているものの、個人的な考えとして、不足がありながらも正当な理由があることを補足説明したうえで、ほかの優れている点も強調するという姿勢を取っている。

其の源は陳思に出で、雑《まじ》ふるに景陽の体有り。故に巧似を尚ぶ。而れども逸蕩《いつとう》は之に過ぎ、頗る繁蕪《はんぶ》[55]を以て累と為す。嶸謂へらく、若《こ》の人興は多く、才は高く、寓目《ぐうもく》すれば輒ち書して、内に乏しき思ひ無く、外に遺せる物無し。其の繁富なるは宜なるかな。然れども名章迴句《けいく》は、処処に間起《かんき》し、麗典の新声、絡繹《らくえき》として奔会《ほんくわい》す。

前後の文脈から見ると、「嶸謂」以下の内容は、謝霊運の欠点とされている「繁蕪」についての鍾嶸個人の見解であり、下線で示されている通り、「繁蕪」が「繁富」に変えられている。「繁富」はまた休奕（巻下）の品語に「繁富嘉みすべし」とあり、良い点として称賛されているものである。謝霊運に対する品語の中では、このような言葉遣いの変更によって、世評に対して柔軟に否定的意見を出しており、「内に乏しき思ひ無く、外に遺せる物無し」と謝を評し、その「質」に充実していて「文」に過剰がないことを称賛している。謝霊運の場合、世間に言われる短所と鍾嶸自身が判断した長所とを挙げて、後者の方に重点を置くという方法で評価されている。

次に、「上品」の陸機の場合には、その短所と長所を挙げて、重点を後者の方に置くと同時に、他者の好評を付け加えるという評価の方法を取っている。

其の源は陳思に出づ。才は高く、詞は贍《ゆた》かに、体を挙《こぞ》つて華美なり。気は公幹よりも少なく、文は仲宣よりも劣る。規矩を尙びて、綺錯を貴ばず、直致の奇を傷ふもの有り。然れども其の英華を咀嚼し、膏沢を厭飫するは、文章の淵泉なり。張公の其の大才を歎ぜしは、信なるかな。

「気」と「文」の面における不足を客観的に示したうえで、その文章の奥深いところや、「英華」（「文」）と「膏沢」（「質」）を兼ね備えているところを評価し、他者の「大才」という賛辞にも賛成する態度を示している。

『詩品』における謝霊運、陸機、顔延之と陶淵明それぞれに対する品語の構造を整理すると、次のようになる。

謝：源→不足（世評）→文学才能→長所→附注(56)

陸：源→文学才能→不足→長所→他者の好評

顔：源→長所→不足→他者の批判(57)

陶：源→長所→人徳→不足（世評）→世評の否定→詩界の地位

謝の場合は柔軟に批判し、陸の場合はその長所を強調し、そして顔の場合は黙認する態度を取っている。これらに対して、陶の場合は不足を指摘しないだけではなく、世間の批判的評価を挙げつつ、それを認めずに強く反対するという特殊な態度を取っている。ここにこそ、鍾嶸自身の陶詩への高い評価の発露と、陶詩の価値の再認識を迫ることへの努力が示されているのではなかろうか。

ただ、陶淵明評価における鍾嶸のこのような努力は、「中品」というランク付けをもって、後世では認められていないことが多い。しかし、当時そもそも陶淵明は主に隠逸者として挙げられており、『世説新語』や『文心雕龍』などの文学批評では対象ともされておらず、いわば規格外の存在であった。そのような背景を考えると、正式に陶淵明を文学批評の対象として取りあげ、「下品」ではなく「中品」に入れ、しかも単独に称賛溢れる品語を付けたということは、鍾嶸が陶詩の価値を見抜いたからだと言える。また、そもそもランク付けについて、「詩品序」では、次のように、「しっかりと予防線を張っている」[58]のである。

> 斯の三品の昇降に至つては、差《いささ》かも定制に非ず。方《まさ》に変裁を申ぶるは、知者に寄せんことを請ふのみ。

「品」の昇降に関して検討する余地を設けていることがわかる。その「余地」こそは、彼が当時の一般的な評価との折衷をも含め、それに対抗し、陶に対する再評価の可能性をもたらしたのではなかろうか。

第四節　二蕭における陶淵明評価

一　蕭統

蕭統、字は徳施、南蘭陵（現在江蘇省常州市）の人で、梁武帝蕭衍の長子として生まれ、後皇太子に立てられた。諡が「昭明」であるため、後世は昭明太子と呼ばれる。文学を愛好し、当時の有名な文人と交流が多かった。劉勰も彼に仕えて愛接されていた。『梁書』の本伝に次のように記されている。

> 性は寛和にして衆を容れ、喜慍《きうん》色に形《あらは》れず。才学の士を引き納れ、賞愛して倦むこと無し。恒に自ら篇籍を討論し、或いは学士と古今を商榷す。間あれば則ち継ぐに文章著述を以てし、率《おほむ》ね以て常と為す。時に東

宮には書有りて三万巻に幾く、名才も並び集まり、文学の盛んなること、晋・宋以来未だ之れ有らざるなり。

以上によれば、蕭統は才能のある文士を重視し、文学批評に特に関心があり、討論から著述まで手がけていたことがわかる。貴族階層が文学の中心であった当時、貴族であったことによる発言力はもちろん、その文学に関する熱心さから『文選』を編纂し、直接的に中国文学の発展に影響を与えた。また、間接的には文士が才能を発揮できる場を設け、文学の発展を促進する環境を整えた。とりわけ、陶淵明の受容において果たした役割は大きく、作品の収集や編纂のみならず、「陶淵明集序」と「陶淵明伝」によって陶淵明の人物と詩文について彼なりの評価を施し、後世の陶淵明評価に多大な影響を与えている。ただ、その陶淵明評価も文学よりは人物に重点があり、陶の政治上の風教における作用を重視していると言われることが多い。そこで、本節では、この点をめぐって考察を試みる。

まず、蕭統の文学観を見てみよう。これは主に蕭統の著した「文選序」「答湘東王求文集及『詩苑英華』書」「陶淵明集序」[59]からうかがえる。まず、「文選序」において、文学には時代性があること、そして全体的な発展の方向として「文」の方に傾く傾向があることについて述べている。

若し夫れ椎輪《ついりん》は大輅《たいろ》の始め為るも、大輅に寧んぞ椎輪の質有らんや。増氷は積水の成す所為るも、積水に曽て増氷の凜《さむ》き微《な》きは、何ぞや。蓋し其の事に踵《つ》ぎて華《うつ》くしきを増し、其の本を変じて厲《はげ》しきを加ふれば、物既に之有り、文も亦た宜しく然るべし。時に随ひて変改すれば、詳悉すべきこと難し。

車や水などの物事に変化があるのと同じように、文章にも変化があり、「華しき」や「厲しき」つまり「文」の増加によって「質」の根本的な変化をもたらすこともできると述べている。このような「文」を重視する態度は、前述した当時の文学的な風潮の背景とも一致するものである。だが、彼は「文」だけを強調しているわけではなく、「文」と「質」の均衡も求めている。蕭統は「答湘東王求文集及『詩苑英華』書」において次のように述べている。

清新卓爾《せいしんたくじ》にして、殊《こと》に佳作と為す。夫れ文は典なれば、則ち野を累《わづら》はし、麗なれば、亦た浮を傷む。能く麗にして浮ならず、典にして野ならざれば、文質彬彬《ぶんしつひんぴん》として、君子の致有り。吾、嘗て之を為さんと欲するも、但だ未だ遒らざるを恨むのみ。(60)

前述した『論語』の「文質彬彬」なる状態を求める「文」「質」論を踏まえたものとなっている。「典」がすなわち「質」にあたり、質朴すぎると粗野になると言う。そして、麗が「文」にあたり、文飾が多すぎると軽薄になると言う。文章の創作は人柄と同じで、「文」と「質」、内と外を兼ね備えることを追求すべきだと主張しているのである。これは彼が目指す文学の理想的な姿でもあった。(61) 蕭統のこのような文学観は、前述の劉勰の「斯に質文の間に斟酌し、雅俗の際に隠括せば、与に通変を言ふべし」とも一致する。そして、湘東王（蕭繹）の文章に対する賛辞にある「清新」からは、文飾が過剰ではない彼の文章を賞賛しており、斉梁時代の華麗な文風に対しても冷静な態度を持っていることがうかがえる。

次に、蕭統の陶淵明評価について具体的に取りあげる。「陶淵明集序」には次のようにある。

其の文章は羣せず。詞采は精抜《せいばつ》なり。跌蕩昭章《てつたうせうしやう》にして、独り衆類を超ゆ。抑揚爽朗にして、之と与に京《きそ》ふものは莫し。素波《そは》を横ぎりて流れに傍《そ》ひ、青雲を干《をか》して直上す。時事を語れば、則ち指して想ふべく、懐抱を論ずれば、則ち曠《あき》らかにして且つ真なり。

蕭統は「文」と「質」の両方から陶の文学を評価している。陽休之の「詞彩未だ優れず（詞彩未優）」という当時の代表的な陶詩評価に反して、「詞采は精抜なり」と言い、「文」の面における群を抜いた優秀さを称えている。「質」の面からの評価については、「跌蕩」「抑揚」と述べ、感情の起伏が激しく、人を感動させる力を持っていることを指摘している。また、「時事を語れば、則ち指して想ふべし、懐抱を論ずれば、則ち曠らかにして且つ真なり」と言い、内容や主旨が明白で率直に表されていることを述べている。豊かな感情を表わす際に、「繁蕪」が少なく、明瞭（「昭章」）で爽快（「爽朗」）な言葉遣いをしていることも高く評価している。これは、前述した鍾嶸の「文体省浄」や、『文心雕龍』風骨篇に謂うところの「無務繁采」「文明」「風清」といった「文」と「質」の関係における具体的な基準とも一致している。

このような「文」と「質」を兼ね備えた陶淵明の文章の芸術性について、蕭統は「素波を横ぎりて流れに傍ひ、青雲を干して直上す」と述べ、表現の「広大さ」と内容の「奥深さ」の両方から評価している。そして、「羣せず」、「独り衆類を超ゆ」、「之と与に京《きそ》ふものは莫し」といった特色を持っており、水準としても当時一般のものと比較して遥かに優れていることを強調している。明の王廷幹も蕭統のこの評価を受け、次のように述べている。

元亮は遠なる心、曠なる度にして、気節羣せず、頽風《たいふう》を力振《りきしん》し、直ちに玄乗を超ゆ。時の不遇に遭ひ、遂に解綬《かいじゅ》して帰田す。詩を賦して志を見《あらは》し、縄削《じようさく》に煩はされずして、渾然天成の妙有り。之を恢《ひろ》むれば弥々広く、之を按ずれば愈々深し。信に儒者の高品にして、詞林の独歩なり。梁の昭明曰く、「素波を横ぎりて流れに傍ひ、青雲を干して直上す」と。

王廷幹も蕭統と同じように「文」と「質」の両方から、陶詩の文学を「玄乗を超ゆ」「渾然天成の妙」と高く評価している。文学のみならず、人徳についても「気節羣せず」「儒者の高品」と述べており、蕭統の評価を受け継いでいる。蕭統は「陶淵明集序」において、続けて云う。

加ふるに貞しき志は休まず、道に安んじ節に苦しみ、躬耕《きゆうかう》を以て恥と為さず、無財を以て病と為さざるを以てす。大賢にして、志を篤くし、道と与に汚隆するに非ざるよりは、孰か能く此くの如き者ならんや。

主に陶淵明の無道の社会にあって志を変えずに貧に安んじるという「大賢」の徳を称えている。また、蕭統自身も隠逸思想を思慕しており、「陶淵明集序」の冒頭において、隠逸についての考えを次のように述べている。

是を以て聖人は光を韜《かく》し、賢人は世を遁る。其の故は何ぞや。徳を含むの至りは、道に逾ゆるは莫し。己に親しむの切なるは、身より重きは無し。故に道存すれば而ち身安んじ、道亡はるれば而ち身害せらる。百齢の内に処り、一世の中に居るに、倏忽たること、之を白駒に比し、寄遇すること之を逆旅と謂ふ。宜《むべ》なるかな大塊と与に盈虚し、中和に随ひて任放たり。豈に能く戚戚として憂畏に労《つか》れ、汲汲として人間に役せられんや。斉謳・趙女の娯、八珍・九鼎の食、結駟・連騎の栄、侈袂《いべい》・執圭《しつけい》の貴、楽しみは既に楽しめば、憂ひ亦た之に随ふ。（中略）是を以て至人・達士、因りて以て跡を晦ます。情は衆事に在らずして、衆事に寄せて以て情を忘るる者なり。或いは釐を懐きて帝に謁し、或いは褐を披て薪を負ひ、楫を清潭に鼓し、機を漢曲に棄つ。

この文は主に陶淵明の隠逸詩文を踏まえて書いたものである。蕭統は、前掲「飲酒」其三や「形影神」などの詩に表わされるところの隠逸の理由、生死観、名利観などを取りあげながら隠逸について語っており、陶を「聖人」「至人」「賢人」「達士」に列している。このような評価の理由として、蕭統自身の気質にも隠者に近いものが見られることが考えられる。『梁書』の本伝には、蕭統に関する次のような記述がある。

性、山水を愛し、玄圃《げんぽ》に築を穿《うが》ち、更に亭館を立て、朝士の名素ある者と其の中に遊ぶ。嘗て舟を後池に泛かべ、番禺の侯軌は、「此の中に宜しく女楽を奏すべし」と盛んに称す。太子答へずして、左思の招隠詩を詠じて曰く、「何ぞ必ず糸と竹とのみならんや、山水には清音有り」と。侯は慚ぢて止む。宮に出でて二十余年あり、声楽を畜《やしな》へず。少き時、勅して太楽女妓一部を賜ふも、略《ほぼ》好む所に非ず。

蕭統は、当時宮廷の中で流行っていた声楽などの娯楽よりも、隠者のように山水自然の風景を好んだことが見てとれる。

ただ、蕭統は、道家や仏教の思想も積極的に受容したが、その思想の根幹にあるのはやはり儒家思想である。とりわけ統治者として、彼は陶淵明を称賛する際にも「風教」の面を一つの理由としている。「陶淵明集序」の最後に次のように述べている。

嘗て謂ふ能く淵明の文を観る者有れば、馳競の情は遣《や》られ、鄙吝《ひりん》の意は祛《はら》はれ、貪夫は以て廉なるべく、懦夫は以て立つべし。豈に止に仁義のみ蹈むべけんや、抑々乃ち爵禄を辞すべく、必ずしも泰華を傍遊し、遠く柱史を求めず。此れ亦た風教に助け有るなりと。

陶淵明の文章にはその高潔な人徳が表われているため、道徳教育の作用があると言っている。これは、当時の政治と文壇のリーダーの一人であった蕭統にふさわしい発言である。

それでは、蕭統が陶の文学を愛好したことと陶の人徳に思慕の念を抱いたこととはどのように関わっているのだろうか。岡村繁は、蕭の陶淵明に対する評価は主に陶の人徳に集中しており、その「文学」を愛好したのもその「人」を高く評価したからであると指摘している。(62) 確かに、蕭は「陶淵明集序」において、陶淵明の人徳への思慕を明白に表明しているが、人徳を偲んだがゆえに、その詩文を愛好したという因果関係が成立するかどうかは検討の余地がある。同序には次のようにある。

余、其の文を愛嗜して、手を釈《お》く能はずして、尚ほ其の徳を想へば、時を同じうせざるを恨む。

手離せないほど陶の文章を愛読していた上に、更にその徳を思い、その人と同じ時代に生まれなかったことを残念に思うと云う。蕭統は、文章と人徳とを完全に分けて考えてはいないが、あえて言うなら、文章の方に先ず惹かれたのではなかろうか。前述した内容からみると、蕭統の文学観および陶詩の「文」と「質」それぞれに対する評価、「隠逸詩人」という認識などには、鍾嶸の陶淵明評価を受け継いでいるところがある。文章と人徳の関係についても、鍾嶸の「其の文を観る毎に、其の人徳を想ふ」と類似するところが見られる。つまり、文学批評の立場から、その文学的価値を表明したいというのが第一の目的であるが、それに加えて、一般的な評価において重視されてきた人徳についてもその文学と同等の優秀さを持っていることを述べている。

『陶淵明集』を編纂し、「陶淵明伝」も著した蕭統であるが、『文選』には陶詩を七題八首しか収めていないこともよく指摘される。『文選』は蕭統の主導の下で編集されたものであり、彼一人の意志というよりは、編集に関わった集団の全体の意志であるというべきであろう。前記のように、彼なりの陶淵明に対する高い評価はすでに「陶淵明集序」に明白に表されているため、『文選』に収めている作品の数の少なさは当時の一般的な評価としてはたしかにふさわしいものではあるが、蕭統自身の陶淵明評価とは、ずれが存在しているのであろう。

また、陶淵明には理想的な美人をうたう「閑情賦」があるが、前掲の蕭統「陶淵明集序」においては、「白璧の微瑕は、惟だ「閑情」の一賦に在り。揚雄の所謂百を勧めて一を諷する者、卒ひに諷諫無し。何ぞ必ずしも其の筆端を揺がさん。惜しいかな、是れ無くんば可なり」というように、儒教的な文学観から否定的な評価が下されている。この評価に対しては、陶淵明の文学世界における価値を高く認める宋代以降になってようやく異論が出された。北宋の蘇軾が、「閑情賦」を『詩』の「国風」のような「色を好みて淫せざるもの」とし、「（屈原や宋玉の）陳ぶる所と何ぞ異ならんや」と主張したのはその代表的な一例である。(63)

陶淵明以前には、戦国時代の屈原や宋玉のように「愛情」をテーマとするものや、後漢の張衡を嚆矢とする「定情」をテーマとするものなど、美人をうたう詩賦が多数ある。(64)にもかかわらず、ただ「閑情賦」だけが現在に至るまで陶淵明の作品におけるその「特殊性」から注目され、議論されている。その理由は、やはり陶淵明の隠逸詩人としての人物像が深く定着し、その超俗的な面がよく強調されてきたため、美色というテーマがその作品全体の雰囲気と整合しないきらいがあるからであろう。この問題について、筆者はすでに拙論「陶淵明の詩文における美色について」(65)において、陶淵明の「擬古」其七にある「佳人」や「雑詩」其十二にある「童子」など美人を取り扱う作品の描き方と主旨を考察し、三首の表現方法に相違があるが、人物の内面や品格の超俗性がその中心となっているという共通点が見られるという結論に至った。詩の主旨としては、単に女色や男色をうたうのではなく、美人はよい人格やよい物事の喩えとして用いられており、（陶淵明の他の作品においてしばしば表わされるところの）超俗で高潔な人格への憧れを具現化したものと考えられる。

蕭統が「陶淵明集序」の結末にあえて「閑情賦」を取り上げて、評価を下した理由について推測すると、その教訓的な作用を求めようとする儒教的な文学観によることである一方で、南朝の華麗な詩風が流行しているなか、陶淵明が「田家の語」と言われるほど素朴であり、特殊な存在であることが「閑情賦」には見えなくなることもある。陶淵明のその当時の流行に合わない素朴さこそ、その隠逸詩人としてのイメージに相応しく、そこに蕭統が陶淵明の文学上のすばらしさを享受すると同時に、それこそが「尚ほ其の徳を想へば、時を同じうせざるを恨む」と感じさせたのであろう。

二　蕭　綱

蕭綱《しょうこう》、字は世纘《せいさん》で、蕭統の弟である。中大通三年（五三一年）、蕭統の死により皇太子に立てられ、太清三年（五四九年）に即位し、在位期間は二年間に過ぎない。元帝蕭繹《しょうえき》により簡文皇帝の諡号が贈られた。『梁書』の本紀には次のように見える。

太宗は幼くして敏睿《びんえい》なり、識悟《しきご》は人に過ぎ、六歳にして便ち文を属す。（中略）才学の士を引き納れ、賞接して倦むこと無く、恒に篇籍《へんせき》を討論し、継ぐに文章を以てす。（中略）帝は雅に好んで詩を題す。其の序に云ふ、「余、七歳より詩癖有り、長じて倦まず」と。然れども軽艶《けいえん》に傷み、当時は号《なづ》けて「宮体」と曰ふ。

蕭綱は兄の蕭統と同じように才能のある文士とよく交わり、文章の作成や文学批評を好んだ。ただ、文学観については、蕭統と比較すると「文」の方に偏っているところがある。とりわけ、女性を対象とし、その姿態や仕草、身につけている服飾品、用具、歌舞の姿、生活の様子などを描写し、男女の情愛を主題とする「宮体」という詩体の先導者の一人として、その作品も艶冶、流麗なものが多い。

ただ、蕭綱がこの体裁を選んだことは、当時の風潮にしたがっていた面もあり、個人の文学観としては華麗な「宮体」以外のものをすべて排しているとは言い難い。これは、彼が交流していた文士の中に、「宮体」を提唱し、「新変派」に属した徐摛[66]や庾肩吾らだけでなく、裴子野のような「質」を重視する「復古派」もいたことからうかがえる。また、蕭綱の詩風について、明の張溥（一六〇二～一六四一）は「梁簡文帝集題詞」で下記のように評価している。

既に正に宮体、盛んに行なはれ、但だ綺博《きはく》にのみ務め、軽華《けいか》を避けず。人は曹丕の資を挟み、而して風は黄初の旧に非ず、亦た時世然らしめんか。[67]

張溥は、蕭綱について、曹丕にも匹敵するほどの才能を持っているにもかかわらず、蕭綱を含め当時の世間全体の文風も変質したことは、時代背景の変化と関係が深いと指摘している。

とはいえ、蕭綱は当時の文風をすべて良しとしていたわけではなく、客観的かつ歴史的な視点に欠けているというわけではない。例えば、彼の文学観を論じる際によく取りあげられる「答湘東王和受試詩書」（以下「書」と略称する）[68]には、次のようにある。

但だ当世の作を以て、古の才人を歴方するに、遠きは則ち揚・馬・曹・王、近きは則ち潘・陸・顔・謝、而して其の辞を遣ひ心を用ふるを観れば、了《つひ》に相似ず。若し今の文を以て是と為せば、則ち古の文を非と為す。若し昔の賢称すべければ、則ち今の体宜しく棄つべし。倶に「耑各」[69]を為せば則ち未だ之を敢へて許さず。（中略）徒だ以《おもふ》に煙墨、言はざるも、其の駆染を受く。紙札に情無きも、其の揺襞《えうへき》に任す。甚だしきかな、文の横流、一に此に至る。

古今の文体に両立できないほどの差が生じていることと、個人の文風が社会全体の文学を取り巻く環境に影響されやすいことを指摘し、当時の詩風の発展状況を憂えている。彼が憂えた内容について、『梁書』では次のように書かれている。

斉の永明中、文士の王融・謝朓・沈約は文章に始めて四声を用ひ、以て新変を為す。是に至りて転《うた》た声韻に拘り、弥々麗靡を尚び、復た往時に踰《こ》ゆ。

『梁書』では、王融、謝朓、沈約らより声韻への拘りが見られるようになり、文風が麗靡なものへと変質したことが、蕭綱がこの「書」を作成した動機だとされている。当時の文学潮流について、蕭綱はまた「書」において、次のように述べている。

又た時に謝康楽・裴鴻臚の文に効ふ者あり、亦た頗る惑あり。何ぞや。謝客は言を吐けば天に抜け、自然に出で、時に拘らざる有るは、是れ其の糟粕なり。裴氏は乃ち是れ良史の才、了《つひ》に篇什の美無し。謝を学べば則ち其の精華に届かず、但だ其の冗長を得るのみ。裴を師とせば則ち其の長ずる所を蔑絶し、惟だ其の短なる所を得るのみ。謝は故より巧みにして階るべからず、裴も亦た質にして宜しく慕ふべからず。(中略)故に玉徽《ぎよくき》金銑《きんせん》は反つて拙目の嗤ふ所と為る。「巴人《はじん》」「下里《かり》」は更に郢中《えいちゆう》の聴に合す。「陽春」は高くして和せず、妙声は絶へて尋ねられず。竟に錙銖《ししゆ》を精討し、文質を覈量《かくりやう》せず。巧心に異なる有り、終に妍手《けんしゆ》に愧《は》づ。

蕭綱は、謝霊運や裴子野の文風を批判するのではなく、それぞれの「精華」や「長ずる所」を摂取し、その「糟粕」と「短なる所」を棄てるべきであることを呼びかけており、盲目的な模倣を批判し、芸術としての文学の「陽春」や「妙声」を追求するべきであると主張している。勿論、「巴人」「下里」よりも、「玉徽金銑」や「陽春」の方が蕭綱の美意識には合っているかもしれないが、「篇什の美」を追求する時に「文質を覈量」することも忘れていない。彼はまた「勧医論」において、詩の創作について次のように述べている。

又た若し詩を為れば、則ち多く須らく意を見《あらは》すべし。或いは古或いは今、或いは雅或いは俗、皆須らく目を寓し、其の去・取を詳らかにすべくして、然る後に麗辞方《まさ》に吐き、逸韻乃ち生ず。

詩を作る際に、古・今、雅・俗の文学から、その優れたところを取るべきだという寛容的な態度を示している。「書」において、蕭綱は古来の文人の名を列挙する際に陶淵明の名を挙げていないため、文学については、淵明を顔延之や謝霊運ほどには高く評価していなかったと言われている。確かに、蕭綱は当時とそれ以前の文風を比較しているため、個人的な評価を挟まず、より客観的に当時世間一般に認められていた「才人」を列挙している。しかし、これだけを根拠に、彼個人の陶淵明への愛好をも否定することはできないのではなかろうか。「時に拘らざる有る」謝霊運にも「精華」があり、「質」に偏っていた裴子野にもその「長ずる所」があることを認めているのと同様に、陶淵明の「質直」と言われた詩文に潜む「長ずる所」を見抜くことは、決してできないことではなかったはずである。

蕭綱の陶詩を愛好する理由として考えられるのは、その「宮体詩」と陶淵明の田園詩とが、美意識において通じるところがあるためであろう。たしかに「文」と「質」の度合いにおいて、陶淵明の田園詩と蕭綱の「宮体詩」との間には明らかに差異が存在している。また、陶の隠士としての「淡泊名利」「安貧楽道」の思想と蕭の貴族階層としての享楽思想との間に相違があることは言うまでもない。しかし詩の内容から見ると、いずれも「詠物」「叙景」を主題としており、両者の間には継承関係が存在している面もある。これについては、網祐次が『中国中世文学研究　南斉永明時代を中心として』において具体的に論述している[70]。陶の田園詩は郊野、田園の風景、自然の事物を詠じる対象としているのに対して、蕭の「宮体詩」は宮廷内の風景、閨房内の女性の姿態や心理、装飾品などを対象としている。両者の詠じる対象が異なるのは、詩風の変化がもたらしたことでもあるし、二人の生活環境が異なっていたためでもある。ただ、感情や思想を表現するにあたって、単純な抒情や談論を叙べるのではなく、内から外へと目線を移し、景と物に感情を寄託する、あるいは純粋に景と物の美を詩の形で表現するという作詩の理念と、詩を芸術として理解するという美に対する認識は共通している。

さらに、蕭綱の詩文には陶詩の影が見られるものもある。例えば、「与劉孝綽書」には次のような一文が見える。

暁河未だ落ちず、桂棹《けいたう》を払ひて先に征く。夕鳥林に帰り、孤帆を懸けて未だ息《やす》まず。辺心をして憤薄し、郷思をして邅迴《てんくわい》せしむるに足る。但だ離闊《りかつ》已に久しく、載ち寤寐《ごび》に労《つか》るるのみ。佇み聞きて駅に還り、以て相思を慰む。

暁河未落、払桂棹而先征。夕鳥帰林、懸孤帆而未息。足使辺心憤薄、郷思邅迴。但離闊已久、載労寤寐。佇聞還駅、以慰相思。

これを、陶淵明の、「飲酒」其七の「日入りて羣動《ぐんどうや》息み、帰鳥　林に趨《おもむ》いて鳴く（日入羣動息、帰鳥趨林鳴）」や、前述した「帰去来兮辞」の「雲は無心にして以て岫《みね》を出で、鳥は飛ぶに倦みて還るを知る。景は翳翳《えいえい》として以て将に入らんとし、孤松を撫して盤桓す（雲無心以出岫、鳥倦飛而知還。景翳翳以将入、撫孤松而盤桓）」といった作品と比較すると、使用されているイメージと旅人の心境の描写方法には重なるところが多く見られる。

そして、蕭綱の作品の中には、艶麗な詩文ばかりではなく、清澹な一面もある。例えば、「登城」(71)という五言詩の後半には次のようにある。

遥山　半ば雲を吐き
巌飈《げんぺう》　時に谷に響く
靡靡《びび》として虚煙を見
森森《しんしん》として寒木を視る
落霞《らつか》　乍《たちま》ち続断し
晩浪　時に回復す
遠く矚《み》れば既に翰《かん》を濡らし

遥山半吐雲
巌飈時響谷
靡靡見虚煙
森森視寒木
落霞乍続断
晩浪時回復
遠矚既濡翰

徒自労心目　徒《いたづ》らに自ら心目を労せしむ
短歌雖可裁　短歌　裁《さだ》むべしと雖も
縁情非霧谷　情に縁りて霧谷《むこく》に非ず

この詩には艶麗な言葉が用いられておらず、宮廷のみならず自然の風景にも目を向けている。眼の前の人工的な風景に「倦」「厭」の感情が生じ、遠いところの山や谷の風景に惹かれ、現実に対する無力感が更に強まったという心情を表している。夕方の山林の風景、淡々とした哀愁など、陶淵明の詩文においてもよく現れるものが描かれており、詩風としては陶詩にかなり近い抒情詩であると言える。蕭綱は必ずしも陶詩に意識的に倣っているとは言えないが、「宮体詩」から「脱出」したこの詩の裏側には陶淵明の影響が潜んでいる可能性も否定できない。

以上のように、蕭綱が詩文を創作する際に、陶詩における景と物に対する観察の角度と描写の方法、あるいは感情との結びつけ方などを参考にしていたとすれば、序論で挙げた『顔氏家訓』で陶詩を「几案の間に置き、動くも静《すわ》るも輒ち諷味し」ていたと記されていることも不思議ではない。しかし、兄の蕭統が『陶淵明集』を編纂し、その愛好を明白に表明しているのに対して、蕭綱の場合、陶淵明を愛好したことは顔之推の記述以外に、現存する彼自身の文には見当たらず、直接陶淵明に言及した言葉じたい、筆者の調べた限りでは未確認である。

その陶詩への愛好はごく個人的な範囲に限定されていたと考えられる。これは彼の所属した文学上の派閥[72]に関わっているだけではなく、政治上の考慮もあろう。「答湘東王和受試詩書」について、沈意は、「蕭綱のこの手紙は古来彼の文学思想を反映している典型的なものと見られている。事実としては、確かにそうである。しかし、事実はそれだけではない。彼はこの手紙を通して敵を攻撃し、武帝を喜ばせると同時に盟友を得ることもできた。その政治的な才能を十分に表している」[73]と評価している。「盟友」のうち、前述した湘東王蕭繹、徐摛、庾肩吾らは、いずれも蕭綱の政治勢力にとって重要な人物であった。政治上の支持を得るためには文学に関する主張においても一致が求められるようになる。そのため、彼は当時「異質」と見られていた陶詩への愛好を表明することには慎重な態度を取ったのであろう。

本章のまとめ

本章で考察した四人の評価およびその影響関係は以下のように整理できる。

まず、鍾嶸と江淹について、鍾嶸の『詩品』は、江淹の「雑体詩」と文学観や創作目的は異なるが、江淹の模倣対象すべてを批評していることから、文学世界における優れた作品と称えるべき人物の認識において、鍾嶸は江淹と基本的に一致していたことがわかる。江淹は、擬詩の形で陶詩の特色と文学的価値を示したが、そこにはランク付けや明確な優劣判断が見られないのに対して、鍾嶸はランク付けの意識が強く、陶淵明に対する評価もより明白である。二人の評価がもたらした陶淵明の受容への影響としては、まず、江淹の方は、隠逸詩および田園詩という特徴を把握し後世に方向性を示すという重要な役割を果たしている。ただ、陶淵明に言及する作品の数が少なく、擬詩があるものの明白な評論を行っていないため、後世において議論されることが少ない。一方、鍾嶸の陶淵明評価は後世では読解や議論が積み重ねられた。前述したような批判の声も少なくないが、批判に伴う陶詩受容の深化をもたらしており、この面から言えば、影響としては江淹よりも大きいと言える。

次に、鍾嶸と蕭統についてであり、文の書き方から見ると、鍾嶸の品語は、蕭統の「陶淵明集序」に見えるような賛美に溢れた言葉と比較すると、確かに一見して平淡ではある。このため、従来の見解では、鍾は蕭統ほど陶淵明の文学の価値を理解していないという説が多い。しかし、「陶淵明集序」と鍾嶸の「品語」とを比較すると、実のところ評価が一致しているところが多い。例えば、「余、其の文を愛嗜して、手を釈く能はずして、尚ほ其の徳を想へば、同時ならざるを恨む」（蕭）と「其の文を観る毎に、其の人徳を想ふ」（鍾）、あるいは「時事を語れば、則ち指して想ふべし、懐抱を論ずれば、則ち曠らかにして且つ真なり」（蕭）と「篤意真古」（鍾）、「詞采は精抜なり」（蕭）と「辞興婉愜」、「風華清靡」（鍾）のように、表現において蕭統の方がより熱が籠もっているだけであり、陶詩を称賛している点においてはその角度も内容もほぼ同じであると言える。また、『詩品』全体を見ると、そもそも鍾嶸の作風が蕭統ほど華麗ではなく、一見平淡な言葉にこそ鍾嶸の「本心」が込められているところがあると言える。

そして、貴族階層が文学の中心となった斉梁時代、当時唯一陶淵明のことを理解していた人物とされる二蕭については、鍾嶸の「古今隠逸詩人の宗」という評価を受け、「隠逸」の面だけではなく、「文学」の面も理解し、愛好していた可能性が十分あると考えられる。

蕭綱については、当時の一般的な評価により近く、陶の隠者としての人物像に先に惹かれ、次に隠逸詩文における創作方法などの共通するところに注目した可能性が大きいと考えられる。一方、蕭統の陶淵明に対する全面的な愛好はより明確であり、人徳よりも「文学」の方に先に惹かれていただろうことも看取できる。これは、二人の所属する文学派閥の違いによるものでもあると考えられる。

蕭統は、陶淵明の価値を認め、それを示すために『陶淵明集』を編纂し、『文選』に陶詩を収録した。また、江淹の「雑体詩」が『文選』に収録されたことも、間接的に陶淵明の受容にプラスの効果を発揮している。このように、陶淵明は文学批評者達の注目を集めるようになってきたが、蕭綱と比べて、蕭統は同じく折衷派に所属した鍾嶸の影響をより多く受けたと考えられる。鍾嶸の「古今隠逸詩人の宗」という評価だけでなく、「詩人」（文学）と「隠逸」（人物）に対する評価の関係においても鍾嶸と類似するところが多い。そして、鍾嶸が全面的かつ専門的な文学批評を行ったのに対し、蕭統の方は、陶のために作品集や人物伝を作り、『文選』において陶淵明の作品を収め、さらには『陶淵明集』の序文において鍾嶸よりも華麗な言葉を使って高い評価を与えた。これらによって、実質的に陶淵明の受容に対して果たした影響としては、蕭統のほうが鍾嶸よりも大きいところがあると言える。これこそが、蕭統が鍾嶸よりも陶淵明のことを「理解」していると言われる理由であろう。

注

（1）前掲『談芸録』、八八頁。
（2）蘇軾「評韓柳詩」に、「所貴乎枯澹者、謂其外枯而中膏、似澹而実美、淵、子厚之流是也」（前掲『蘇軾文集』、二一一〇九頁）とある。
（3）前掲『談芸録』、二二七頁。
（4）詩を随想的に評論し、作詩法を説き、または詩人の逸話・故実などをしるした書物。
（5）顔崑陽著『文学観念叢論』（正中書局、一九九三年）の「論魏晋南北朝『文質』観念及其所衍生諸問題」（一一～九三頁）を参考にした。
（6）羅根沢は六朝期において「文」が重視された理由について、「両漢は儒学のみ尊ぶ時代であったため、文章の「載道尙用」の効用を非常に重視していた。たとえ優美な辞賦であっても「諷」「諫」の機能を持たせていた（中略）そのため、儒学や節義が衰えてこそ文章が盛んになる。儒学や節義が衰えてこそ文章は「縁情」に転換する」と述べている（『魏晋六朝文学批評史』（中央大学文学叢書）、商務印書館、一九四七年二月、八頁）。
（7）鈴木虎雄は、「魏晋南北朝時代の文学論」（『芸文』、一九一九年、後『支那詩論史』（弘文堂、一九二五年）に所収（四〇頁））において、「魏の時代を以て支那の文学上の自覚時代」、文学評論は「魏晋以降に於て生じ、斉梁に至りて始めて隆なり」と述べている（前掲『支那詩論史』の序、一頁）。魯迅も、「魏晋風度及文章与薬及酒之関係」において、「曹丕の時代は「文学上の自覚時代」と述べている（初出は広州『民国日報』副刊「現代青年」の第一七三期～第一七八期。改定稿は一九二七年十一月に『北新』半月刊第二巻第二号に発表された。後に『魯迅全集』「而已集」に所収（人民文学出版社、二〇〇五年、五二三～五三九頁））。
（8）明の胡応麟は、各時代の文学の「文」と「質」の状況について、「漢の人の詩は質の中に文有り。文の中に質有り。渾然天成にして絶えて痕跡無し。古今に冠絶する所以なり。魏の人は贍《た》りて而して俳せず。華かにして而して弱からず。然るに文・質離る。晋と宋は文盛んにして質衰ふ。斉と梁は文勝りて質滅ず。陳・隋其の質を論ずる無し。即ち文に論ずるに足るる者無し」(明・胡応麟撰『詩藪』内篇巻二、中国文学参考資料叢書、中華書局、一九五八年、二一頁)と述べている。

(9)『文選』巻十七。

(10)晋・摯虞撰、張鵬一校補『文章流別志論』(厳一萍選輯、叢書集成続編『関中叢書』に所収の『摯太常文集』巻二)、芸文印書館、一九七〇年。書名はまた『文章流別集』に作る。

(11)楊明照『抱朴子外篇校箋』(新編諸子集成第一輯)、一九九一年、六五〜七九頁。

(12)底本では「盈於差美」に作るが、葛洪撰、本田済訳注『抱朴子　外編二』(東洋文庫、平凡社、二〇〇九年)の注釈(二六六頁)に従って、前後の文意を考慮したうえで修正した。

(13)中国南北朝時代の南斉の武帝の永明年間(四八三〜四九三)に流行した詩体である。沈約・謝朓・王融らを中心として創作された。周顒の「四声説」と沈約の「八病説」に従い、詩の形式と韻律の美を重視する。唐代の近体詩の形成に重要な役割を果たした(松浦友久『漢詩の事典』、大修館書店、一九九九年、七四九頁を参照している)。

(14)南朝・梁の徐陵・庾信の詩体。文風として、巧緻で華麗な修辞性に富んでいる(前掲『漢詩の事典』、七五〇頁を参照)。

(15)「宮体」とは梁の武帝蕭衍の第三皇子であった東宮(皇太子)時期(五三一〜五四九)に、侍従の文人であった徐摛・庾肩吾らによって樹立された詩体である。「宮体」は、東宮の詩体の意味である。詳細は後述する。

(16)郭英徳・謝思煒・尙学鋒・于翠鈴著『中国古典文学研究史』(中華書局、一九九五年)の一三八〜二二一頁を参照。

(17)岡村は、「その規制力の大きな一つは、『宋書』『晋書』『南史』のばあい、当時の有名な隠者を一括して「隠逸伝」の中に収録しようとしたために、その隠者の各伝記は、どうしても隠者の名にふさわしい風貌を持たせるような内容にせざるを得なかったことである」と述べ、またこのような内容規制に従うかぎり、「「隠逸伝」中の一人としてその中に組みこまれる淵明の伝記としては、まず第一に、彼自身が著した「自伝」であ」ると述べている(前掲岡村『陶淵明――世俗と超俗』、三三〜三四頁)。

(18)『文選』巻五十七、「陽給事」は陽瓚のこと。

(19)『宋書』王弘之伝に「弘之(元嘉)四年に卒す、時に年六十三。顔延之為に誄を作さんと欲するも、(中略)誄、竟に就らず(弘之四年卒、時年六十三。顔延之欲為作誄、(中略)誄竟不就)」とある。

(20)衛氏は、「彼が淵明の高い節操に憧れたのは自分の不平を託すためである。淵明の帰隠して仕官しないことを讃えたのは、官僚として抑圧されていた苦悶を表わすためである」と述べている(衛軍英「顔延之与陶淵明関係考弁」、『杭州大学学報』(第二十二巻第一期)、一九九二年、七〇〜七一頁)。

(21) 『南史』顔延之伝に「延之曽て鮑照に己と霊運との優劣を問ふ。照曰く、「謝の五言初めて発《ひら》く芙蓉の如く、自然にして愛すべし。君の詩は錦を舗き繡を列するが若く、亦た雕繢《てうくわい》眼に満つ」と」とある。類似する文は、後述する『詩品』の顔延之に対する品語にも「湯恵休曰く、「謝の詩は芙蓉の水より出づるが如く、顔は采を錯《ま》じらせ金を鏤《ちりば》むるが如し」と」とあるが、湯恵休の説とするのもある。

(22) 森博行は、「江淹「雑体詩」三十首について」において、「結論的にいえば、彼が「雑体詩」三十首において意図したものは、彼自身の思想や感情をそこに寄託しようとすることではなく、実は漢代の作者不明の「古詩」以下、劉宋の休上人(湯恵休)に至るまでの三十人の詩を対象に、その詩人たちの詩的本質を五言詩によって、つまり創作によって記述しようとしたものなのである。だから、これは詩による文学批評乃至は詩史とでもいうべき性質をおびており、高橋和巳の言葉を引用すれば、「詩の列伝」とでも呼ぶべき性質のものである」と述べている(『中国文学報』(二七)、一九七七年四月、二一頁)。

(23) 「関西」は前漢のことで、都が長安で、函谷関の西にあるからである。「鄴下」は建安時の曹魏のこと。鄴が曹魏の都である。「河外」は晋のことを指す。都が洛陽である。「江南」は晋と劉宋を指す。都は揚子江の南にある建康である。

(24) 銭鍾書著『管錐編』(四)、生活・読書・新知三聯書店、二〇〇一年、一三三五頁。

(25) 『抱朴子』鈞世篇にも「其於古人所作為神、今世所著為浅、貴遠賤近、有自来矣」とある(前掲『抱朴子外篇校箋』(新編諸子集成第一輯)、七一頁)。

(26) 『詩品』巻中、曹丕に対する品語に「率皆鄙直如偶語」とある。

(27) 『詩品』巻上、阮籍に対する品語に「洋洋乎会于「風」「雅」、使人忘其鄙近、自致遠大、頗多感慨之詞」とある。

(28) 北宋・文同撰『丹淵集四十巻　拾遺二巻』(『四部叢刊』上海商務印書館縮印本)、巻九「読淵明集」、台湾商務印書館、一九六七年、一〇四頁。

(29) 姚奠中主編、李正民増訂『元好問全集(増訂本)上』、山西古籍出版社、二〇〇四年、二六九頁。

(30) 前掲明刻本黄文煥『陶詩析義』巻首。

(31) 例えば、南宋・曽紘「余曽て陶公の詩を評して語造は平淡にして、意を寓して深遠にして、外は枯槁なるが若くして、中は実に敷腴、真に詩人の冠冕なりと」(前掲李公煥『箋注陶淵明集』、四九頁)、南宋・葛立方「陶潜・謝朓の詩、皆平淡にして思致有り、後来の詩人心を怵《おそ》れしめて目を劌《き》つて彫琢する者の為す所に非ざるなり」(前掲『韻語陽秋』巻一)、朱熹「淵明の詩は平淡にして、自然より出で、後人他の平淡を学ぶも、便ち相ひ去ること遠きなり」(前掲『朱子語類』巻百四十、三三二五頁)、明・帰有光「已にして陶子の集を観れば、則ち其の平淡沖和、瀟洒脱落、悠然勢分の外に、独り窮に困しまざるのみに非ずして、而るに直だ窮を以て娯しみと為すのみ」(『震川先生集』巻十五「陶庵記」)、清・施山「淵明は平淡の極品と為す」(旧鈔本『漱芳閣叢鈔』巻一)等が該当する。

(32) 例えば、北宋・秦観「陶潜・阮籍の詩は沖淡に長ず」(『淮海集』巻二十二「韓愈論」、『四部叢刊』本、上海商務印書館影印本、出版年不明、三頁)、明・王世貞「淵明旨を沖淡に托し、其の造語に極めて工みなる者有れば、乃ち大いに思に入り来て、之を琢きて痕跡無からしむるのみ」(『芸苑巵言』巻三、丁福保輯『歴代詩話続編』所収、中華書局、一九八三年、九九四頁)等々が該当する。

(33) 「和陶帰園田居六首」の其六(蘇軾著、清・王文誥輯注、孔凡礼点校『蘇軾詩集』(中国古典文学基本叢書)、中華書局、一九八七年、二二〇六～二二〇七頁)。南宋の呉仁傑が書いた「陶靖節年譜」に「義熙二年、丙午。「帰園田居」詩五首有り。其の詩を味はへば、蓋し彭沢より帰る明年の作す所なり。(中略)此の詩今本に六首有りて、韓子蒼云ふに、「陳述古本に止だ五首のみ、俗本に江淹「種苗在東皐」を取りて末篇と為すも、乃ち行役に序《つい》ぢ、前の五首と類せず、東坡も亦た其れに因りて誤りて之に和す」と。按ずるに、江淹、先生に擬する「田居」の詩は『文選』に見ゆ」(呉瞻泰輯『陶詩彙注』、拝堂刻本)とある。

(34) 表の作成にあたっては、前掲『文学論集』(中国文明選第十三巻)(八五頁)と鳥羽田重直「雑擬詩考」(『和洋国文研究』(三十六)、二〇〇一年)の表を参照した。そして、生没年に関しては『中国文学大辞典』(銭仲聯総主編、上海辞書出版社、一九九七年)の「魏晋南北朝文学」(一〇九～一六三頁)の項を参照した。

(35) 曹旭『詩品研究』(上海古籍出版社、一九九八年)の「八、品語発微之二――鍾嶸、二蕭与陶詩顕晦」(一九〇～一九一頁)を参考にした。

(36) 『詩品』の本文における各詩人に対する評価の言葉。

(37) 袁行霈『陶淵明研究』、北京大学出版社、一九九七年、一三六～一六一頁。

(38) 詳細は後述する。そのほか、李文初は「読『詩品』「宋徴士陶潜」札記」において、「古今」という言葉が斉梁時代の言語習慣に合わないことと、陶淵明の死後より鍾嶸までの八、九十年間の間、『宋書』『晋書』『南斉書』のいずれにおいても、「隠逸詩人」という言い方が見られないことをもって、この品語は後世の人により手が加えられたものであるという意見を出している(『文芸理論研究』、一九八〇年第二期、後『陶淵明略論』(広東人民出版社、一九八九年)に所収)。これについて、曹旭は『詩品研究』において反対の意見を出している。曹氏はこの品語が後世の人によって加えられたものであることについての明確な証拠がまだ確認されていないため、本書も鍾嶸本人のものであるという立場を取っている。

(39) 「詩品序」に「昔九品もて人を論じ、七略もて士を裁め、校して賓・実を以てし、誠に未だならざる多し。詩の技と為すが若きに至りては、較爾《かくじ》して知るべし、以て之を類推すれば、殆ど博弈と同じ」と見える。

(40) 前掲『文学論集』興膳氏の注に「「爾後陵遅衰微」を前段の建安詩の条を最後につけ、この段を「迄於有晋太康中」(有晋の太康中に迄《いた》つて)から始める読みかたも可能に思われるが、いまは通説にしたがっておく」(三四〜三五頁)とある。本書もこれに従う。

(41) 前掲『詩品詳解』、六八頁。

(42) 前掲『文学論集』(中国文明選第十三巻)、四〇頁。

(43) この点に関しては、岡山大学の橘英範教授からのご示教を参考にした。

(44) 前掲『文学論集』(中国文明選第十三巻)、一七〇頁。

(45) 高松氏の「通釈」によると、世人の嗟嘆する点が陶淵明の「質直なる」ところで、実は風華清靡の方が嗟嘆すべきだと理解しているようである(前掲『詩品詳解』、六五頁)。

(46) 前掲『詩品訳注』、六五頁。

(47) 周偉民・蕭華栄著『「文賦」「詩品」注訳』、中州古籍出版社、一九八五年、一一七頁。

(48) 禹克坤著『中国文化典籍　『文心雕龍』与『詩品』』、人民出版社、一九八九年、一五三頁。

(49) 前掲『詩藪』(中国文学参考資料叢書)、一四六頁。

(50) 清・王夫之著、船山全書編輯委員会編校『船山全書　第十四冊　楚辞通釈・古詩評選・唐詩評選・明詩評選』、「古詩評選　巻四　五言古詩一　漢至晋」、岳麓書社出版、一九九六年、七一六頁。

(51) 前掲明刻本黄文煥『陶詩析義』巻首「自序」。

(52) 前掲『苕渓漁隠叢話』後集(中国古典文学理論批評専著選輯)巻三「陶靖節」、一七頁。

(53) 清・温汝能「陶詩彙評自序」、清刻本『陶詩彙評』巻首(前掲『陶淵明研究資料彙編』)、二二一頁。

(54) 袁行霈は、「中品にランクづけられたほかの詩人に対して、鍾嶸は往々にして否定的な言葉がある。(中略)しかし、中品にランクづけられた陶潜に対しては否定的な言葉は一言も見えない。中品とされる詩人がこのような評価を得たのはまったくもって特殊なことである」と述べている(『陶淵明研究』、北京大学出版社、一九九七年、一三七頁)。

(55) 底本と周振甫『詩品訳注』のいずれも「繁富」に作るが、『詩品詳解』では「繁蕪」に作る。前後の文脈と後述の鍾嶸の「繁富」に対する評価からみると、ここでは「繁蕪」の方がより適切であると考え、表記を改めている。

(56) 高松亨明の「補説」によると、「本文の末に十字の注が附いているが、他にかかる例は全くなく、原注なのか、それとも後入の箋注が竄入したものなのか、今明らかにし難い」（前掲『詩品詳解』、四〇頁）という。

(57) 前掲顔延之についての品語。

(58) 興膳宏『新版　中国の文学理論』、清文堂、二〇〇八年、三一〇頁。

(59) 前掲『陶淵明集箋注』、六一三～六一四頁。

(60) 『梁昭明太子文集』巻三（『四部叢刊』上海商務印書館縮印本）、台湾商務印書館、一九六七年、二二頁。

(61) 劉孝綽の「昭明太子集序」における蕭統の文学に関する評価もこれに基づいている。蕭統は「文に深き者は、兼ねて之を善くし、能く典にして野ならず、遠くして放たず、麗にして淫せず、約にして倹しからず、独り衆美に擅《た》けしむるべく、斯の文は斯に在り」（前掲『梁昭明太子文集』、九頁）と述べている。蕭統のこのような文学観について、福井佳夫は、「あまりに常識的で平凡、だれでもいいそうなことばだった。そしてそのうえ、実体もぼんやりとしていて、許容範囲のひろいものだったのである」と述べている（福井佳夫『梁の蕭兄弟』、汲古書院、二〇二四年、七七頁）。

(62) 岡村繁は、「昭明太子の淵明に対する態度をながめてくると、殊のほか隠者を尊重した当時の社会的風潮もさることながら、太子は隠者として主観的にほぼ理想化された淵明観に立って、その人徳をこそ思慕し、その人徳を偲ばんがために、その詩文を愛好していたもののように見受けられる。だとすれば、淵明に対する太子のこうした求道的な態度は、文学の創作という有閑事に結びつくよりも、むしろ道徳的・政治的な風教の面にこそ直結する性質のものであったといえよう」と述べている（前掲岡村『陶淵明——世俗と超俗』、四六頁）。

(63) 『東坡題跋』巻二「題文選」に「淵明「閑情賦」正に所謂「国風」の色を好みて淫さざるものにして、正に使し「周南」に及ばざるも、屈・宋の陳ぶる所と何ぞ異ならんや。而るに統乃ち之を譏り、此れ乃ち小児の強いて事を解するを作す者なり」とある。

(64) 陶淵明が「閑情賦」の序に「初張衡作「定情賦」、蔡邕作「静情賦」」と述べる。袁行霈によれば、そのほかに、王粲「閑邪賦」、陳琳「止欲賦」、阮瑀「止欲賦」、応瑒「正情賦」、曹植「静思賦」、張華「永懐賦」などがある（前掲袁行霈『陶淵明研究』「陶淵明的「閑情賦」与辞賦中的愛情閑情主題」（一二六～一二七頁）を参照）。

(65) 北海道大学大学院文学院、『研究論集』第二二号、二〇二三年一月、二一～三八頁。

(66) 『梁書』徐摛伝に「文を属《つづ》りて好みて新変を為し、旧体に拘《かか》はらず。（中略）摛、文体既に別ち、春坊尽《ことごと》く之を学ぶ。「宮体」の号、斯より起る」とある。

(67) 明・張溥編『漢魏六朝百三名家集』（五）、中文出版社、一九七六年、二五七九頁。

（68）『梁書』では題名を「与湘東王書」に作る。なお、本書における蕭綱の作品の引用は前掲『漢魏六朝百三名家集』（五）所収の『梁簡文帝集』（二五七九～二七〇二頁）を底本にした。
（69）『論語』公冶長篇に「子曰く、盍ぞ各々爾の志を言はざる（子曰、盍各言爾志）」とある。
（70）網祐次は、「永明文学の基づく所を案ずるに、晋宋の交、始めて、陶潜　謝霊運らに拠るところの田園や山水の叙景詩が成り、ついで、詠物詩的の作も、次第に現はれたが、宋の鮑照に至つては、叙景詩、および詠物詩的のもの（猶ほ、言志抒情の気味が、かなり強い）が多い。（中略）以上は、永明文学の源流であるが、次にその展開に就いて言へば、永明文人に拠って、一応、その形を整へた詠物詩は、梁に入っては、数量　素材　構成　詩風など、何れの面にも、更に前進した。（中略）叙景詩は、梁の簡文帝に、全篇の叙景なるもの、および之に準ずる作が多い」と述べている（網祐次『中国中世文学研究　南斉永明時代を中心として』、新樹社、一九六〇年、四一五～四一八頁、傍点は原著による）。
（71）前掲『漢魏六朝百三名家集』（五）、二六八一頁。
（72）王運熙・楊明著『魏晋南北朝文学批評史』（上海古籍出版社、一九八九年、一八二～一八八頁）によると、南朝の文学批評の派閥には主に復古派、新変派と折衷派の三派がある。復古派は裴子野を代表とし、文学の教化上の役割を強調し、「文」と「質」の関係において「質」に偏っている。折衷派は顔延之、劉勰、鍾嶸、蕭統、顔之推を代表とし、「典にして野ならず、麗にして浮かず、文質彬彬たる」文学を主張し、「文」と「質」の関係に対して折衷的な態度を取っている。新変派は沈約、蕭綱、蕭繹と蕭子顕などを代表とし、情性を揺蕩し、詞彩が華やかで麗靡な文学を追求しており、「文」と「質」の関係において、「文」の方を重視している。
（73）沈意「梁代中期文壇之争的実質」、『貴州社会科学』（第二〇五期）、二〇〇七年一月、一四五頁。

結論

本書では、隠逸詩人としての陶淵明の隠逸詩とその思想について考察した結果、主に以下のような結論に至った。まず、第一章では、中国の隠逸思想の根源を整理し、儒家と道家の代表的な思想家に見られる隠逸思想の特徴を重点的に考察した。『詩』『易』などの文献に関する後世の注釈書で言われた「隠」の生き方や「隠」に関わるイメージは、後世の思想家や詩人が隠逸を思慕する際の起点となる。中国の隠逸思想は、主に儒家思想と道家思想に依拠するものが多いが、儒家と道家には学派としてそれぞれの隠逸思想の特徴や傾向がある一方で、それぞれの代表的な思想家の間にも差異が存する。また、時代や人物の特徴によって、儒家の思想家の考えにも道家思想の影響が見られ、道家の思想家の考えにもまた、より現実的な儒家思想の影響が認められる。

儒家における隠逸思想は、『論語』をはじめ、基本的には『易』の「時」の思想を受けた出処進退の考え方だと言える。『論語』において、孔子がみずからの隠逸志向を表わす例や、隠者の名前を取りあげて尊敬の意を表わす例が多数見られる。もっとも、「無道」な社会では「言」を慎むべきだという考えのもとで、孔子がいう「隠」は、「行」における「隠」というよりも「言」における「隠」だと言える。「海」や「九夷」へ向かうという行動上の「隠」をほのめかす発言や、賢人が隠れることを評価し、隠者と交流しようとすることは、いずれも「言」における「隠」に関わることで、婉曲に政治を批判するというのがその本当の主旨であることを明らかにした。このような一時的に隠逸し、行動よりも発言における「隠」を重視するという特徴こそ、陶淵明が隠逸初期には孔子の主張に従いながらも、隠逸の深まりにともなって道家の思想に傾いた大きな理由であろう。

次に、道家における、老子の無為・自然、「名遂身退」（『老子』第九章）の思想、荘子の自然や万物との一体を説き、そして個人の自由を守る思想などは、いずれも世俗から自然に帰るという隠逸行為に理論的な根拠を与えた。ただし、隠逸思想においては、老子と荘子との間にも差異がある。老子が説く「隠」は、統治者を対象とするものであり、為政者としての治め方、または現実社会に向けての処世術としての面が強い。これに対して、荘子が説く「隠」は、主に個人を対象としており、精神上の自由を求める面が強い。ただし、荘子が説く精神上の「隠」は、徹底的かつ理想的であるがために、あるいは実現させにくいという懸念がある。

そこで、老荘のほかに六朝時代の知識人たちの詩文においてよく取りあげられるもう一人の道家の思想家である楊朱の思想について、その隠逸に関わる部分を重点的に考察した結果、以下のことが明らかになた。楊朱思想では、老・荘とは異なり、その「為我」思想によって、隠逸するかどうかの判断基準を「我」のためになるかどうかに置いている。そのため、隠逸のあり方は個人の境遇や時代の環境によって柔軟に変えられる。楊朱思想は、このように、儒家で重視される「時」、道家で重視される「自然」、そして「天下」からの「我」の独立、物質からの精神上の独立が融合されているため、六朝期の乱世に生きた隠者らにとっては実用性があり、受け入れやすい思想となったのである。現存する楊朱学派に関わる資料が限られているため、本書では、主に晋になって編纂された『列子』所収の楊朱篇を中心に楊朱の隠逸思想を考察したが、もし戦国時代の楊朱思想もすでにこのような特徴を持っていたとすれば、老子思想の処世的な一面を継承し、儒家の「時」の考え方を受けて、荘子のような純粋な一面を調和できた隠逸思想が早くから存在したと言えよう。

楊朱の隠逸思想は道家において異色のものだと言えるが、このような例外は道家に限ったものではない。儒家においても、戦国時代には、帛書『周易』「二三子問」篇のような「時」を無視した隠逸と、『孟子』尽心上篇のような「私」を出発点とした隠逸の例がある。言うまでもなく、先秦時代から、儒家と道家とは、対立しつつも互いに影響し合っていた。このような交流と融合は、それぞれの隠逸思想における変遷にとりわけ顕著に現れる。六朝時代に至ると、隠逸の流行にともなって両者の融合はさらに深まり、陶淵明のような隠逸詩人が現われ、生き方の模索や思想の変化をその作品によって表現するようになった。

第二章では、陶淵明の隠逸詩における楊朱思想の影響を考察した。

第一節では、主に「我」と生・死、名実論と「生」、「裸葬」という三つのテーマから、陶淵明の死生観における楊朱思想の影響を考察した。

まず、『列子』楊朱篇に見える死生観の特徴を確認した結果、『列子』のその他の篇や『荘子』と異なり、生と死を明確に区別し、誰もが免れ得ない死を出発点として生を顧みるという思考構造によって、今生きていることを楽しむことを重視するという特徴が確認された。

次に、陶淵明の死を出発点として生を顧みる姿勢には、漢代の楽府・古詩の影響が認められる一方で、その「形影神」に見られるように、死の恐怖感を超越し、生と死とを明確に区別し、死に対して冷静な態度をとっている点からは、楊朱思想の影響が看取される。また、この思考構造に基づく彼の名実論にも楊朱と同じ方向性が認められ、さらに、死によって「我」は消滅するのだから、死後のことは「我」とは無関係だとする考えに基づき、「裸葬」を受け入れて拘らないという姿は、楊朱の態度に近い。

第二節では、陶淵明の隠逸詩に見える楊朱の影響について考察した。

まず、楊朱の名を直接挙げている「飲酒」其十九と五言「答龐参軍並序」について考察した。その結果、陶淵明は「楊朱泣岐路」の話柄を踏まえたうえで、人生の道の選択に慎重な態度を取っており、楊朱に共感している面が見られることを示した。さらに、楊朱の名を直接挙げていなくても、史書の故事や人物に言及する際に、思想上、楊朱思想とりわけ楊朱篇の思想に接近した面が見受けられることが明らかになった。

　第三章では、六朝期に盛んになった隠逸の風潮における陶淵明の影響を考察した。主に湛方生と江淹という二人の詩人との比較を通して、陶淵明の隠逸詩人としての気質の特徴を明らかにした。当時流行した玄学に憧れ純粋に道家的な「隠」を求めた湛方生と、儒・道・仏を区別せずに受け入れ、「隠」に憧れつつも実践は控えていた江淹とは異なり、陶淵明は「隠」と「仕」との間を彷徨し、生・死、名・実などの現実的哲学的問題に直面した。そして、その隠逸実践の中で模索した過程を隠逸詩によって表現した。それらの隠逸詩からは、彼には孔子のような「道」を守ろうとしてもうまくいかない中で悩んでいた面と、楊朱のような「死」の虚無を起点として「生」の苦悩を諦観していた面の両面性が看取される。この両面は矛盾している一方で、両者相俟って、陶淵明の隠逸詩人としての独特な気質を形成している。後世において隠逸に憧れあるいはそれを実践した人は、いずれも彼の詩文から共感や啓発を得ている。

　第四章では、六朝期における陶淵明評価をめぐって考察した。主に「詩人」としての陶淵明の文学の評価を重点に、「隠逸」における人物の評価も合わせて分析した。六朝期の代表的な文学批評者であり、かつ後世の陶淵明評価に重要な影響を与えている江淹・鍾嶸・蕭統と蕭綱の四人を取りあげてそれぞれの陶淵明に対する評価を考察した。六朝期では「質」よりも「文」を重視する文学観が主流であり、四人の評価はいずれも陶淵明の人物評価に重きを置き、文学の方は世間一般の評価と同調して低く見積もるところがある。

　一方で、顔延之の「文は指の達するを取る」という短い評価によって客観的に認められた陶淵明の文学の「質」、江淹の擬詩によって提起された陶淵明の隠逸詩人・田園詩人としての人物像、貴族階級の代表で文壇の中心でもある蕭綱と蕭統が表明した陶淵明に対する個人的な愛好、それらが唐代以降に陶淵明の作品の真価を認めさせる条件を準備した。さらに、鍾嶸の品語に隠された陶淵明の詩文に対する高い評価、蕭統による陶淵明の詩文の編纂と

『文選』への編入は、世間一般の評価と異なり、二人が陶淵明の隠逸詩の文学上の価値について個人的に高く評価していた証拠である。また、それらが後世の詩文と詩論における陶淵明の受容に多大な影響を与えたのである。

六朝期の文学批評のなかで、陶淵明はまだ詩人として高く評価されていなかったにもかかわらず、文壇の中心人物に思慕されていたことは事実である。この事実が認められて唐代以降では詩人としての評価も高くなり、それが現代に至るまで続く「隠逸詩人」「田園詩人」の代表者とする評価に影響を与えた。

陶淵明の詩文を見れば、その隠逸生活は決していつも悠々自適なものではなく、外面の現実生活では、経済や人間関係の問題に直面し、内面の精神世界では、生・死、名・実などについての思想上の悩みも抱いていた。そこで彼のこれらの問題にもっとも全面的かつ直接的に触れるのが、現実的な解決方法を与えた楊朱思想であり、彼にとって孔子や老荘よりも実用性の高い理論となった。なぜならば、陶淵明が壮年の時に仕官と隠逸を繰り返した大きな原因は主に「公」の立場を出発点として出仕と隠逸を考えていたからであり、楊朱思想の影響によって、「公」の立場から「私」(「我」)の立場に転換し、生・死、名・実の問題を考え直したから最終的に仕官を捨てて隠逸を選べたのである。これらの問題は完全に解決には至らなかったかもしれないが、思想上ある程度諦観できた陶淵明であったからこそ、隠逸生活を描く隠逸詩の創作が続けられたし、詩文に織り込まれた達観が彼の独創的な一面として後世において高く評価されたのである。

このような独特な死生観と名実観を含んだ隠逸思想を持つ陶淵明は、湛方生のようにひたすら玄学や神仙思想に傾倒することもなく、江淹のように仕官の道において隠逸思想を功利的・実用的に使うこともなく、後世において隠逸詩人として長く尊ばれるのである。

六朝時代にはまだ十分に認められていなかった文学上の価値は、唐代では詩人が人物として愛慕したことで間接的ではあるが継承された。宋代では、詩話や詩論の発展にともなって、その隠逸文学の表現上における価値も認められ、人物の評価と相俟って今日に至る。

陶淵明の隠逸詩とその思想に見える独自性は、六朝期の時点である程度認識されていたが高くは評価されなかった。しかし、唐代以降になると大いに評価され、模倣された。さらに、陶淵明の詩文や唐以降の李白・杜甫・白居易などの詩人が陶淵明への思慕から作った詩文によって、日本の隠逸文学・隠逸思想にも影響を与えた。その中には、本書で論じた楊朱思想の要素なども含まれている可能性がある。

初出一覧

本書の一部は、著者の発表済みの論文を基に構成されている。以下で、該当箇所と初出を示す。

第二章
第一節：「陶淵明の死生観における楊朱思想の受容について」（日本中国学会、『日本中国学会報』第七四号、二〇二二年一〇月、一七～三二頁）。
第二節：「陶淵明の隠逸思想における楊朱の存在について」（北海道大学中国哲学会、『中国哲学』第五〇号、二〇二三年三月）。

第三章
第一節：「湛方生の隠逸思想について――陶淵明との関わりを中心に」（北海道大学中国哲学会、『中国哲学』第四七号、二〇一九年一二月、一～五二頁）。
第二節：「江淹の隠逸思想について――陶淵明との関わり」（北海道大学中国哲学会、『中国哲学』第四五・四六合併号、二〇一八年一二月、一〇三～一四四頁）。

第四章
「『詩品』と「雑体詩」における陶淵明――「中品」という評価をめぐって」（北海道大学大学院文学研究科、『北海道大学大学院文学研究科研究論集』第一八号、二〇一八年十二月、七七～一〇七頁）。

謝　辞

本書は、二〇二三年に北海道大学大学院文学院に提出した博士論文「陶淵明の隠逸詩とその思想」に基づいている。刊行にあたっては、楡文叢書として採択され、北海道大学大学院文学研究院より刊行助成をいただいた。厚く感謝したい。

博士論文については、北海道大学大学院文学研究院の近藤浩之先生、弥和順先生、田村容子先生、そして北海道大学名誉教授武田雅哉先生より、ご指導とご批正を賜った。また、神戸大学名誉教授釜谷武志先生、岡山大学学術研究院社会文化科学学域(文学部)橘英範先生、広島大学大学院人間社会科学研究科末永高康先生にご助言を賜った。本書の編集を担当してくださった北海道大学出版会の川本愛氏には、刊行まで導いていただいた。

陶淵明を研究対象にした理由は、中国の詩人の中ではもっとも理解できなかった詩人だからである。中学校から触れた地元の詩人であったが、その「五柳先生伝」で表わされた隠者の楽しみがどこにあるのかもわからなかったし、「桃花源記」に描かれたユートピアも、実家の風景と大変近いため、自分にとってはあまり魅力がなかった。とはいえ、陶淵明は中国では名高い詩人として長い歴史の川で一つの巨大な石のような存在であることは事実で、その理由がどうしても知りたいと思っていた。留学中、中国人なのになぜ日本で陶淵明を研究するのかということもよく聞かれるが、正直に言えば陶淵明が日本でも人気の高い詩人となった理由が知りたいのも動機の一つであった。

このような研究課題に対する勝手気ままな気持ちをもって修士として北海道大学に入学した際に、長く続けられるかどうかに自信がなく、課題を変更した方がよいかどうかについて指導教員の近藤浩之先生に相談した。すると、先生は、こちらの考えをよく理解して、さらに私の考えに近い岡村繁氏の『陶淵明——世俗と超俗』（日本放送出版協会、一九七三年）を貸してくださった。このように、近藤先生と岡村氏の本から得た感動と勇気を抱きながら、全身全霊で陶淵明と向き合い始めた。

そこで、陶淵明のわずか一三〇篇あまりの作品集を繰り返して読み、だんだんとその苦しみ、悲しみ、嬉しさ、優しさなどを少しずつ理解できるようになり、まるで数百年の時空を超えて故郷の親友と向き合い語り合うような感を覚えた。この友人の生き方や詩文、そしてこれらに対する後世の評価等々を浮き彫りにしようとしているのが本書である。陶淵明の詩とその隠逸思想は、中国の政治、文学、思想、芸術などの各方面から一筋また一筋とあつめたほのかな日光だと言ってよいかもしれない。この日光は、古代の政治の浮き沈みのなかで生きていた文人たちに、政治の暗闇や、社会貢献と個人の自由との間の葛藤についての知恵を与えた。そして、現代社会のわれわれにとっても、社会環境の変化にもかかわらず、陶淵明の時代の人と同様に名利や生死にかかわる悩みはやはり抱くため、日光のような陶淵明の詩とその隠逸思想は、ときにはわれわれの悩みの真実を照らし、ときには心を温めてくれるのである。

二〇二四年八月

熊征

参考文献

〔テキスト・注釈書・翻訳書〕

詩文関係

丁福保『全漢三国晋南北朝詩』、中華書局、一九五九年
毛亨伝、鄭玄箋、孔穎達疏『毛詩正義』(嘉慶本『十三経注疏(附校勘記)』)、芸文印書館、一九五五年
王先謙撰、呉格点校『詩三家義集疏』、中華書局、一九八七年
王叔岷『列仙伝校箋』(王叔岷著作集)、中華書局、二〇〇七年
王叔岷『陶淵明詩箋証稿』(王叔岷著作集)、中華書局、二〇〇七年
王瑶『陶淵明集』、作家出版社、一九五六年
王逸『楚辞章句』、芸文印書館、一九六九年
古直『陶靖節詩箋(附年譜)』、広文書局、一九七四年
古直『陶靖節詩箋定本』、中文出版社、一九八四年
古直箋、李剣鋒評『重定陶淵明詩箋』、山東大学出版社、二〇一六年
朱熹『詩集伝』、上海古籍出版社、一九五八年
江淹著、丁福林・楊勝朋校注『江文通集校注』(中国古典文学叢書)、上海古籍出版社、二〇一七年
呉瞻泰輯、許印芳増訂『陶詩彙注』、雲南図書館、一九一四年
李白著、鮑方校点『李白全集』、上海古籍出版社、一九九六年
杜松柏『楚辞彙編』、新文豊出版公司、一九八六年

阮籍撰、李志鈞ほか校点『阮籍集』（中国古典文学叢書）、上海古籍出版社、一九七八年
阮籍著、黄節注、華忱之校訂『阮歩兵詠懐詩注』、人民文学出版社、一九五七年
兪紹初・張亜新校注『中州名家集　江淹集校注』、中州古籍出版社、一九九四年
哈爾浜師範大学中文系古籍整理研究室編『陶淵明詩文校箋』、黒竜江人民出版社、一九八五年
姚奠中主編、李正民増訂『元好問全集（増訂本）』、山西古籍出版社、二〇〇四年
洪興祖撰、白化文ほか点校『楚辞補注』（中国古典文学基本叢書）、中華書局、一九八三年
胡驥之注、李長路等点校『江文通集彙注』（中国古典文学基本叢書）、中華書局、一九八四年
徐堅等著『初学記』、中華書局、一九六二年
徐陵撰、呉兆宜箋注、程琰重訂『玉台新詠』、世界書局、一九五六年
秦観『淮海集』（『四部叢刊』）、上海商務印書館影印本、出版年不明
袁行霈『陶淵明集箋注（修訂本）』（中国古典文学基本叢書）、中華書局、二〇二二年
袁行霈『陶淵明集箋注』、中華書局、二〇〇三年
袁珂『山海経校注（最終修訂版）』、北京聯合出版公司、二〇一四年
馬瑞辰撰、陳金生点校『毛詩伝箋通釈』、中華書局、一九八九年
張溥『漢魏六朝百三名家集』、中文出版社、一九七六年
曹旭『詩品集注』、上海古籍出版社、一九九四年
許慎撰、段玉裁注『説文解字注』、上海古籍出版社、一九八一年
許逸民『陶淵明年譜』、中華書局、一九八六
陳延傑『詩品注』、人民文学出版社、一九八〇年。初版は開明書局、一九二七年
陶淵明著、李公煥箋注『箋注陶淵明集十巻』（四部叢刊初編縮印本）、台湾商務印書館、一九六七年
陶淵明著、湯漢注『陶靖節詩集：附録』（王雲五主編『叢書集成』初編）、商務印書館、一九三九年
陶澍『靖節先生集』、文学古籍刊行社、一九五六年重印本
嵇康『嵇中散集』（四部叢刊本初編縮本）、台湾商務印書館、一九六五年
程俊英『詩経訳注』、上海古籍出版社、一九八五年
逯欽立『陶淵明集』、中華書局、一九七九年

逯欽立『陶淵明集』、中華書局香港分局、一九八七年
逯欽立輯『先秦漢魏晋南北朝詩』、中華書局、一九八三年
廖羣『先秦両漢文学考古研究』、学習出版社、二〇〇七年
劉勰著、范文瀾注『文心雕龍注』、人民出版社、一九五八年
摯虞『摯太常文集』(厳一萍選輯『叢書集成続編』『関中叢書』)、芸文印書館、一九七〇年
魯迅著、松井博光訳(代表)『魯迅全集五　而已集・三閑集』、学習研究社、一九八五年
蕭統『梁昭明太子文集』(『四部叢刊』上海商務印書館縮印本)、台湾商務印書館、一九六七年
蕭統編、李善注『文選』(中国古典文学叢書)、上海古籍出版社、一九八六年
鍾優民『陶淵明論集』、湖南人民出版社、一九八一年
鍾嶸著、周振甫訳注『詩品訳注』、中華書局、一九九八年
鍾嶸著、陳延傑注『詩品注』、人民文学出版社、一九八〇年
厳可均『全上古三代秦漢三国六朝文』、宏業書局、一九七六年
蘇軾著、王文誥輯注、孔凡礼点校『蘇軾詩集』(中国古典文学基本叢書)、中華書局、一九八七年
蘇軾著、屠友祥校注『東坡題跋』(宋明清小品文集輯注)、上海遠東出版社、一九九一年
龔斌『陶淵明集校箋』、上海古籍出版社、一九九六年

思想関係

孔安国注、孔穎達疏『尙書正義』(嘉慶本『十三経注疏(附校勘記)』)、芸文印書館、一九九七年
毛亨伝、鄭玄箋、孔穎達疏『毛詩正義』(嘉慶本『十三経注疏(附校勘記)』)、芸文印書館、一九九七年
王先謙撰、沈嘯寰・王星賢点校『荀子集解』(新編諸子集成第一輯)、中華書局、一九八八年
王利器『顔氏家訓集解』(新編諸子集成第一輯)、中華書局、一九八〇年
王弼注、韓康伯注、孔穎達疏『周易正義』(嘉慶本『十三経注疏(附校勘記)』)、芸文印書館、一九九七年
王弼著、楼宇烈点校『王弼集校釈』(新編諸子集成第一輯)、中華書局、一九八〇年
朱熹『朱子全書』、上海古籍出版社・安徽教育出版社、二〇〇二年
朱謙之『老子校釈』(新編諸子集成第一輯)、中華書局、一九八四年

何晏注、邢昺疏『論語注疏』(嘉慶本『十三経注疏(附校勘記)』)、芸文印書館、一九九七年
何寧『淮南子集釈』(新編諸子集成第一輯)、中華書局、一九九八年
汪栄宝撰、陳仲夫点校『法言義疏』(新編諸子集成第一輯)、中華書局、一九八七年
郭慶藩撰、王孝魚点校『荘子集釈』(新編諸子集成第一輯)、中華書局、一九六一年)
陳奇猷『呂氏春秋校釈』(新編諸子集成第一輯)、学林出版社、一九八四年
焦循撰、沈文倬点校『孟子正義』(新編諸子集成第一輯)、中華書局、一九八七年
楊伯峻『列子集釈』(新編諸子集成第一輯)、中華書局、一九七九年
楊明照『抱朴子外篇校箋』(新編諸子集成第一輯)、中華書局、一九九七年
賈誼撰、閻振益・鍾夏校注『新書校注』(新編諸子集成第一輯)、中華書局、二〇〇〇年
僧志磐『仏祖統紀』(大正新修大蔵経刊行会『大正新修大蔵経』第四十九冊に所収、一九九〇年版、初版は一九二四〜一九三四)
趙岐注、孫奭疏『孟子注疏』(嘉慶本『十三経注疏(附校勘記)』)、芸文印書館、一九九七年
劉向撰、向宗魯校証『説苑校証』(中国古典文学基本叢書)、中華書局、一九八七年
劉宝楠撰、高流水点校『論語正義』(十三経清人注疏)、中華書局、一九九〇年
鄭玄注、孔穎達疏『周礼注疏』(嘉慶本『十三経注疏(附校勘記)』)、芸文印書館、一九九七年
鄭玄注、孔穎達疏『礼記正義』(嘉慶本『十三経注疏(附校勘記)』)、芸文印書館、一九九七年

史書関係

左丘明伝、杜預注、孔穎達疏『春秋左伝正義』(嘉慶本『十三経注疏(附校勘記)』)、芸文印書館、一九九七年
司馬遷撰、裴駰集解、司馬貞索隠、張守節正義『史記』(点校本二十四史修訂本)、中華書局、二〇一九年
班固撰、顔師古注『漢書』、中華書局、一九九七年
陳寿撰、裴松之注、陳乃乾校点『三国志』、中華書局、二〇二〇年
房玄齢撰『晋書』、中華書局、一九九七年
沈約撰撰『宋書』(点校本二十四史修訂本)、中華書局、二〇一九年
蕭子顕撰『南斉書』(点校本二十四史修訂本)、中華書局、二〇一九年
姚思廉撰『梁書』(点校本二十四史修訂本)、中華書局、二〇一九年

李延寿撰『南史』(点校本二十四史修訂本)、中華書局、二〇一九年
蕭子顕撰『南斉書』、中華書局、一九七二年
魏徴・令狐徳棻撰『隋書』、中華書局、一九七三年

日本語訳注書

一海知義『陶淵明』(中国詩人選集)、岩波書店、一九五八年
釜谷武志著『陶淵明』(新釈漢文大系　詩人編一)、明治書院、二〇二一年
吉川幸次郎『吉川幸次郎全集』第七巻。筑摩書房、一九六八年。岩波文庫、一九八一年
金谷治『孟子』、岩波文庫、一九六六年
金谷治『老子』、講談社学術文庫、一九九七年
金谷治『論語』、岩波文庫、一九九九年
金谷治『荘子』、岩波書店、一九七一年
原田種成『詩経集伝』、松雲書院、一九七〇年
戸田浩暁『文心雕龍』(新釈漢文大系第六十四巻)、明治書院、一九八三年
高松亨明『詩品詳解』、中国文学会、一九五九年
高木正一『鍾嶸詩品』、東海大学出版会、一九七八年
斯波六郎『陶淵明詩訳注』、東門書房、一九五一年
小林信明『列子』(新釈漢文大系第二十二巻)、明治書院、一九六七年
松枝茂夫・和田武司『陶淵明全集』(上・下)、岩波文庫、一九九〇年
松本幸男『阮籍の生涯と詠懐詩』、木耳社、一九七七年
長谷川滋成『東晋詩訳注』、汲古書院、一九九四年
福永光司『荘子』(新訂中国古典選第七巻)、朝日新聞社、一九六六年
福永光司『荘子外篇』(新訂中国古典選第八巻)、朝日新聞社、一九六六年
本田済『易』、朝日新聞社、一九九七年
本田済『抱朴子　外編二』(東洋文庫)、平凡社、二〇〇九年

李長之著、松枝茂夫・和田武司訳『陶淵明』、筑摩書房、一九六六年
鈴木虎雄『杜甫全詩集』、日本図書センター、一九七八年
鈴木虎雄『陶淵明詩解』、弘文堂、一九四八年

〔研究書〕

中国語

Wendy Swartz 著、張月訳『閲読陶淵明』、中華書局、二〇一六年
王運熙・楊明著『魏晋南北朝文学批評史』、上海古籍出版社、一九八九年
王質『詩総聞』、商務印書館、一九三九年
王夫之著、船山全書編輯委員会編校『船山全書　第十四冊　楚辞通釈・古詩評選・唐詩評選・明詩評選』、岳麓書社出版、一九九六年
何孟春輯、邵綬名訂正『余冬録』、〔出版者不明〕、一八七六年
郭英徳・謝思煒・尙学鋒・於翠鈴『中国古典文学研究史』、中華書局、一九九五年
郭紹虞『宋詩話輯佚』、文泉閣出版社、一九七二年
郭伯恭『魏晋詩歌概論』（国学小叢書）、商務印書館、一九三六年
葛立方『韻語陽秋』（『百部叢書集成之二四　学海類編』十二）、芸文印書館、一九六七年
胡仔纂集、廖徳明校点『苕渓漁隠叢話』（中国古典文学理論批評専著選輯）、人民文学出版社、一九六二年
胡応麟『詩藪』（中国文学参考資料叢書）、中華書局、一九五八年
顧炎武著、黄汝成集釈『日知録集釈』、上海古籍出版社、一九八五年
呉裕成『中国門文化』、天津人民出版社、二〇〇四年
施蟄存・呉小如等『魏晋南北朝文学名作欣賞』、北京大学出版社、二〇一二年
朱光潜『朱光潜全集』、安徽教育出版社、一九八七年
朱自清『朱自清古典文学論文集』、上海古籍出版社、一九八一年
朱熹『朱文公文集』（四部叢刊初編縮本）、台湾商務印書館、一九六七年
周偉民・蕭華栄『「文賦」「詩品」注訳』、中州古籍出版社、一九八五年

周必大『二老堂詩話』（厳一萍選輯、百部叢書集成原刻景印、二二、津逮秘書）、芸文印書館、一九六六年
徐公持『魏晋文学史』、人民文学出版社、一九九九年
鍾優民『陶淵明論集』、湖南人民出版社、一九八一年
鍾優民『陶学発展史』、吉林教育出版社、二〇〇八年
蘇軾著、孔凡礼点校『蘇軾文集』、中華書局、一九八六年
曹旭『詩品研究』、上海古籍出版社、一九九八年
戴建業『澄明之境――陶淵明新論』、華中師範大学出版社、一九九八年
丁福保『歴代詩話続編』、中華書局、一九八三年
張蔭嘉著、島田鈞一・岡田正之校訂『古詩賞析』（漢文大系第十八巻）、冨山房、一九七六年
張可礼『東晋文芸綜合研究』、山東大学出版社、二〇〇九年
陳啓仁『南朝陶淵明人物形象之建構与重構』、文史哲出版社、二〇一六年
陳寅恪『陳寅恪文集其二』金明館叢稿初編、上海古籍出版社、一九八〇年
陳怡良『陶淵明之人品与詩品』、文津出版社、一九九三年
湯用彤『両漢魏晋仏教史』、中華書局、一九六二年
馬璞『陶詩本義』、与善堂、一七七〇年
文同『丹淵集四十巻　拾遺二巻』（『四部叢刊』上海商務印書館縮印本）、台湾商務印書館、一九六七年
北京大学・北京師範大学中文系教師同学編『陶淵明研究資料彙編』、中華書局、一九六二年
柳宗元『柳宗元集』、中華書局、一九七九年
葉夢徳『石林詩話』（何文煥編訂『歴代詩話』所収）、芸文印書館、一九五六年
羅根沢『魏晋六朝文学批評史』（中央大学文学叢書）、商務印書館、一九四七年
羅大経『鶴林玉露』、中華書局、一九九七年
李華『陶淵明新論』、北京師範学院、一九九二年
李剣鋒『陶淵明及其詩文淵源研究』、山東大学出版社、二〇〇五年
李長之『陶淵明伝論』、天津人民出版社、二〇一五年。初版は棠棣社、一九五三年。李剣鋒『元前陶淵明接受史』、斉魯書社、二〇〇二年

陸九淵『象山全集』、台湾中華書局、一九六五年
劉履『選詩補注』、明嘉靖三十一年（一五五二年）呉郡顧氏養吾堂刊本
梁啓超『陶淵明』（国学小叢書）、商務印書館、一九三三年
魯迅『魯迅全集』、人民文学出版社、二〇〇五年
厳羽『滄浪詩話』（厳一萍選輯、百部叢書集成原刻景印、一二一、『津逮秘書』）、芸文印書館、一九六六年
廖羣『先秦両漢文学考古研究』、学習出版社、二〇〇七年
廖仲安『陶淵明』（中国古典文学基本知識叢書）、上海古籍出版社、一九七九年
恵洪『冷斎詩話』『津逮秘書』本、郭紹虞『宋詩話輯佚』（文泉閣出版社、一九七二年）巻下所収
摯虞撰、張鵬一校補『文章流別志論』（厳一萍選輯、叢書集成続編『関中叢書』所収）、芸文印書館、一九七〇年
楼慶西『中国建築的門文化』、河南科学技術出版社、二〇〇一年
欧陽詢撰、汪紹楹校『芸文類聚（附索引）』、上海古籍出版社、一九九九年
帰有光『震川先生集』（中国古典文学叢書）、上海古籍出版社、二〇〇七年
真徳秀『真文忠公文集』、台湾商務印書館、一九六八年
禹克坤『中国文化典籍『文心雕龍』与『詩品』』、人民出版社、一九八九年
荘裕光『中国門窓』、江蘇美術出版社、二〇〇九年
袁行霈『陶淵明研究』、北京大学出版社、一九九七年
銭鍾書『管錐編』（四）、生活・読書・新知三聯書店、二〇〇一年
銭鍾書『談芸録』、中華書局、一九八四年
顔崑陽『文学観念叢論』、正中書局、一九九三年
馮惟訥『古詩紀』（四庫全書珍本）、台湾商務印書館影印本、出版年不明
馮友蘭著、涂又光訳『中国哲学簡史』、北京大学出版社、一九八五年
黎靖徳『朱子語類』（理学叢書）、中華書局、一九九四年
温汝能『陶詩彙評』、掃葉山房、一九二五年
逯欽立遺著、呉雲整理『漢魏六朝文学論集』、陝西人民出版社出版、一九八四年
黄徹『䂬溪詩話』（『知不足斎叢書』所収、厳一萍選輯、百部叢書集成：原刻景印）、芸文印書館、一九六六年

黄文煥『陶淵明釈義』(『陶淵明詩文彙評』所収)、世界書局、一九五三年
龔斌『陶淵明伝論』、華東師範大学出版社、二〇〇一年

日本語

井出大『陶淵明の詩の研究』、嶋屋書店、一九八四年
今場正美『隠逸と文学——陶淵明と沈約を中心として』、中国芸文研究会、二〇〇三年
岡村繁『陶淵明——世俗と超俗』(ＮＨＫブックス二二四)、日本放送出版協会、一九七三年
下定雅弘『中国古典をどう読むか——規範から逸脱し、規範への回帰』、勉誠社、二〇二三年
吉川幸次郎『中国文学論集』、新潮社、一九六六年
吉川幸次郎『陶淵明伝』、新潮社、一九五六年
興膳宏『合璧：詩品書品』、研文出版、二〇一一年
興膳宏『新版　中国の文学理論』、清文堂、二〇〇八年
近藤春雄著『支那文学論の発生——文心雕龍と詩品』(東亜研究講座第九十五輯)、東亜研究会、一九四〇年
荒井健・興膳宏著『文学論集』(中国文明選第十三巻)、朝日新聞社、一九七二年
斯波六郎『中国文学における孤独感』、岩波書店、一九五八年
小島祐馬『中国思想史』、創文社、一九六八年
小尾郊一『中国の隠遁思想——陶淵明の心の軌跡』、中公新書、一九八八年
小林勝人『列子の研究——老荘思想研究序説』、明治書院、一九八一年
小林昇『中国・日本における歴史観と隠逸思想』、早稲田大学出版部、一九八三年
松浦友久編『漢詩の事典』、大修館書店、一九九九年
森三樹三郎『老荘と仏教』、講談社学術文庫、二〇〇三年
神楽岡昌俊『中国における隠逸思想の研究』、一九九三年
石川忠久『陶淵明とその時代』、研文出版、一九九四年
大矢根文次郎『陶淵明研究』、早稲田大学出版部、一九七四年
池田知久訳注『荘子(上)全訳注』、講談社、二〇一四年

池田知久・李承律著、馬王堆出土文献訳注叢書編集委員会編集『易　下　二三子問篇 繫辞篇 衷篇 要篇 繆和篇 昭力篇』（馬王堆出土文献訳注叢書）、東方書店、二〇二二年
中田昭栄『詩経　新編上――愛と祝いの詩集』、郁朋社、二〇〇三年
都留春雄・釜谷武志『鑑賞中国の古典⑬――陶淵明』、角川書店、一九八八年
網祐次『中国中世文学研究　南斉永明時代を中心として』、新樹社、一九六〇年
鈴木虎雄『支那詩論史』、弘文堂、一九二五年
福井佳夫『梁の蕭兄弟』、汲古書院、二〇二四年

〔論文〕

中国語

王運熙「文質論与中国中古文学批評」、『文学遺産』、二〇〇二年第五期、四〜一〇頁
王海平「陶淵明隠逸心理結構及詩歌意境」、『社会科学家』、二〇〇一年第二期、二一〜二四頁
王大恒・王暁恒「論江淹作品的儒家傾向」、『長春師範学院学報（人文社会科学版）』（第二七巻第四期）、二〇〇八年七月、五六〜六一頁
王大恒「江淹作品的道家傾向」、『寧波大学学報（人文科学版）』（第一八巻第三期）、二〇〇五年五月、二一〇頁
王福棟「所楽衡門中、欣然賞其趣――有関王維詩中孤独意識的研究」、『唐山師範学報』（第三〇巻第六期）、二〇〇八年、一七〜二一頁
何剣平「南朝士大夫的仏教信仰与文学書写――以江淹為考察中心」、『四川大学学報（哲学社会科学版）』（第二〇〇期）、二〇一五年五月、九八〜一〇八頁
金周淳「陶淵明詩文中的儒仏道思想」、『贛南師範学院学報：社科版』、二〇〇〇年第二期、二一〜二五頁
鹿苗苗・謝徳勝「《詩・衡門》〝衡門〟意象及其文化内涵探析」、『文芸評論』、二〇一二年第八期、三一〜三五頁
周業峰・鄧福舜「湛方生詩歌述評」、『大慶高等専科学校学報』、二〇〇七年七月、五三〜五六頁
徐正英・阮素雯「二十世紀最後二十年江淹研究綜述」、『中国文化研究』、二〇〇一年五月、一一〇〜一一四頁
鍾優民「論陶淵明和他的詠懐詩」、『吉林大学社会科学学報』、一九七八年六月、九三〜一〇一頁
丁福林「江淹詩文繫年考弁」、『河南師範大学学報』、一九八七年第三期
張増馨「湛方生研究三題」、遼寧師範大学、二〇一六年

張淼・何応敏「仏道思想与江淹的生命意識」、『青海社会科学』(二〇〇八年第二期)、二〇〇八年三月、一四〇～一四三頁

沈意「梁代中期文壇之争的実質」、『貴州社会科学』(第二〇五期)、二〇〇七年一月、一四二～一四五頁

陳三立「読列子」、『列子集釈』所収(二九八頁)。初出は『東方雑誌』(一四巻九号)、上海商務印書館、一九一七年九月。

董暁紅「〝門前〟空間書写――以宋詩、宋詞為例」、『語文学刊』、二〇一四年第九期、五～七頁

馬雲萍「陶淵明入仕及帰隠心態探析」、『大連教育学院学報』、二〇〇〇年第二期、三一～三四頁

米暁燕『阮籍詩歌研究』、広西師範大学、二〇一八年

孟慶茹「試論《詩経》中的隠逸詩」(『詩経研究叢刊』(第八輯)、二〇〇五年、二五〇～二六八頁

蘭宇冬「仏経翻訳対中古詩歌創新之影響――以〝色〟字為核心的考察」、『文史哲』、二〇一二年第三期(総第三三〇期)、一二三～一三一頁

李春霞「陶淵明詩文中精神家園的意象建構」、『綏化学院学報』(第三一巻第五期)、二〇一一年、一〇九～一一一頁

李長之「我所了解的陶淵明」、『陶淵明伝論』「附録」に所収、一五九頁。初出は『清華周刊』第三九巻五・六合刊、一九三三年四月

李文初「読『詩品』「宋徴士陶潜」札記」、『文芸理論研究』、一九八〇年第二期、『陶淵明略論』(広東人民出版社、一九八九年)所収

李剣鋒「論江州文学雰囲対陶淵明創作的影響」、『文学遺産』、二〇〇四年第六期、一六～二五頁

李剣鋒「論江淹在陶淵明接受史上的貢献」、『山東師大学報』、一九九九年五月、一〇～一四頁

劉中文「沈約、江淹与陶淵明」、『北方論叢』、二〇〇三年第一期、七〇～七二頁

劉梅「湛方生論」、山東大学、二〇〇七年

劉梅「湛方生与東晋山水詩」、『古代文学』、二〇一〇年一月、三一～三六頁

劉文忠「関於阮籍的四言《詠懐詩》十三首」、『文献』、一九八四年〇一期、二四～四一頁

梁明「求仙帰隠心霊寄托――論江淹的道教思想」、『蘭州教育学院学報』(第二八巻第七期)、二〇一二年十月、二〇～二二頁

倪雅南「陶淵明的帰隠之路」、『黔西南民族師専学報』、二〇〇〇年第二期、二六～四一頁

姚奠中「《衡門》新説」、『文学遺産』、一九八七年第四期、二〇頁

帰青「陶淵明思想中的楊朱因素」、『復旦学報(社会科学版)』、二〇二一年第六期

蔡先金「《詩》之〝門〟」、『済南大学学報』(第一七巻第四期)、二〇〇七年、四一～四四頁

衛軍英「顔延之与陶淵明関係考弁」、『杭州大学学報』第二十二巻第一期、一九九二年三月、六八～七一頁

銭志熙「湛方生――一位与陶淵明気類相近的詩人」、『文史知識』、一九九九年第二期、六一～六九頁

銭志熙「陶淵明《形影神》的哲学内蘊与思想史位置」、『北京大学学報（哲学社会科学版）』（第五十二巻第三期）、二〇一五年五月、一二八～一三八頁
饒峻妮・許雲和「《別賦》：人間愛別離苦的仏学観照」、『貴州社会科学』（第三二〇期）、二〇一六年八月
郜林濤「江淹与仏教」、『晋東南師範専科学校学報』（一九）、二〇〇二年三月、三一～三五頁

日本語

遠藤寛朗「詩経における「門」について――東門を中心として」、『二松学舎大学東アジア学術総合研究所集刊』（四七）、二〇一七年、一～二八頁
下定雅弘「陶淵明「閑情賦」をどう読むか？――「長恨歌」を視野に入れつつ」、『岡山大学文学部紀要』（四九）、二〇〇八年七月、六九～一〇二頁
稀代麻也子「『宋書』隠逸伝の陶淵明」、『中国文化：研究と教育』（五九）、二〇〇一年六月、一～一一頁
稀代麻也子「江淹「雑体詩」の陶淵明」、『筑波中国文化論叢』（二八）、二〇〇九年一〇月、一～一七頁
橋本循「隠逸思想の流変について」、『立命館文学』（一五〇・一五一）、一九五七年一二月、一七一～一七八頁
駒田信二「躬耕する隠逸（陶淵明）」、『すばる』（六）、一九七一年一一月、一二六～一三三頁
高橋和巳「江淹の文学」、『吉川幸次郎博士退休記念論文集』（一九六八年）所収
佐藤一郎「隠遁思想の起源」、『北海道大学文学部紀要』（二）、一九五三年三月、二三～四〇頁
佐藤義寛「昭明太子蕭統と仏教」、『西山学報』（四〇）、一九九二年三月、六三～九三頁
佐伯雅宣「簡文帝蕭綱の「与劉孝綽書」について」、『中国学研究論集』（五）、二〇〇〇年四月、二五～三四頁
三島徹「陶淵明に於ける隠逸について」、『東洋文化』（三六）、一九九三年、三五～四九頁
小笠原博慧「陶淵明の隠逸――ユートピア思想との関連において」、『国学院雑誌』（七一（五））、一九七〇年五月、一九～三五頁
小田健太「『文選集注』江淹「雑体詩」訳注」、『筑波中国文化論叢』（二九～三六）、二〇一〇年～二〇一七年
小尾郊一「昭明太子の文学論――文選序を中心として」、『広島大学文学部紀要』（二七（一））、一九六七年十二月、一二二～一三九頁
沼口勝「黄節『阮歩兵詠懐詩注補篇』・補遺」、『漢文学会会報』（四四）、一九八六年、一一～二九頁
上田武「中国古代の隠逸思潮と陶淵明」（下）、『茨城大学人文学部紀要・人文学科論集』、一九九八年三月、四七～六八頁
上田武「中国古代の隠逸思潮と陶淵明」（上）、『茨城大学人文学部紀要・人文学科論集』、一九九六年三月、四一～六六頁

森博行「江淹「雑体詩」三十首について」、『中国文学報』(二七)、一九七七年四月、一～三五頁
森野繁夫「簡文帝の文章観――「湘東王に与うる書」を中心として」、『中国中世文学研究』(五)、一九六六年六月、四七～五九頁
石川忠久「陶淵明の隠逸について」、『日本中国学会報』(一七)、一九六五年一〇月、九二～一〇七頁
大地武雄「陶淵明の死生観について」、『日本中国学会報』(四三)、一九九一年、八九～一〇三頁
長谷川滋成「湛方生の詩」、『中国中世文学研究』(二三)、一九九二年三月、一～一九頁
鳥羽田重直「雑擬詩考」、『和洋国文研究』(三六)、二〇〇一年三月、四二～五二頁
鄭月超「阮籍「詠懐詩」に詠まれた逃避をめぐって――「場」への意識を中心として」、『三国志研究』第十八号、二〇二三年九月、五九～六六頁
渡邉登紀「湛方生と官の文学――東晋末の文学活動」、『歴史文化社会論講座紀要』(八)、二〇一一年二月、一～一六頁
湯浅陽子「「身世」と「掩関」――秦観の閑居をめぐって」、『人文論叢：三重大学人文学部文化学科研究紀要』(三九)、二〇二二年三月、一～一五頁
福井佳夫「鍾嶸「詩品序」の文章について(付札記)」、『中京大学文学部紀要』(四七(二))、二〇一三年三月、一七九～二六二頁
福井佳夫「蕭綱「与湘東王書」の文章について」、『中京大学文学部紀要』(五〇(一))、二〇一五年三月、九三～一三七頁
福井佳夫「蕭綱「与湘東王書」札記」、『中京大学文学会論叢』(一(一))、二〇一五年三月、二五九～二九九頁
林田慎之助「鍾嶸の文学理念」、『中国文学論集』(七)、一九七八年六月、一～一六頁
林田慎之助「蕭綱の「与湘東王書」をめぐって――森野氏論文「簡文帝の文章観」批判」、『中国中世文学研究』(七)、一九六八年八月、一六～二五頁
鈴木虎雄「魏晋南北朝時代の文学論」、『芸文』、一九一九年十月、一三～三八頁(『支那詩論史』(弘文堂、一九二五年)所収)
鈴木修次「嵆康・阮籍から陶淵明へ――矛盾感情の文学的処理における三つの型」、『中国文学報』(第一八冊)、一九六三年四月、二五～五〇頁
増野弘幸「『詩経』邶風北門篇における「門」の意味について」、『大妻国文』(二二)、一九九一年、一五三～一六七頁
清水凱夫「簡文帝蕭綱「与湘東王書」考」、『白川静博士古稀記念中国文史論叢』、立命館大学人文学会、一九八一年六月、四三〇～四三二頁

人名索引

書名索引

熊　　征（ゆう　せい / Xiong Zheng）
1991年生まれ
北海道大学大学院文学研究院博士後期課程修了，博士（文学）．
現在，北海道大学大学院文学研究院講師．
主要論文：
「『詩品』と「雑体詩」における陶淵明――「中品」という評価をめぐって」（『北海道大学大学院文学研究科研究論集』18，2018年）
「陶淵明の詩文における「門」のイメージについて――阮籍「詠懐詩」との比較を中心に」（『中国文史論叢』16，2020年）
「陶淵明の死生観における楊朱思想の受容について」（『日本中国学会報』74，2022年）
「『金瓶梅詞話』における「門」と女性の情欲」（『饕餮』31，2024年）など

北海道大学大学院文学研究院 楡文叢書 7
隠逸詩人陶淵明

2025年2月10日　第1刷発行

著　者　熊　　征
発行者　櫻井義秀

発行所　北海道大学出版会
札幌市北区北9条西8丁目　北海道大学構内（〒060-0809）
Tel. 011(747)2308・Fax. 011(736)8605・https://www.hup.gr.jp/

（株）アイワード／石田製本（株）

ISBN978-4-8329-6902-5

北海道大学大学院文学研究院
楡文叢書

1	ルクセンブルク語の音韻記述	西出佳代著	A5判・278頁 7480円
2	清代小説『鏡花縁』を読む ──19世紀の音韻学者が紡いだ諧謔と遊戯の物語──	加部勇一郎著	A5判・346頁 9350円
3	万葉集羈旅歌論	関谷由一著	A5判・334頁 7700円
4	人権論の光と影 ──環大西洋革命期リヴァプールの奴隷解放論争──	田村　理著	A5判・238頁 6380円
5	空海の字書 人文情報学から見た篆隷万象名義	李　媛著	A5判・332頁 19800円
6	死者のカルシッコ ──フィンランドの樹木と人の人類学──	田中佑実著	四六判・244頁 6380円

〈価格は10%税込〉

北海道大学出版会刊

文学研究院楡文叢書は当初文学研究科楡文叢書として刊行されていたが，2019年4月より文学研究科は文学研究院に改組されたため，北大文学研究院楡文叢書として刊行を続けている．